고양이 파견 클럽

1

HAKENNEKO KAINUSHIHA ANATANI KIMEMASHITA! by Kazuya Nakahara
Copyright © Kazuya Nakahara 2019
All rights reserved.
First published in Japan by Futami Shobo Publishing Co., Ltd.
This Korean edition is published by arrangement with Futami Shobo Publishing Co., Ltd., Tokyo
in care of Tuttle-Mori Agency, Inc., Tokyo through Eric Yang Agency, Inc., Seoul.

이 책의 한국어판 저작권은 에릭양 에이전시를 통한 저작권사와의 독점 계약으로 (주)시사북스(빈페이지)에 있습니다. 저작권법에 의해 한국 내에서 보호를 받는 저작물이므로 무단전재와 복제를 금합니다.

CAT CLUB

고양이 파견 클럽

1

나카하라 카즈야 지음
김도연 옮김

NNN
냥이 냥이 네트워크

인터넷을 떠도는 도시 전설. 고양이의 고양이에 의한 고양이를 위한 조직. 고양이를 좋아하는 인간의 집으로 최적의 타이밍에 고양이를 파견하는 수수께끼의 비밀결사. 길고양이가 평생 행복한 집고양이로 살아갈 수 있도록 오늘도 은밀하게 움직이고 있다.

일러두기
1. 모든 각주는 옮긴이 주입니다.
2. 본문에 등장하는 인명, 지명, 고유명사 등은 국립국어원의 외래어 표기법을 따랐으나, 일부 단어 및 일반에 널리 통용되는 단어의 경우 현지 발음이나 사용 관습을 반영하여 예외적으로 표기하였습니다.
3. 원작의 개성 있는 문체와 분위기를 최대한 살리고 독자에게 자연스럽게 전달되도록 고양이 용어와 일부 단어는 맞춤법을 지키지 않은 경우가 있습니다.
4. 도서명은 『 』, 영화와 방송 프로그램명은 《 》, 시나 노래 제목은 〈 〉로 표기하였습니다.
5. 고양이들의 대화는 " "로, 사람들의 대화는 「 」로 표기하였습니다.

차례

제 1 장　**마지막 흔적**　　　　　　　09

제 2 장　**잔꾀 만렙, 고등어냥이**　　79

제 3 장　**나의 이야기**　　　　　　125

제 4 장　**고양이 세계의 규칙,**　　　183
　　　　인간 세계의 규칙

제 5 장　**떠나는 자**　　　　　　　235

제1장

마지막 흔적

봄 내음이 풍겨왔다. 조석으로는 아직 쌀쌀했지만 기분 탓인지 수염에 닿는 바람은 부드러웠고, 새싹이 움트는 계절이 가까웠음이 느껴졌다. 집 안에서 새어 나오는 빛은 따스하고 저녁이 되면 코를 자극하는 맛있는 냄새가 주택가를 뒤덮었다. 공복에 맡는 그것은 허기를 자극해 뱃구레를 요란하게 울려대지만, 지금은 끼니를 이미 해결한 만큼 그다지 신경 쓰이지는 않았다.

마지막 힘을 쥐어짜듯 붉게 물든 석양빛이 주택가를 비추는 가운데, 나는 풍겨 오는 저녁밥 냄새에 코를 쿵쿵거리며 수염을 삐쭉 세웠다. 그리고 어느 집 마당을 가로질러 담장 위로 올랐다. 마당은 계수나무가 잎을 모두 떨궈 스산한 분위기를 풍겼지만 앞으로 두 달만 지나면 이곳도 좋은 먹이터가 될 것이다. 먹지도 못할 화초를 공들여 기르며 마당을 가

꾸는 인간의 마음을 이해할 수는 없지만 우리 길고양이로서는 고마운 일이기도 했다. 그렇게 가꿔놓은 마당에는 도마뱀이나 메뚜기, 개구리 등이 살아서 조금이나마 배를 채울 수 있다.

익숙한 루트를 통해 옆집으로 향하는데, 둥그런 달 두 개가 눈에 들어와 발길을 멈췄다. 내 눈길이 향한 곳은 흰색으로 벽을 칠한 비교적 새집이었다.

창가에 고양이 한 마리가 앉아 있는 게 보였다. 그림자처럼 새까맸지만, 금빛으로 빛나는 눈이 보름달에서 초승달로 모양이 바뀌는 달처럼 이따금 변하는 것으로 보아 살아 있는 고양이라는 걸 알 수 있었다. 느릿하게 깜빡이는 눈은 그녀가 따뜻한 집 안에서 추위에 떠는 일 없이 편안하게 지내고 있다는 걸 짐작게 했다.

누군가를 기다리는 듯 그녀의 두 눈은 창밖의 쓸쓸한 풍경을 담고 있었다. 그렇게 느낀 건 기분 탓만은 아니었다. 이 암고양이가 바로 얼마 전까지 이 주변을 떠돌던 길고양이였다는 건 이 동네 고양이라면 누구나 아는 사실이다. 어딘가 쓸쓸해 보이는 까닭은 아직 그 녀석을 찾고 있기 때문이리라. 돌아올 리 없는데 지금껏 저렇게 하염없이 기다리고 있다니.

나는 언제나처럼 골목 안으로 들어갔다. 인간의 발길이 좀처럼 닿지 않는 수로 옆으로 내려가 작은 창고 건물 근처의 담장을 오른 뒤 또 다른 골목 안쪽으로 향했다.

한참을 걷자 희미한 불빛이 눈에 들어왔다.

CIGAR BAR '마타타비'.

이 근방의 고양이들이 즐겨 찾는 시가 바로, 쿠바산을 중심으로 한 품질 좋은 마타타비⁺를 갖추고 있다. 도어벨을 울리며 바 안으로 들어서면 콧수염 마스터가 손님을 맞아준다. 이 마스터라는 고양이로 말할 것 같으면 알아주는 마타타비 덕후로, 어떻게 하면 마타타비를 더 맛있게 숙성시킬 수 있느냐에 묘생을 건 남자다. 바 안쪽에는 온도와 습도를 철저히 관리하는 마타타비 보관용 캐비닛이 있다. 이곳은 우리 고양이에게는 천국과도 같지만 한번 빠지면 지옥을 맛보게 되는 양면성을 지닌 곳이기도 했다.

고양이들이 밤 집회를 여는 장소이기도 해서 바에서 싸움을 벌이는 건 절대 금지라는 게 이 일대 고양이들 사이에 암묵적인 규칙으로 알려져 있었다. 길고양이가 주 고객이지만 아주 드물게 외출냥이가 오기도 한다.

가게 문을 열고 들어가려는데 냐앙 하고 우는 고양이 소리가 어스름을 타고 울렸다. 어둠은 고양이와 잘 어울린다. 이제 곧 우리들의 시간이다.

⁺ 개다래나무의 가지 부분으로 고양이의 기분 전환과 진정에 도움을 주며 캣닢과 함께 일명 고양이 마약으로 불림.

오늘도 'NNN'이 암약하는 밤이 시작된다.

3개월 전—.

　점잖은 스승도 종종걸음 친다는 12월. 인간들의 세상이 어딘가 모르게 분주한 공기로 가득 차는 시기가 되면 드디어 본격적인 추위가 시작된다. 목청 높여 주택가를 돌아다니며 가끔씩 주민들과 뭔가를 흥정하는 장사꾼. 거대한 몸짓에 굉음을 내며 도로를 파헤치고 다니는 팔 하나 달린 노란 쇳덩어리 괴물. 밤새도록 마당을 반짝반짝 빛나게 해두는 집도 있어서 한시도 긴장을 늦출 수 없다.
　그날, 나는 해가 지자 늘 그렇듯 '마타타비'의 문을 열고 가게 안으로 들어섰다. 조도를 낮춘 실내에는 성묘들만의 공간이 펼쳐져 있었다. 오늘의 BGM은 재즈 명반이다. 처마 끝에서 떨어지는 빗방울처럼 애수를 불러일으키는 피아노 선율이 조용히 공기를 흔들었다.
　카운터 자리에는 단골 길고양이들이 어깨를 나란히 하고 앉아 있었다. 내가 온 걸 보자마자 가운데 자리에서 마타타비를 피우던 녀석이 이쪽으로 고개를 돌렸다.
　"어이, 잘린 귀. 오늘은 늦었군."
　5번길 근방을 영역으로 삼고 지내는 길고양이, 외눈이다. 등을 동그랗게 말고 스툴에 앉아 있는 모습에 비애가 짙게

제1장　남겨진 아이

배어 있었다. 훌륭한 새우등이다. 저렇게 멋진 자태는 좀처럼 보기 힘들다. 녀석은 혀를 날름거리며 콧등을 핥더니 마타타비를 입에 물었다. 녀석이 뿜은 연기가 유유히 가게 안을 떠돌다 흩어져 사라졌다.

외눈이는 나이 먹을 대로 먹은 아저씨로 무늬 없는 흰 고양이였는데, 구지레한 게 하얗다기보다는 잿빛에 가까웠다. 아깽이 시절에 병을 앓아서 잃었는지 오른쪽 눈이 없고, 사냥하기 좋은 먹이터를 갖고 있어서인지 투실투실 살이 올라 있었다. 단련된 싸움 덕에 턱 주변 근육이 발달해서 몸에 비해 얼굴이 유난히 컸다. 날카로운 눈빛은 영락없는 토종 길고양이였지만, 한때 집고양이였다는 소문이 있어 놀라울 따름이다. 하지만 보란 듯이 당당하게 달려 있는 땅콩을 보면 소문이 사실인지 의심이 갔다. 한 가지 확실한 건 묘성 나쁘기로는 이 근방에서 둘째가라면 서러울 정도라는 거다.

내가 카운터 자리로 향하자 외눈이가 코끝을 가까이 들이밀었다. 나도 가볍게 고개를 기울여 코를 가까이 대고 녀석의 냄새를 맡는다. 우리 고양이들의 습성이다.

오늘도 잘 살아 있었냐?

나는 코웃음을 치며 녀석의 옆에 걸터앉았다.

"어이쿠, 드디어 오셨군요."

카운터 안쪽에서 마스터가 말을 걸어왔다. 코 인사를 교환한다. 촉촉한 코는 차가워도 건강하다는 증거다.

"오늘도 여전히 춥네요."

"뼛속까지 파고드는 것 같아. 이제 점점 더 추워질 거야."

"든든한 털옷을 입고 계시잖아요. 여전히 모질毛質이 좋으시네요."

"그래봐야 어차피 잡종인 걸 뭐. 마스터야말로 요즘 얼굴색이 부쩍 좋아졌는데?"

"어차피 잡종이지만 말이죠."

우리는 눈을 맞추고 히죽 웃었다.

이 바의 마스터 이름은 콧수염이다. 한창때라고 하기엔 조금 어린 감이 있지만 그렇다고 마냥 어리다고만 하기에는 세상 물정을 빠삭하게 잘 아는 나이였다. 게다가 마타타비에 쏟는 열정은 따라올 고양이가 없었다. 그 덕분에 우리는 언제든 최상의 마타타비를 피울 수 있었다. 흰색 바탕에 검은 얼룩무늬, 코언저리에 콧수염처럼 보이는 까만 무늬가 그려진 얼굴. 아무 반전 없는, 참으로 밍밍한 작명이 아닐 수 없다.

하기야, 귀가 찢어졌다고 '잘린 귀'로 불리는 내 이름도 썩 센스 있는 작명이라고 하기는 어렵지만.

"아, 참! 잘린 귀 씨, 몇 년 전에 들여와서 딱 알맞게 숙성된 마타타비가 있어요. 쿠바산 '코이냐'라고. 한번 피워보시겠어요?"

"음, 한 대 주게."

메뚜기 다리를 카운터 위에 올려 두고 마타타비와 교환했다. 건네받은 마타타비를 발에 들고서 코를 댄 채 옆으로 미끄러지듯 향을 맡는다. 좋은 물건이다. 깊은 향이 품질 좋은 고급 마타타비라는 걸 말해주고 있었다. 나는 시가 커터로 헤드Head를 잘라 흡입구를 만들었다. 부드러움이나 입에 닿는 감촉 등 마타타비의 풍미는 커팅 방법에 따라 확연히 달라진다.

가장 기본적인 커팅 방법은 평행하게 자르는 플랫 컷Flat Cut이다. 헤드 중앙에 동그랗게 작은 구멍을 뚫는 것은 펀치 컷Punch Cut, V자 모양으로 자르는 건 V컷V-Cut이라고 한다. V컷은 속칭 캣츠아이Cats Eye라고도 한다. 세련된 이름이다. 헤드에 구멍을 뚫는 피어서Piercer라는 도구도 있다.

나는 헤드를 캣츠아이로 커팅한 뒤 풋Foot 부분을 시가 성냥으로 골고루 굽듯이 천천히 불을 붙였다. 입안에서 연기를 굴려 충분히 음미한 뒤 천천히 뱉었다. 코로 빠져나가는 깊고 달콤한 향에 취기가 적당히 올라왔다.

최상급 마타타비 한 대. 정말 명성에 걸맞은 맛이다. 마타타비는 쿠바산이 최고라는 게 학계의 정설이다. 그중에서도 '코이냐'는 그 유명한 피델 냐스트로[+] 의장만을 위해 만들어

[+] 체 게바라와 함께 1950년대 쿠바혁명을 이끌었던 혁명가이자 독재자 '피델 카스트로'를 고양이식으로 바꾼 이름으로 '코이바'라는 시가는 피델 카스트로 전용으로 생산되었던 시가임.

진 마타타비다. 그랬던 것이 외교용으로 제공되다가 점차 일반 고양이들에게도 보급된 것이다.
"어떠세요?"
"맛이 좋군. 이걸 피우는 순간은 살아 있다는 느낌이 들어."
눈을 감고 여운을 충분히 즐겼다. 나도 제법 나이를 먹었나 보다.
내가 '잘린 귀'라고 불리게 된 게 언제부터였더라. 날 때부터 길고양이였던 나는 한 번도 인간에게 길러진 적 없이 살아왔다. 얼굴에 '八여덟 팔'자 모양의 무늬가 있는 담갈색 털. 갈색과 흰색의 비율이 반반인, 어디서나 흔히 볼 수 있는 잡종 고양이로, 눈도 노란색이어서 그다지 눈에 띄는 외모는 아니다. 그래도 털은 그럭저럭 괜찮은 편이라고 자부하는데, 인간들은 종종 더러운 고양이라며 막말을 해댄다. 하지만 나의 진짜 매력은 발정기가 찾아올 때 제대로 빛을 발한다. 인간의 기준으로 나를 판단해서는 곤란하다. 내가 지금까지 얼마나 많은 암고양이를 임신시켰는지 안다면. 호호…….
내가 봐도 날렵하고 상남자다운 외모는 결코 혼자만의 착각은 아닐 것이다.
아깽이 시절에는 엄마 품에서 응석받이로 자랐지만 독립하고부터는 고생의 연속이었다. 귀가 찢어진 건 싸움 중에 된통 물어뜯겨서다. 그때 일은 잊을 수가 없다. 아직 풋내기였던 내게 그 대장 고양이는 실로 경이로운 존재였다. 다 까마득한 옛날 일이지만.

"이봐, 잘린 귀. 배가 잔뜩 부른 검은 고양이가 돌아다닌다는 거, 알고 있어?"

외눈이가 반쯤 피운 마타타비를 입에 문 채 말을 꺼냈다.

배가 부른 검은 고양이라……. 본 기억이 난다.

"아! 강동거리면서 걷는 암컷 말이지? 요전에 쓰레기를 뒤지고 있던데. 그런 다리로는 길고양이로 살아가기 어려울걸."

외눈이가 말한 검은 고양이를 처음 본 건 가을 초입이었다. 뒷다리 둘 다 제대로 움직일 수 없는지 담장 위에서 뛰어내리지 못해 쩔쩔매는 모습을 본 적이 있다. 교통사고라도 당한 건지, 아니면 태어날 때부터 그런 건지 무릎이 꺾인 데다 다리가 전체적으로 가늘었다. 집고양이도 그렇게 대꼬챙이처럼 강마르지는 않을 거다.

길고양이에게 그런 몸은 치명적이다.

"그 몸으로 용케 지금까지 살아 있었군."

"송곳니 놈 여자라는 것 같더라고. 송곳니가 갖다주는 먹이로 어떻게든 살았겠지. 그 녀석, 인간한테 밥 얻어내는 재주 하나는 비상하니까."

"인간이라. 그러고 보니 너도 집고양이였다는 소문이 있던데, 사실이야?"

알고 지낸 지 제법 오래되었지만, 외눈이는 자기 과거에 대해 단 한 번도 입을 연 적이 없다. 어차피 대답 같은 건 돌아오지 않을 걸 알았지만, 예상대로 외눈이는 슬쩍 웃기만 할 뿐이었다. 그러고는 다시 마타타비를 재로 만들어갔다. 눈을 천천히 감았다 뜨기를 반복하는 녀석의 표정에서 기분 좋게 취기가 오르는 게 보였다. 그러다 불쑥 핵심을 찌르는 듯한 한마디.

"뱃속의 새끼는 죽었을 거야."

그 말에 나는 마타타비를 들고 있던 발을 멈췄다. 그리고 발바닥 젤리를 혀로 핥았다.

"너도 눈치챘구나."

고양이의 발정기는 일 년에 두세 번. 봄과 여름이 절정으로, 임신 기간은 두 달 전후다. 12월도 끝을 향해가는 이 시기에 아직 배가 불러 있다니, 심상치 않았다. 더군다나 그 암고양이를 처음 봤을 때부터 이미 배가 불러 있었고, 상식적으로 생각하면 벌써 새끼를 낳았어야 한다. 다시 말해 새끼는 뱃속에서 이미 죽은 것이다. 저대로라면 머지않아 어미도 같은 운명을 맞게 된다.

"일전에도 죽은 새끼를 뱃속에 품고 있던 암컷이 있었어. 결국 감염증으로 무지개다리를 건넜지."

먼 곳을 보는 듯한 눈으로 외눈이가 말했다.

"그럼, 녀석도 위험하겠군."

"맡길 만한 집을 수소문해 볼까?"

외눈이가 슬쩍 눈짓을 해왔다. 말없이 눈이 마주치자 깊은 한숨이 흘러나왔다. 생각 못 한 것은 아니다. 다만 내 어깨가 무거운 데는 그 나름의 이유가 있었다.

"새끼라면 몰라도 그렇게 다 큰 고양이는 어렵지. 게다가 배가 불러 있잖아. 그런 고양이를 키우겠다고 나서는 별난 인간은 그렇게 많지 않아."

"네 영역 주변은 제법 여유가 있잖아. 시이나 씨 집은 어때?"

"거긴 이미 세 마리나 있어. 야마다 씨네는 가능하지 않을까? 얼마 전에 영감이 죽어서 타이밍도 괜찮고. 고양이 싫어하는 건 그 영감뿐이었으니까. 며느리는 고양이를 좋아하던데. 가끔 나한테도 아기 대하듯이 말을 걸어오더라고."

"너한테, 아기 대하듯? 인간은 참 재미있다니까. 아, 맞다. 모퉁이에 있는 와타나베 씨네도 최근에 두 마리째 키우기 시작했으니까 몇 마리 더 키울 수 있을지도 몰라. 두 마리 허들만 넘으면 세 마리 키우는 건 금방이니까."

둘이 한창 의논하고 있는데 마스터가 몸을 내밀며 관심을 보였다.

"여전히 어려운 처지에 있는 고양이를 그냥 못 지나치시네요. 꾸준히 활동 중이신 거죠?"

"그냥 변덕이지, 뭐." 나는 겸연쩍게 웃었다. 우리가 하는 일은 활동이니 뭐니, 그렇게 거창한 게 아니다.

일명 'NNN'. '냥이 냥이 네트워크'라고 인간들이 떠들어대는 모양이지만 정식으로 조직된 단체는 아니고, 그냥 마음 내킬 때 고양이를 좋아하는 인간의 집으로 새끼 고양이나 다친 길고양이를 파견하는 정도다. 어떤 인간이 사는 집인지, 자기 영역 안에 사는 인간들의 사정과 습성에 밝은 우리는 그 정보를 기반으로 고양이를 알선한다.

고양이를 좋아하는 인간은 그 만남을 운명처럼 여기며 기쁘게 받아들인다. 때로는 고양이에 전혀 관심 없던 인간이 집사가 되기도 하니, 우리 고양이의 매력은 가히 헤아릴 수가 없는 모양이다.

"검은 고양이를 만나기 전에 송곳니랑 먼저 이야기를 해야 하지 않을까?"

"자기 여자를 인간한테 맡기려고 할까?"

"뭐, 사정이 사정이잖아. 목숨이 걸린 일이니까, 말해볼 가치는 있어."

그때, 문에 달린 카우벨이 딸그랑 소리를 내며 손님이 왔음을 알렸다.

덩치가 커다란 것이 대장 고양이 클래스의 길고양이였다. 무늬가 없고 보랏빛이 감도는 회색 털은 언뜻 러시안블루로 보였지만 꼬리에 있는 줄무늬가 녀석이 믹스묘라는 걸 여실히 보여주고 있었다.

"고양이도 제 말 하면 뭐 어쩐다더니, 딱 그 짝이군."

외눈이의 말에 놈은 거만한 표정으로 우리를 흘낏 쳐다보

제1장 남겨진 아이

고는 카운터를 향해 마타타비를 주문했다.

옆에서 보니 유난히 다부진 어깨 근육이 한눈에 들어왔다. 꼬리도 두툼했다. 이 녀석과 한판 붙었다가는 무사하지 못할 성싶다. 발 크기로 보아 냥냥펀치의 위력도 어마어마할 것 같다. 빠른 속도로 반복해서 내뻗는 녀석의 냥냥펀치는 견제하는 것만으로도 큰 부상으로 이어질 게 뻔했다.

물리기라도 하면 중상을 피할 수 없는 헤비급인 건 틀림없다.

"거기, 두 분. 나한테 무슨 볼일이라도?"

마타타비를 물고 앞을 응시한 채 송곳니가 말했다. 그 위엄 앞에서는 마스터도 등 털이 쭈뼛 설 정도였다.

"배가 부른 채 돌아다니는 검은 고양이 말이야, 네 여자 맞지?"

내 말에 송곳니는 코웃음을 쳤다.

"그래서?"

"그 다리로는 길고양이로 살아가기 힘들어. 인간의 손에 맡길 생각은 없어?"

"내 여자야. 신경 꺼."

"그래도……."

"그 녀석 다리가 그렇게 된 건 학대당했기 때문이야."

송곳니가 내 말을 잘랐다. 이제 알겠냐는 듯 도발하는 눈빛이었다. 어쩌면 '입 다물어'라는 뜻일지도…….

"녀석이 귀여움을 받은 건 아깽이 때뿐이었다. 조금 자라니까 때리기 시작했고 밥도 제대로 주지 않았어. 결국 하루가 멀다고 얻어맞다가 다리가 부러졌지. 그리고 그대로 쓰레기장에 버려진 거야."

인간들이 말하는, 이른바 '반려동물'의 숙명이라 하기엔 너무도 가혹한 이야기 아닌가.

"그래도 저대로 두면 죽을 거야."

송곳니는 아무 말 없이 마타타비만 연신 피웠다. 나 따위가 충고하지 않아도 충분히 알겠지. 인간에게 의지하지 않으면 살아갈 수 없을 텐데도 검은 고양이는 인간을 마음속 깊이 두려워하고 있었다.

"녀석은 인간을 믿지 않아. 인간한테는 절대로 가까이 가지…… 커억, 켁!"

갑자기 심하게 기침을 해 대던 송곳니는 등을 웅크리고 스툴에 자세를 고쳐 앉았다. 아까부터 고개를 숙이고 있길래 원래 자세가 그런가 했는데, 아무래도 그게 아닌 모양이었다. 몸이 안 좋아 보였다.

"너……."

입안이 아픈 건지 마타타비를 물 때마다 코를 찌푸렸다. 그제야 알았다. 고양이 백혈병이다. 증상이 나타난 게 틀림없었다.

고양이 백혈병은 우리에게 흔한 병이다.

"내 먹이를 나눠주면 돼. 그거면 충분해."

내가 녀석의 상태를 눈치챘다는 걸 알아차린 것이리라. 더 이상 관여하지 말라는 듯 한마디 내뱉고는 스툴을 내려갔다. 돌아가는 녀석의 뒷모습을 물끄러미 바라보고 있자니 절로 한숨이 나왔다.

"올겨울을 넘기지 못하겠군."

외눈이가 나직이 중얼거렸다. 나는 답하지 않았으나 외눈이의 말이 맞다. 고양이 백혈병은 일단 걸리면 진행이 빠르다. 영양 상태가 좋은 집고양이라면 몰라도 우리 같은 길고양이한테는 바로 죽음으로 이어지는 병이다.

"녀석이 죽으면 검은 고양이도 먹고살 길이 없을 텐데."

소리 없이 다가오는 어둠처럼 내 마음에 울적함이 퍼져갔다. 검은 고양이의 다리를 그렇게 만든 건 인간이다. 그런데도 고양이를 도태되어야 할 생명으로 치부하는 건 너무 불합리하지 않은가.

"내가 왔소이다."

그때 카우벨 소리와 함께 젊은 수컷 고양이의 목소리가 귀로 날아들었다. '오일'이라고 불리는, 검정과 갈색이 마구잡이로 뒤섞인 카오스냥이다. 우리보다 훨씬 날렵한 체격에 얼굴 생김새도 제법 상남자다웠다. 콧날은 오뚝하고, 길고 곧게 뻗은 검은 수염은 팽팽한 게 젊고 풋풋했다.

오일은 여기서 멀지 않은 자동차 정비 공장 근처에 자리를 잡고 산다. '오일'이라는 이름도 정비 공장에서 일하는 청년이 붙여준 이름이다. 눈썹이 가느다란 그 청년은 기름때로 얼룩진 자기 작업복과 녀석의 무늬가 닮았다고 해서 그런 이름을 붙였다고 한다.

종종 도시락을 나눠주는 모양으로 오일은 그걸로 배를 채우고 있었다.

"뭐야, 아재. 왜 다 죽어가는 얼굴을 하고 있어?"

웃으면서 내뱉는 말은 건방지기 짝이 없지만 깍듯이 코 인사를 해오는 걸 보면 최소한의 예의는 아는 녀석이다. 그래도 건방진 건 여전하지만.

"마스터, 제일 좋은 걸로."

오일이 통통하게 살이 오른 도마뱀 한 마리를 통째로 카운터 위에 올려놓았다. "오오!" 나와 외눈이는 눈을 동그랗게 떴다. 어린 길고양이 녀석이 도마뱀 한 마리를 마타타비값으로 내놓다니, 통이 크다고 해야 하나. 더군다나 이런 계절에 말이다.

의기양양해 있는 녀석을 보며 나와 외눈이는 민망한 마음을 감출 수 없었다.

"오늘은 도시락에 있는 닭튀김을 얻어먹었거든. 배는 충분히 채웠으니까 괜찮아. 아재들도 좀 통 크게 이 정도는 내라고."

"시끄러워. 어린놈이 어디서."

오늘은 죽은 메뚜기 다리 하나뿐이었지만 나도 가끔은 쥐

한 마리 정도는 가져온다. 외눈이도 못마땅한 듯 낮게 중얼거렸다. "건방진 녀석 같으니."

오일이 연기를 피워올리기 시작하자 또 한 마리가 가게로 들어섰다. 이번에는 오일과는 완전 딴판인 녀석이다.

"저 왔습다—! 엇, 오늘은 다 모여 계시네요?"

까불대는 성격의 복면은 가게 안에 있는 모두에게 일일이 코 인사를 하며 돌아다녔다. 지나치게 흥이 올라서 나와 부닥치는 바람에 나도 모르게 푸헉, 하는 소리가 났다. 얌전히 좀 굴라고 도대체 몇 번을 말하냐. 기분만 앞서서 여기저기 들쑤시고 다니지 말라고 아무리 말해도 알아먹질 못하니. 하여간 고양이든 인간이든 안 가리고 살갑게 들이대는 경계심 제로의 철부지가 지금까지 잘도 무탈하게 살아왔구나 싶다.

녀석은 복면을 쓴 듯 근사한 여덟 팔자 무늬가 있는 얼굴에, 연한 핑크빛 코는 흥분하면 진한 핑크색으로 변한다. 다시 말해 표정 변화가 한눈에 보이는 녀석이란 뜻이다. 본래 고양이는 표정을 읽기 어려운 법인데 이 녀석은 코만 보면 대번에 알 수 있다.

"마스터, 오늘은 이걸 내도 괜찮을까요?"

복면이 내놓은 건 바스락바스락 소리가 나는 쥐 장난감이었다. 꼬리 대신 새 깃털 같은 게 달려 있었다. 쥐와 새의 키메라를 만들어 내다니, 악취미도 정도가 있지.

"인간이 준 거예요. 꽤 재미있다니까요. 봐요, 핫! 얍, 이놈!"

사냥 본능이 발동했는지 복면은 잔뜩 신이 나서 놀기 시작했다. 앞발로 장난감을 잡고 덥석 물어댔다. 너무 흥분한 나머지 장난감이 뒷자리까지 날아가자 녀석은 몸을 비틀며 달려들었다.

자기가 꺼내놓고 자기가 흥분해서 날뛰다니, 참으로 어처구니가 없다.

"침 범벅이 되기 전에 주시겠어요? 지금 상태라면 받아 드릴게요."

"앗! 죄, 죄송. 나도 모르게 그만."

복면은 숨찬 소리를 내며 카운터 자리에 얌전히 앉아 쥐 장난감을 내려놓았다. 그리고 하아, 가볍게 숨을 돌리더니 만족스러운 표정을 지었다. 코끝이 진한 핑크로 변해 있었다.

"너 말이야, 고양이가 심각한 얘기 좀 하겠다는데……."

"아재가 안 어울리게 진지한 얼굴을 하고 있으니까, 짜증 나서 웃기지도 않잖아."

"입 다물어, 오일. 넌 얻어 온 닭튀김이나 물어뜯던가."

"엣? 뭐예요, 뭐예요? 닭튀김? 나도 닭튀김 먹고 싶은데!"

복면은 가라앉은 분위기를 밀어내듯 가게에 환한 기운을 퍼뜨렸다. 오일도 어이가 없었는지 쓴웃음을 지었다. 이거야, 시끄러워서 견딜 수가 없다.

그래도 가게 단골들은 녀석들을 좋아했다. 오늘도 즐거운 듯 눈을 반짝이며 대화에 끼어든다. 여럿이 함께 있어서 기분이 좋은 듯했다. 기본적으로 고양이는 무리 짓는 걸 좋아하지 않는 법인데, 네놈은 무슨 개라도 되냐고 묻고 싶은 지경이다. 하지만 가끔 이런 녀석이 있는 것도 나쁘지 않다.

우리는 수다쟁이 복면의 이야기에 귀를 기울였고, 때때로 쓴웃음을 지어가며 마타타비를 즐겼다.

벌거벗은 가로수가 양팔을 벌리고 지나가는 이들을 위협하듯 우두커니 서 있었다. 메마른 바람은 털이 보호해 주지 않는 코를 콕콕 찔러대듯 자극했다.

내가 검은 고양이와 마주친 건 송곳니와 이야기를 나눈 지 얼마 지나지 않아서였다.

그날, 나는 내가 즐겨 찾는 곳에서 그루밍을 하고 있었다. 잡초가 무성하게 자라난 마당은 몸을 숨길 곳도 많아서 마음이 편했다. 혼자 사는 할아버지가 지내던 곳이었다. 그런데 얼마 전, 빨간 불빛이 번쩍이는 흰 차가 나타나더니 이 주변이 환해졌고 어느새 나타난 흰 옷을 입은 사람들이 할아버지를 차에 태우고는 마구 고함을 치며 데려갔다. 그 후로 할아버지를 볼 수 없었다. 무시무시한 놈들이다.

덕분에 방해받지 않고 아무 때나 편히 쉴 수 있게 된 셈이지만.

늦가을 햇살이 만든 따스한 양달은 기분 좋았고, 나는 느긋하게 젤리에 묻은 때를 떼어냈다. 주름 사이사이에 낀 때는 좀처럼 떨어지지 않고 딱 달라붙어서 나를 비웃었다. 요놈, 요놈 하면서 온 정신을 집중해 떼어내던 중에 내 코가 다른 고양이 냄새를 포착했다. 주위를 둘러보니 일전의 그 검은 고양이가 눈에 들어왔다.

걸음걸이가 워낙 눈에 띄는 탓에 바로 알아보았다. 녀석은 고양이한테는 대수롭지 않은 높이의 담장조차 뛰어넘지 못하고 있었다. 이쪽저쪽 오가며 위로 올라갈 방법이 없을까, 궁리하는 듯싶더니 이내 포기하는 모양새였다. 다른 길로 돌아가려는지 발길을 돌렸다. 나는 곧장 그 뒤를 따라갔다.

"당신, 누구야?"

내 기척을 느꼈는지 검은 고양이가 걸음을 멈추고 경계심을 드러내며 노려보았다. 기가 세 보이기는 해도 상당한 미묘였다. 하지만 한눈에 봐도 영양 상태가 좋지 않았다. 배만 불룩 나왔을 뿐 다른 곳은 깡말라 있었다. 뒷다리는 유난히 근육이 없어서 꼬챙이처럼 가늘었다. 뼈도 제대로 자라지 못한 것이 분명했고, 모질도 엉망인 데다 암컷치고는 냄새도 조금 났다. 털 손질을 하지 않는 게 틀림없다. 하기야 그런 데 쏠 체력까지는 없겠지.

"아가씨, 송곳니 여자 친구, 맞지?"

"그렇긴 한데, 그래서 뭐?"

찬 바람이 쌩쌩 부는 태도에 괜한 참견을 했나 싶어 잠시 주저했으나 이미 올라탄 배였다.

"몸이 안 좋아 보이는데. 새끼를 가져서 그런 것만은 아니잖아."

"무슨 말이 하고 싶은 거지?"

"뱃속의 새끼 말이야, 이미 죽었다고."

검은 고양이는 턱을 치켜들고 마치 새끼를 보호하듯이 앞발로 배를 감쌌다. 그리고 한층 더 경계심을 드러냈다.

"안 죽었어. 송곳니의 새끼라고."

"그대로 죽은 새끼를 품고 있으면 곧 부패해서 감염증을 일으킬 거야. 그러면 아가씨도 죽는다고. 인간의 힘을 빌리자. 내가 알아봐 줄게."

"싫어. 인간은 죽어도 싫어."

그녀에게서 뿜어져 나오는 경계심이 공기를 타고 내 수염에까지 찌릿찌릿 전해지는 것만 같았다. 그 정도로 무서운 걸까. 금방이라도 끊어질 것처럼 팽팽한 긴장감에 안쓰러운 마음이 들었다.

"아가씨 전 주인이 정말 끔찍한 놈이었다더군."

"그딴 건 주인도 아니야."

"인간이라고 다 똑같은 건 아니야."

"다 똑같아."

검은 고양이는 완고했다. 학대받은 경험이 트라우마로 남은 게 틀림없다.

나는 인간도 고양이와 마찬가지로 좋은 놈도 있고 나쁜

놈도 있다고 생각하지만, 기본적으로는 그다지 믿을 만한 족속은 아니라는 지론을 갖고 있다. 인간들은 늘 땅을 파헤치고 산을 허무는 등 파괴 활동에만 관심이 있다. 하물며 고양이 한 마리 학대하는 정도야 아무렇지 않게 저지르는 놈들도 분명 존재한다.

"세상일에는 예외라는 게 있어. 고양이한테 헌신하는 게 삶의 보람이라는 별난 사람들도 있다고."

"그딴 말, 안 믿어."

"얘기 정도는 들어줄 수 있잖아. 다 아가씨를 생각해서 하는 말인데."

가까이 다가가자, 하악질을 하며 위협했다. 푸석푸석한 검은 털 사이로 벌어진 빨간 입이 악마처럼 보였다. 온 힘을 다해서 부리는 허세에 여기서 그만하는 편이 낫겠다 싶어 물러섰다. 일을 서둘러서는 안 된다.

"알았어. 더는 말 안 할게."

"따라오지 마, 알았어?"

검은 고양이는 단단히 못을 박은 뒤 다시 걸음을 옮겼다. 나는 비틀대는 뒷모습을 바라보다 발길을 돌렸다. 하지만 곧 켁켁거리며 괴로워하는 듯한 소리가 들려 뒤를 돌아보았다. 그러자 검은 고양이가 우웩, 하며 위 속의 내용물을 바닥에 쏟아냈다. 고양이의 구토는 그리 드문 일이 아니다. 그루밍을 하면서 삼킨 털이 위에 쌓여 생기는 헤어볼을 정기적으로 토해내야 하기 때문이다. 그래도 걱정되는 마음에 서둘러 달려갔다.

"이봐, 괜찮아?"

"괜찮다고 했잖아!"

하악! 재차 하악질을 해대며 날카로운 발톱으로 코끝을 할퀴었다. 혀로 핥자 피 맛이 났다. 방심할 수 없는 여자다.

"그냥 좀 내버려둬!"

검은 고양이는 소리를 지르고 달아나듯 가버렸다. 완전히 미운털이 박힌 모양이다. 끈질기게 굴었으니 그럴 만도 하지. 더 이상 참견해 봐야 소용없겠다는 생각에 마음을 접기로 했다.

다른 수컷에게 마음을 빼앗긴 암컷한테까지 굳이 마음 쓸 필요는 없다. 그러나 단념하고 돌아서려던 순간이었다.

"이건……."

토사물을 보고 가슴이 철렁 내려앉았다. 고양이 내부기생충인 조충+이었다. 희고 납작한 그것은 '우동'이라는 인간의 먹거리와 비슷했지만, 가끔 꿈틀꿈틀 움직이는 게 보여서 바로 기생충이라는 걸 알아차렸다.

이런 게 뱃속에 있다면 점점 영양분을 빼앗길 것이다. 다리

+ 만손열두조충을 가리킴.

에 장애가 있는 것도 모자라 뱃속에 기생충까지 생기다니, 운이 나빠도 너무 나빴다.

"점점 더 큰일이군."

나는 코를 찌푸렸다. 이렇게 되면 검은 고양이도 언제까지 살 수 있을지 장담할 수 없다. 하지만 더 이상 무슨 말을 해도 소용이 없다는 건 지금의 태도로 충분히 깨달았다. 내가 할 수 있는 일은 없다. 그리고 그렇게까지 할 의리도 내게는 없다.

"이야, 아재, 대차게 차였네?"

소리 나는 쪽을 보니, 오일이 담벼락 위에서 내려다보고 있었다. 오늘도 뭘 얻어먹었는지 흡족한 표정으로 털 손질에 열심이었다. 누구는 오늘 아침도 음식물 쓰레기를 뒤지다 왔는데, 이놈은 우아하게 여유를 부리다니.

"저 친구도 도시락을 얻어먹으면 될 텐데."

"그게 안 되니 답답한 노릇이지. 인간을 못 믿는 건 알겠다만 같은 고양이가 하는 얘기 정도는 들어도 될 텐데. 어찌나 고집이 센지."

나도 모르게 구시렁거리자 오일이 의기양양한 얼굴로 말했다.

"여자 마음을 너무 모른다니까, 아재는."

"너는 그럼, 안다는 말이냐?"

"뭐, 아재보다는?"

비꼬듯 말하더니 얼굴을 씻기 시작했다. 기름을 뒤집어쓴

치즈냥이 같은 털 무늬가 햇빛을 받아 반지르르 윤이 났다. 일광욕도 우리 고양이한테는 중요한 일과 중 하나다.

"야, 뜸 들이지 말고, 하고 싶은 말이 있으면 빨리 해."

"저 아가씨가 고집부리는 이유는, 남자 친구가 이번 겨울을 못 넘길 걸 아니까 그런 거야. 자기도 뱃속의 새끼가 어떤 상태인지 정도는 충분히 안다고."

나는 말없이 듣고만 있었다.

오일의 말대로다. 아마도 송곳니는 마지막 남은 힘을 다해 새끼를 남기려고 애썼을 것이다. 자신이 살아 있었다는 증거를 남기고 싶었는지도 모른다. 그리고 그녀도 새끼가 이미 죽었다는 걸 진작에 알았을 것이다. 다만 인정하고 싶지 않을 뿐. 죽었다는 걸 인정하는 순간 송곳니의 새끼는 두 번 다시 낳을 수 없다는 사실을 받아들여야 하므로.

다리가 그렇지만 않았어도 살릴 수 있었을 텐데. 뱃속에서 건강하게 자랄 만큼 영양분이 충분하지 못했을 것이다.

"어떻게 할 거야?"

"어떻게 하긴 뭘 어떻게 해. 뾰족한 수가 없잖냐."

나잇값도 못 하고 지르퉁한 말투로 대꾸하고 말았다.

뱃속의 새끼는 이미 늦었다 하더라도 어미는 아직 살아 있다. 아직 살아갈 가능성이 남아 있다. 그런데도 이대로 두는 게 맞는 거냐고, 나는 송곳니를 향해 물었다. 죽어가는 수컷 때문에 암컷까지 희생할 필요는 없다.

그때, 멀리서 캬아아악! 냐아아옹! 하며 귀를 찢는 듯한 고양이 울음소리가 들렸다.

"엇, 싸움이다!"

오일이 재빨리 일어나 달리기 시작했다. 저 젊은 녀석은 격투를 좋아해서 고양이들 사이에 영역 다툼만 벌어졌다 하면 잽싸게 달려간다. 싸움이라면 구경이든 직접 싸우는 것이든 가리지 않고 좋아해서 제법 좋은 영역을 차지하고 있었다. 젊은 녀석들 사이에서는 주먹으로 이름깨나 날리는 모양새였다.

캬아아아악! 고양이들끼리 싸우는 소리가 흥분에 찬 거친 숨소리와 함께 허공에 울려 퍼질 정도로 격렬한 싸움이었다.

이거야 원, 한숨을 내쉬고 나는 다시 양지쪽에 자리를 잡고 털을 고르기 시작했다.

"조충에 감염됐다고?"

이야기를 듣자마자 외눈이는 험상궂은 얼굴을 내밀었다. 오늘도 녀석은 나보다 이른 시간에 와서 카운터 자리에 앉아 마타타비를 피우고 있었다. 시가 바 '마타타비'에 고양이들이 많이 모여 있는 이유는 사랑의 계절이 오려면 아직 멀었기 때문이다.

외눈이의 옆자리에서는 복면이 마스터를 상대로 풀어놓고 키우는 견공 이야기를 하느라 떠들썩했다. 나도 그 개라면 잘 안다. 꼬리가 없는 불쌍한 녀석인데, 나만 보면 부리나케 짖어대며 쫓아오는 바람에 여간 귀찮은 게 아니다. 다리가 말도 안 되게 짧아서 내 빠른 발을 따라잡은 적은 한 번도 없지만 성가시기로는 그만한 놈도 없다.

"일전에 엄청 큰 걸 토해내더라고. 그 정도면 뱃속의 새끼가 죽는 것도 어쩔 수 없었겠어."

"흠, 다리도 안 좋은 데다 조충이라……. 더더욱 인간의 도움이 필요하겠군."

"어떻게 하는 게 좋을 것 같아?"

"정기적으로 중성화 수술을 하러 다니는 인간 무리가 있어. 운 좋게 그 인간들한테 포획되면 좋은데, 그 암컷은 경계심이 강하니까…… 억지로라도 데려갈까?"

외눈이는 본격적으로 검은 고양이 알선에 나설 작정인 듯했다. 본묘의 의사에 반하는 일은 웬만하면 하고 싶지 않지만 죽고 나면 후회조차 할 수 없다. 영양 상태가 좋지 않아 죽어간 길고양이를 수없이 봐왔기 때문에 더더욱 발을 내밀고 싶은 것이다.

"송곳니가 좀 설득해 주면 좋을 텐데 말이야."

"그 녀석도 이래저래 고집이 센 것 같더군. 다시 한번 이야기해 볼까?"

"그게 좋겠지. 그나저나 요즘 들어 안 보이던데. 너, 혹시 본 적 있냐?"

"나도 못 봤어."

이미 무지개다리를 건너갔는지도 모른다.

그런 불안이 앞섰다. 고양이는 약해진 모습을 들키지 않으려고 죽음이 가까워지면 자취를 감추는 습성이 있다. 이미 어디론가 다른 고양이의 눈에 띄지 않는 곳으로 몸을 숨겼을 가능성도 있다.

"보거든 네가 어떻게든 설득해 봐. 넌 집고양이였던 경험이 있잖아."

내 말에 외눈이는 다시 말이 없었다. 검은 고양이처럼 학대당한 것 같지는 않은데, 대체 무슨 사연이 있길래 그토록 과거 이야기하는 걸 싫어할까.

"이봐, 외눈이. 너, 혹시 버려진 거냐?"

별생각 없이 뱉은 말이었는데 아주 빗나가진 않은 모양이었다. 외눈이는 먼 곳을 바라보듯 눈을 가늘게 떴다. 누군가를 그리워하고 있는지도 모른다. 버려졌다면 그런 표정을 짓는 게 이상할 테지만, 눈빛에서 인간에 대한 원망 같은 건 느껴지지 않았다.

문득 외눈이의 전 주인이라는 인간이 궁금해졌다.

"뭐야? 왜 남의 얼굴은 빤히 보고 그래? 내가 그렇게 상남자답게 생겼냐?"

"선소리 그만하고. 네가 과거를 밝히는 건 좀처럼 없는 일이라 놀라서 그런다."

"내가 무슨 말을 했다고."

"그래도 잘못 짚은 건 아니잖아."

내 집요함에 두 발 들었는지 외눈이는 자신의 과거를 슬쩍 내비치는 말을 꺼냈다.

"뭐, 인간한테도 사정이니 형편이니 하는 게 있으니까. 우리 고양이들처럼 말이야."

"거봐, 역시 넌 집고양이였…… 윽!"

가벼운 냥냥펀치가 날아들었다. 되받아치려고 했으나 그러기 전에 녀석이 앞발로 내 이마를 내리눌렀다. 선수를 빼앗기고 말았다. 녀석은 발을 빼려고 하지 않았다. 어찌 된 영문인지 이마가 눌리면 몸이 옴짝달싹하지 않는다. 나는 그 자세 그대로 한동안 버텼다.

이쯤에서 조용히 넘어가자.

"야, 내가 가만히 있을 때 그 앞발 떼는 게 좋을걸."

"더는 내 과거, 입에 올리지 않겠다고 약속하면."

"그건 장담 못 해."

"그럼, 나도 못 떼지."

"그만하라고 했다?"

나는 상체를 뒤로 젖혀 녀석의 앞발을 피하면서 반격을 시도했다. 그러나 내민 발이 내쳐지면서 다시 이마가 눌렸다. 제기랄, 과연 이 근방의 애송이들과는 급이 달랐다. 가볍게 비켜 상대를 제압하는 요령을 외눈이는 훤히 꿰고 있었다.

그래도 물러설 수는 없어서 나는 앞발을 휘두르며 잽을

날렸다. 오른쪽, 왼쪽 번갈아 잽을 먹였다. 물론 외눈이도 가만히 있지는 않았다.

상황은 점점 심각해져서 주먹다짐으로 발전했다. 발톱은 꺼내지 않았지만, 앞발을 다 휘두르며 냥냥펀치를 쉼 없이 주고받았다. 밉살스럽기 그지없는 놈.

"아, 정말! 가게 안에서 싸움은 금지인 거 모르세요? 정 하시려거든 나가서 하세요! 그래도 싸우시겠다면 마타타비는 못 드립니다!"

마스터의 말에 우리는 하던 싸움을 바로 멈췄다. 마타타비가 없으면 곤란하다. 특히 이 가게의 마타타비는 마스터의 철저한 관리 아래 숙성되어 최상의 품질을 자랑한다. 카운터 안쪽 캐비닛엔 아무리 많은 먹이를 모아도 다른 데서는 절대 구할 수 없는 보물들이 한가득 잠들어 있었다.

"마스터, 오해야, 오해. 우리 싸우는 거 아니라고."

"장난치신 거라고요? 그럼, 이제 충분하시겠네요."

"두 분, 맨날 그러잖아요. 그만큼 사이가 좋다는 얘기 아니겠어요?"

"복면, 넌 가만히 있어."

우리는 마지못해 싸움을 멈추고 얌전히 앞을 보고 앉아 마타타비를 피웠다. 이럴 때는 취하는 게 제일이다.

"애초에 네 놈이 이러니저러니 꼬치꼬치 캐물어대는 게 문제였어."

"네가 자꾸 숨기니까 그런 거잖아. 괜히 더 궁금해지게. 고양이가 호기심 많은 게 뭐, 하루 이틀 얘긴가."

티격태격하고 있자니 카우벨이 울리면서 단골 한 마리가 익숙한 낯짝을 들이밀었다.

"어이, 아재들. 마타타비 들고 왜 또 시든 배춧잎 같은 얼굴이야?"

"오일 왔냐?"

건방진 놈이 왔다. 오늘도 도시락을 얻어먹은 모양이었다. 눈앞에서 어린것이 마타타비값으로 통 크게 내놓는 꼴을 보고 있자니 눈꼴이 시어 견딜 수가 없었다.

"좀 전에 송곳니라는 그 아재 봤거든? 몸이 겁나 안 좋아 보이던데, 금방 죽는 거 아냐?"

"거기가 어디야!"

나도 모르게 따지듯 묻자 바로 근처라고 했다. 위치를 들은 나와 외눈이는 약속이라도 한 듯 스툴에서 내려와 가게를 뛰쳐나갔다.

땡그랑딸그랑, 요란한 카우벨 소리가 우리를 재촉했다.

"네가 왜 따라와?"

"그러는 넌?"

서로 경쟁하듯 달리는 건 아까 그 싸움이 도중에 제지 당해서일까. 네놈한테 질까 보냐, 나는 전력 질주했다. 세 블록 정도를 지나고 오일이 말한 장소에 다다랐다. 서둘러 도착해 주변 탐색에 들어갔다.

"이봐, 저기."

외눈이가 턱으로 가리키는 곳에 송곳니가 있었다. 며칠 사이에 털 상태가 완전히 엉망이 되어 있었다. 눈곱도 말이 아니었다. 아직 날카로운 눈빛은 살아 있었지만, 보면 볼수록 정말 이번 겨울은 못 넘기겠다는 생각이 강하게 들었다. 게다가 오늘은 유난히 추웠다. 수염 끝이 찌릿찌릿했다.

'네가 가 봐' 외눈이의 눈짓에 등을 떠밀려 말을 걸었다.

"어이, 송곳니!"

녀석은 매서운 눈으로 우리를 노려보았다. 상태가 안 좋으니 더 심하게 경계하는 눈치였다. 뭘 빼앗으려는 심산은 아니었지만, 녀석에게 영역을 지키는 일은 사활이 걸린 문제일 것이다.

"뭐야, 또 네놈들이냐."

짜증 난다는 얼굴이었다. 그야 그렇겠지. 나도 쓸데없는 참견이라는 건 안다. 나였어도 그런 얼굴을 했을 게 뻔하다.

"얼마 전에 네 여잘 만나서 얘기했다."

"그게 어쨌다는 거냐?"

"조충에 감염됐다는 거, 알고 있었어? 이제 고집 그만 부리고 인간한테 가라고 자네가 말 좀 해봐. 집은 우리가 알아봐 줄 테니까."

"녀석은 너희들이 하는 말 따위, 안 들어."

제1장 남겨진 아이

"이봐, 정말 그대로 둬도 괜찮겠어?"

이번에는 외눈이가 끼어들었다. 길고양이 두 마리가 나란히 오지랖이라니, 기가 찰 노릇이다. 그래도 어쩌겠는가, 타고난 천성이 그러니. 'NNN'이 자연 발생한 배경에는 우리 같은 오지라퍼 고양이들이 있다.

"나라고 아무 생각이 없는 건 아니야."

송곳니는 생각지 못한 말을 꺼냈다.

"내가 밥을 얻어먹는 집이 있어. 거기로 데려갈 거야. 여름부터 다니면서 꼼꼼히 다 확인했다. 내가 발톱을 세우고 잽을 날려서 피가 났을 때도 그 집 인간은 화를 내지 않았어. 그건 진짜 고양이를 좋아한다는 뜻이야. 그 집이라면 안심하고 녀석을 맡길 수 있어."

"믿어도 되겠지?"

"남자는 한 입으로 두말 안 한다. 내가 책임지고 데려갈 거야. 안 그래도 그 집에 가려던 참이다. 못 믿겠거든 지켜보든가."

말을 마친 송곳니가 천천히 걷기 시작했다. 뒤를 따라가자, 옆집 마당에서 검은 고양이가 이쪽을 지켜보고 있었다. 송곳니가 먹이를 구하러 가는 걸 아는 눈치였다. 늘 송곳니가 남긴 밥을 먹어왔던 모양이다.

"정말 인간한테 맡길까?"

외눈이가 귓속말을 해오길래 나도 녀석에게 들리지 않을

정도로 작게 말했다.

"거야, 모르지."

송곳니가 도착한 곳은 흰 벽으로 된 비교적 새로 지은 집이었다. 창문으로 따스한 빛이 흘러나왔다. 뒷문 쪽에는 작은 차양이 있었고, 그 아래로 빈 그릇이 보였다.

바로 옆에 있는 창고 문이 살짝 열려 있어서 그 틈새로 고양이 한 마리가 드나들기 딱 좋았다.

"확실히 고양이를 좋아하는 집이군."

"그러게."

조용히 상황을 지켜보는데 송곳니가 뒷문 입구 바닥에 앉는 게 보였다. 뒤따라온 검은 고양이는 재빨리 창고 안으로 몸을 숨겼다.

얼마나 지났을까. 앉아 있던 송곳니가 식빵 굽기 자세(우리 고양이들이 긴장을 풀고 쉴 때 앞발을 가슴 아래로 접고 몸을 웅크려 앉는 방법이다)를 했다. 잠시 후 덜컹 소리가 나면서 뒷문이 열렸다. 봉지를 들고 나온 인간 여자가 뚜껑이 달린 통 안에 그것을 휙 던져넣었다. 저게 뭔지는 잘 안다. 가끔 맛난 것이 들어 있는 봉지다. 그중에서도 닭 뼈는 최고라고 할 수 있다. 운 좋게 깊은 맛이 나는 살코기가 잔뜩 붙어 있을 때도 있다.

「어머, 야옹이 있었구나? 밥 줄까?」

빈 그릇을 들고 집 안으로 들어간 인간이 잠시 후 다시 나왔다. 이번에는 그릇 안에 맛있는 냄새가 나는 걸 담아왔다.

그릇을 앞에 내려놓자, 송곳니는 커다란 얼굴을 들이밀고 먹기 시작했다. 맛있겠군. 배가 꾸르륵거리며 요동을 쳤다.

「야옹이, 맛있어요?」

쪼그리고 앉아서 송곳니가 먹는 모습을 바라보던 인간은 잠시 후 천천히 일어서서 창고 쪽을 힐끔거렸다. 그리고 발소리를 죽여가며 그쪽으로 향했다.

저렇게 큰 발소리를 내면서 눈치채지 못할 거라고 생각하다니, 바본가? 우리의 청각을 너무 얕잡아 보는군.

아니나 다를까, 검은 고양이가 후다닥 도망쳐 버렸다. 인간은 「앗!」 하고 소리를 질렀으나 뒤쫓으려고는 하지 않았다. 아쉬운 듯 한숨을 내쉬더니 송곳니에게 무슨 말을 건네고는 집 안으로 돌아갔다.

"아니, 도망은 왜 가냐고! 그냥 받아들이면 좋잖아."

"그 정도로 무서운 거겠지, 인간이."

"그래도 그렇지, 송곳니 녀석도 저렇게 잘만 받아먹잖아."

"나한테 뭐라 해봤자 소용없어. 난 그 아가씨가 아니라고."

"아우, 진짜……."

맞는 말이다. 어른스럽지 못하게 애먼 외눈이한테 성질을 부렸으니, 깊이 반성한다.

아드득까드득 씹는 소리가 어둠 속에서 희미하게 들려왔다. 그 소리가 내 배에서도 울려 퍼진다. 남이 밥 먹는 모습은 역시 볼 게 못 된다. 돌아가려고 외눈이를 재촉하는데, 검은 고양이가 다시 돌아오는 게 보였다. 어지간히 배가 고팠나 보다. 조심조심, 주위를 경계해 가며 송곳니 쪽으로 걸어갔다.
 인간이 없다는 걸 확인하자, 송곳니를 밀어내듯 그릇에 얼굴을 처박고 허겁지겁 먹기 시작했다.
 일단 오늘 밤은 끼니를 해결한 모양새다.
 "저 정도면 한동안은 괜찮겠어. ……뭐야? 왜 그래?"
 외눈이가 나를 뚫어지게 보는 게 느껴져 물었더니, 질렸다는 듯 한마디 했다.
 "정말, 오지랖이 장난 아니구나, 너."
 "그러는 너도 여기까지 따라왔잖아. 뭐가 다른데?"
 "그렇게 걱정되거들랑 네가 대신 먹여 살리든가."
 "무슨 말도 안 되는 소리야. 나도 봄을 대비해서 체력을 비축해 둬야지. 안 그랬다가는 연애는 물 건너간다고. 그리고 내가 그렇게까지 여자를 밝히지는 않거든."
 나는 개똥 같은 소리라며 외눈이의 말을 단번에 거절했다.
 우리들 고양이는 기본적으로 자신을 희생해 가면서까지 먹이를 나눠주는 짓은 하지 않는다. 설령 자신의 새끼를 가진 암컷이라고 해도 말이다. 내가 사는 일이 가장 우선이다. 하물며 임자 있는 고양이라면 더 말할 것도 없다. 물론 그래도 걱정되는 건 사실이지만.
 "뭐야, 검은 고양이한테 반한 거 아니었어?"
 "무슨 소리. 나는 고분고분한 여자가 좋다고. 너야말로 마음 있었던 거 아니야?"

"나도 저런 성깔 있는 아가씨는 사양이야. 으, 추워. 잘린 귀, 그만 돌아가자."

나는 외눈이와 함께 담장을 따라 가게 쪽으로 걷기 시작했다. 발바닥에 닿는 콘크리트 블록이 차가워서 잰걸음을 놓긴 했지만, 슬쩍 한 번 돌아보았다.

정신없이 그릇을 핥아대던 검은 고양이에게서 살고자 하는 강한 의지가 느껴졌다. 아직 새끼를 낳을 생각인지도 모른다.

뭐라 말로 형용할 수 없는 기분이 가슴속에 휘몰아쳤다. 삶에 대한 집착이 인간에게 밥을 달라고 나서는 용기의 원천이라면, 조금은 더 죽은 새끼를 품고 있어도 괜찮지 않을까.

나는 그렇게 자신을 타일렀다.

그날 이후로 송곳니와 함께 인간의 집에 밥을 얻어먹으러 가는 검은 고양이의 모습이 자주 눈에 띄었다.

나는 신경이 쓰여 종종 살피러 가곤 했는데, 그 집 주인 역시 송곳니 말고도 몰래 와서 밥을 먹는 고양이가 있다는 걸 아는 눈치였다. 어느 날부터인가 그릇이 두 개로 늘어 있었다. 제 모습을 드러내지 않는 고양이 밥까지 챙기다니, 별난 인간이 있기는 있는 모양이다.

추위는 더욱 매서워졌고 나는 어느새 송곳니와 검은 고양이에게 신경을 덜 쓰게 되었다. 내 코가 석 자인지라 먹이 구하는 일에 바빠서 다른 고양이를 신경 쓸 여력이 없었다. 그리고 어느 날부터인가 검은 고양이의 모습이 완전히 보이지 않게 되었다.

배가 홀쭉해진 그녀와 다시 만난 건 그로부터 일주일이 지난 후였다.

겨울이 왔는데도 배가 여전히 불러 있는 걸 보고 먹이를 챙겨주던 인간도 이상하게 여긴 모양이다. 포획해서 병원에 데려간 게 틀림없었다. 이왕이면 그대로 데려가 집고양이로 키우면 좋았을 텐데, 거기까지 바라는 건 욕심이었을까.

지역 고양이[+]로 방사된 듯했다.

그래도 뱃속의 죽은 새끼만 꺼내면 어떻게든 살 수 있겠거니 생각한 나는 크게 신경 쓰지 않았다.

하지만 또다시 내 오지랖 부리는 성격에 불을 붙이는 사건이 벌어졌다.

하늘에서 폴폴, 하얀 가루가 흩날렸다. 밤새도록 마당을 반짝이게 하던 불빛들이 사라지는 시기가 오면 기온이 뚝 떨어진다.

[+] 지역 주민이 공동으로 사육·관리하는 고양이

특히 오늘은 추위가 더욱 기승을 부려 한낮에도 기온이 거의 오르지 않았다. 태양이 얼굴을 내민 것만으로도 감지덕지했다. 배고픔이 사무치게 몰려왔다.

인간들이 요즘은 쓰레기 하나 버리는 데도 철망으로 된 울타리 안에 모아놓지를 않나, 봉투 위에 그물망을 씌우지를 않나, 지나칠 정도로 유난을 떨어가며 신경을 써댄다. 정말이지 먹고살기 힘든 세상이 되어버렸다. 게다가 이 시기는 공원에 오는 인간도 많지 않아서 맛있는 걸 얻어먹을 확률도 낮았다.

나는 담장을 딛고 지붕으로 올라가 그루밍을 하기 시작했다. 밤의 장막이 차츰 주변 풍경을 감싸고 새들도 제 둥지로 돌아가고 있었다.

그때 까악, 새 울음소리가 들렸다. 까마귀였다. 목소리 시끄러운 검은 새는 내가 지나온 담장 위에 내려앉더니 가볍게 튀어 오르듯 두 발로 콩콩거리며 가까이 다가왔다. 근처 전선 위에도 몇 마리가 앉아 있었다. 감히 날 겁주겠다니, 간도 크구나.

나는 놈들을 경계하면서도 그루밍을 멈추지 않았다. 놈들이 떼로 덤비면 다치지 않고 끝날 방법은 없었다. 하지만 그건 놈들도 마찬가지였다. 나는 다리를 쭉 뻗고 무릎부터 발끝까지 정성껏 핥았다. 그게 끝나면 다음은 아랫배와 가랑이 사이다. 어디 내놔도 꿀리지 않는 땅콩 손질도 게을리하지 않는다.

까악! 까마귀가 다시 울음소리를 냈다. 아까보다 거리가 좁혀졌다. 내가 겁이라도 집어먹은 줄 알았던 걸까. 정 그렇게 심심하다면 상대해 주지.

나는 재빨리 자세를 가다듬고 냅다 놈에게 달려들었다. 그러나 내 날카로운 발톱은 허공만을 갈랐을 뿐이다. 푸드드득……. 날갯짓 소리를 내며 날아오르는 까마귀를 올려다보았다. 상대하지 말걸 그랬다는 후회가 몰려왔다. 조만간 잡아먹어 주마.

사냥에 실패한 일 따윈 없었던 것처럼 태연히 걷다가 인간이 버린 음식물 쓰레기 봉지를 열심히 핥아대는 검은 고양이를 발견했다. 먹이를 챙겨주는 사람이 있는데도 아직 부족하단 말인가.

좀 전의 까마귀 일도 있고 해서 나는 말을 걸려고 다가갔다. 다리가 불편한 고양이에게 놈들의 존재는 위협적이다.

"오랜만이네."

"헉! 뭐, 뭐야?"

검은 고양이는 나를 견제하면서도 눈앞에 떨어진 봉지에서 눈을 떼지 못하고 힐끔거렸다. 봉지에서 희미하게 생선 냄새가 났다. 고등어다. 그 향기로운 냄새에 나도 그만 코를 킁킁거렸다.

"왜 그런 걸 먹는 거지?"

"왜냐니……. 내 맘이지."

송곳니랑 같이 밥을 얻어먹기 시작하면서 영양 상태도 조금은 나아졌겠거니 했더니만 털은 푸석푸석하고 여전히 깡말라 있었다. 밥을 먹으러 가지 않았던 걸까?

"아가씨, 그런 거 안 먹어도 밥 챙겨주는 집 있잖아?"

"그 집에는 이제 안 가. 인간 따위, 정말 싫다고. 송곳니의 새끼였는데……."

검은 고양이는 화가 잔뜩 나 있었다. 목숨을 구해줬음에도 불구하고 뱃속의 새끼를 꺼낸 일이 응어리로 남은 듯했다.

"중성화 수술을 당했구나. 그야, 어쩔 수 없지."

"어쩔 수 없다니. 송곳니한테 이상한 소릴 해서 바람을 불어넣은 게 당신들이잖아! 그 바람에 새끼를 빼앗겼다고! 내가 얼마나 애지중지 품고 있었는데……."

검은 고양이의 처절한 절규를 나는 잠자코 듣고만 있었다.

뱃속의 새끼는 이미 죽어 있었다고 말하려 했으나 그만두었다. 아마 그녀도 알았을 것이다. 자기 뱃속에 있는 새끼는 결코 첫 울음소리를 내지 못했을 거라는 걸…….

그러나 그 슬픔이 너무 큰 나머지 인정할 수 없는 것이다. 다른 누군가의 탓으로 돌리지 않으면 마음이 무너지고 말테니까.

"그 다리로는 겨울을 버티기 힘들 거야. 순순히 인간의 도움을 받아."

"역시 인간들은 무서워. 하얀 옷을 입은 인간이 있는 곳으로 끌려갔었어. 여럿이 달라붙어서 내 몸을 마구 주물럭대고…… 그런 거 이제 끔찍하다고!"

떨리는 목소리로 호소하는 검은 고양이는 두려움에 사로잡혀 있었다. 이런 상태라면 아무리 굶주려도 밥을 얻어먹으러 가지 않을 게 뻔하다.

"앞으로 점점 더 추워질 거야. 괜한 고집 부리지 말고 가서 집고양이로 살아."

"인간도 똑같은 소릴 하길래 확 할퀴어버렸어. 난 절대로 안 속아."

"뭐야, 그냥 방사된 게 아니란 말이야?"

검은 고양이 말로는 좀처럼 인간을 따르지 않아서 하는 수 없이 방사된 거라고 했다. 임시 보호소에서 나올 때까지 인간이 주는 밥은 입도 대지 않았다고 한다. 하여간 성깔 하나는 따라올 고양이가 없을 정도다.

"혼자 얼마든지 살 수 있어. 그러니까 좀 내버려둬."

나는 한숨을 내쉬었다. 그렇게까지 말한다면야 더 떠들어봤자 내 입만 아프지. 죽을지도 모르지만, 그것도 운명이다. 거기까지 개입할 생각은 없다.

"그래, 알았어."

나는 짧게 답하고 자리를 떴다. 익숙한 길을 따라 '마타타비'로 향한다. 이럴 땐 맛 좋은 마타타비라도 피우면서 가라

앉은 기분을 달래야 한다.

나는 길을 건너 또 다른 집 담장 안으로 들어섰다. 마당 한쪽에는 물이 든 페트병이 늘어서 있었다. 새로 이사 온 인간이 살면서 놓이기 시작한 물건이다. 인간이 하는 짓은 도통 모르겠다. 이런 걸 장식해 놓고 뭐가 재미있다는 건지.

나는 걸음을 멈추고 볼일을 보기 위해 화단을 헤치고 들어갔다. 폭신폭신한 흙의 감촉이 기분 좋았다.

「야!」

호통치는 소리가 들리는가 싶더니 머리 위로 차가운 게 쏟아졌다. 빌어먹을, 물이다. 허둥대며 그 자리를 벗어났지만, 몸은 이미 홀딱 젖은 뒤였다. 돌아보니 호스를 든 인간이 자동차 뒤에 서서 뭐라 뭐라 소리를 지르고 있었다. 방심했다.

이게 다 검은 고양이 때문이다. 더는 참견하지 않기로 했으면서 계속 신경 쓰다가 결국 이런 꼴이다. 나답지 않다. 오지랖은 이제 그만두자.

"에취!"

부르르, 몸을 퍼들거려 물기를 털어내고 등을 웅크렸다. 대충 털을 가다듬고 서둘러 '마타타비'로 향했다. 추워서 견딜 수가 없다.

문을 열고 들어서자, 마스터가 내 꼴을 보고 눈이 휘둥그레졌다.

"아이고, 잘린 귀 씨. 대체 무슨 일이에요?"

'아무것도 묻지 말아주게.'

나는 조용히 카운터 자리에 앉았다. 오늘 마타타비값으로 내놓은 건 쥐 꼬리였다. 도미니카산 '냐비도프'가 있다는 말에 주문을 넣는다.

평소와 다름없는 얼굴들이 다 모여 있었고 나는 단숨에 모두의 시선을 끌었다. 건드리지 말라는 분위기를 풍겼지만, 녀석들의 호기심에 기름만 부은 꼴이었다. 다들 히죽히죽 웃으며 내게 관심을 보였다.

"뭐야, 그 비 맞은 생쥐 꼴은."

"저 정도면 뭐, 그냥 물에 젖어도 화보 아니에요?"

"진짜, 아재들 하는 짓은 도저히 이해 불가라니까."

오일 녀석이 큭큭거리며 웃어댔다. 도발하는 듯한 눈빛이었다. 외눈이가 연기를 피워 올리며 시크한 척 분위기를 잡더니 거들고 나섰다.

"이 녀석이랑 같은 취급하지 마라, 오일. 같은 아재인 나도 감이 안 오기는 마찬가지야."

배신자 놈. 나는 속으로 독을 품었다.

"저기, 도대체 무슨 일이 있었던 거예요? 말 좀 해봐요."

"묻지 말라니까. 아재 자존심에 스크래치 나잖냐. 뭐, 물어보나 마나 여자 꽁무니 쫓아다니다가 발이라도 헛디뎠겠지."

"와, 잘린 귀 아저씨도 그럴 때가 있어요?"

"있지. 이놈이라면 있고도 남지. 보기보다 꽤 덜렁대는 얼빠진 놈이라고."
 저마다 떠들어대니 시끄러워서 참을 수가 없다. 이대로 가만히 입 다물고 있다가는 제멋대로 상상력을 발휘해서 없는 얘기까지 지어낼 판이다. 사태를 수습하려면 순순히 자백하는 수밖에.
 "인간한테 물벼락을 맞았다."
 "아우, 쪽팔려!"
 오일이 낄낄대며 웃었다. 사실대로 말해도 상황은 달라지지 않았다. 약속이라도 한 듯 대체 어쩌다 그런 꼴이 됐냐며 또 다른 호기심으로 눈알을 반짝였다.
 "마당에서 오줌 좀 눴다고 이 꼴을 만들어놓더라고. 정말이지, 인간이란 족속은 제멋대로라니까. 언제부터 거기가 그 인간의 땅이 됐다는 건지."
 "이제 와서 뭘 새삼스럽게……."
 다들 같은 생각을 하는 눈치였다.
 인간들은 제멋대로 땅에 울타리를 둘러치고 자기 땅이라고 우겨댄다. 그건 누구의 것도 아니다. 누구나 이용할 수 있는 땅을 독차지하고 우리가 지나가기라도 하면 「쉿! 쉿!」 불쾌한 소리를 내며 쫓아내려 든다. 나중에 와놓고 제 것인 양 모두의 땅을 마구 들쑤셔 놓는다.
 "인간들은 밴댕이 소갈머리라니까."
 "그래도 간식을 주는 인간도 있잖아요."

"잘하면 닭튀김도 얻을 수 있고 말이야."

"맞아요, 맞아. 인간들이 먹는 건 진짜 맛있잖아요. 요전에 편의점 주차장에서 하얗고 폭신폭신한 걸 얻어먹었거든요. 처음 먹어봤는데, 생선 냄새가 물씬 나는 게 맛이 끝내주더라고요."

"그거, 한펜[+]이다, 한펜! 정말 맛나지."

젊은 고양이 두 마리는 인간에게 붙임성 있게 굴면서 꽤 짭짤한 재미를 보는 눈치였다. 지금까지 얻어먹은 음식 이야기로 한창 흥이 올라 있었다.

햄버거 고기에 치킨 조각, 버터 향이 나는 빵, 그리고 생크림. 커스터드 크림이라는 것도 있다. 그중에서도 단연 으뜸은 고양이 전용 간식으로, 닭고기 냄새가 솔솔 나는 부드러운 페이스트 형태의 간식이다.

그건 정말 위험하다. 나도 핥아본 적이 있는데, 고양이를 영 못 쓰게 만드는 놈이다. 천하의 내가 꼬리까지 세우고 부비부비 해가며 더 달라고 조를 정도였으니까…….

나는 몇 번 먹어본 그 맛을 떠올리며 조용히 마타타비를 피웠다. 누군가 쳐다보는 시선이 느껴졌다.

"뭐야? 왜 그러는데?"

[+] 半片, 생선살을 으깨 달걀흰자나 마 등을 섞어 만든 흰 어묵

"너 정도 되는 녀석이 어쩌다 방심한 거지? 딴생각이라도 한 거야?"

전부 꿰뚫어 보는 듯한 외눈이의 말에 나는 코웃음을 지었다. 날카로운 놈.

"송곳니 여자를 만났어."

"역시. 그래서 또 생각이 많아져서 물벼락을 맞았구먼."

"집고양이가 될 기회를 걷어찬 모양이야."

"뭐, 정 싫다면 어쩔 수 없지."

"난 이제 신경 끌 거야. 절대 신경 안 써."

스스로에게 다짐하듯 말을 반복했다. 중요한 건 두 번 말한다. 그 까칠한 암컷이 어떻게 되든 말든 이제 내 알 바 아니다.

나는 불붙인 마타타비를 재떨이에 내려놓고 아직 덜 마른 어깻죽지 털을 핥았다. 한번 시작하면 직성이 풀릴 때까지 멈출 수 없는 게 그루밍이다.

"그렇게 안절부절, 정신 사납게 굴지 좀 마. 마타타비 맛 떨어지잖아."

"시끄러워."

나는 한껏 털 손질을 하고 발바닥 젤리도 깨끗이 다듬었다. 복잡했던 마음이 겨우 진정되었다.

"잠깐만요, 잘린 귀 씨."

그때 마스터가 코를 찡그리며 나왔다. 무슨 일인가 하고 고개를 드니, 눈짓으로 와달라는 사인을 보내왔다. 나와 외눈이는 자리에서 일어나 카운터 옆을 지나 뒷문으로 돌아갔다. 그리고는 눈에 들어온 광경에 할 말을 잃었다.

"방금 무슨 소리가 나서 보러 나왔더니, 여기 이러고 있더라고요."

그곳에 웅크려 있는 건, 송곳니였다.

죽을 때가 가까워진 고양이를 보는 건 숱하게 많이 겪어 봤지만, 여전히 익숙해지지 않았다. 아마 슬그머니 다가오는 죽음의 냄새를 예민하게 감지하기 때문인지도 모른다.

마타타비를 피울 기력도 없는지 송곳니는 식빵 굽는 자세를 한 채 꼼짝도 하지 않았다. 얼굴은 눈곱과 콧물로 범벅이 되어 엉망이었다. 코가 막혔는지 숨을 쉴 때마다 휘휘, 휘파람 부는 듯한 소리가 났다.

예전 모습은 찾아볼 수 없을 정도로 처참해진 몰골에 말문이 막혀있는데, 뒤에서 경망스러운 복면의 목소리가 들려왔다.

"어라라? 뭐예요. 무슨 일이래요? 왜 다들 심각한 건데요."

평소처럼 촐랑거리며 우리 사이로 얼굴을 쑥 내밀었다. 하지만 역시나 복면도 할 말을 잃는다. 녀석은 나만큼 다른 고양이의 죽음에 익숙하지 않을 게 분명하다.

오일도 무슨 일인가 싶어서 다가왔다. 참 호기심 많은 고양이들이다.

제1장 남겨진 아이

"가게는 팽개쳐 두고 무슨 일……"

말하다 말고 오일이 입을 다물었다. 늘 허세 부리며 건방지게 구는 녀석이 흔치 않게 동요하고 있었다. 그 정도로 송곳니의 상태는 충격적이었다. 이런 꼴을 보이고 싶지 않았을 텐데, 그런데도 굳이 여기까지 온 것이다. 그만큼 간절한 마음이 컸기 때문이라는 건 묻지 않아도 알 수 있었다.

"송곳니, 여기서 왜 이러고 있는 거냐?"

"남자 대 남자로 부탁이 있다."

"부탁?"

"그 녀석을 좀 찾아 줘. 요즘 통 보이질 않아. 밥도 먹으러 오질 않는다고."

검은 고양이가 수술받은 이후로 인간이 주는 밥을 거부한다는 걸 송곳니도 아는 눈치였다. 그래서 자신이 떠나고 난 뒤의 일을 걱정하는 거였다.

"오늘 막 만난 참이야. 먹을 걸 찾아 쓰레기를 뒤지고 다니더군."

"그 바보 녀석이……"

한마디 중얼거리더니 다시 고개를 떨궜다. 체력이 너무 많이 떨어져 있었다. 사그라질 듯 위태로운 생명의 불씨를 간신히 불살라 여기까지 온 것이다. 이런 녀석에게 '남자 대 남자로'라는 말까지 들은 이상 외면할 수는 없었다. 오지랖이라며 비웃을 거라는 건 이미 각오했다.

"부탁을 받았으니 어쩔 수 있나. 찾아서 데려올게."

"나도 같이 가지. 나눠서 찾는 게 빠를 거야."

나를 가장 비웃을 거라 여겼던 외눈이가 망설임 없이 나섰다.

"별수 없네. 아재 둘로는 마음이 편치 않으니까 발 빠른 내가 도와주지."

"그럼, 저도 도울게요."

설마 저 애송이 녀석들까지 함께 나서줄 줄은 몰랐다. 요즘 젊은 놈들도 아주 못 쓸 정도는 아니군.

"마스터, 송곳니 좀 안으로 들여보내 주게."

외눈이가 말하자 마스터는 흔쾌히 응낙했다.

"아, 그 정도야 어렵지 않죠. 송곳니 씨, 이쪽으로. 일어설 수 있겠어요?"

송곳니가 휘청거리며 가게 안으로 들어가는 모습을 지켜본 뒤 우리는 검은 고양이를 찾아 나섰다. 블록을 나눠서 고양이가 숨을만한 장소를 샅샅이 뒤졌다.

살을 에는 바람이 사정없이 코를 때렸다. 발바닥 젤리에서도 점점 체온이 빠져나갔다. 익숙해졌다고는 해도 추운 건 추운 거다.

만난 지 불과 몇 시간 지나지 않았는데도 막상 찾으려니 검은 고양이의 모습은 좀처럼 보이지 않았다. 불편한 다리였다. 그리 멀리 가지는 않았을 터. 나는 끈기 있게 수색을 계속했다.

제1장 남겨진 아이

"이봐, 잘린 귀. 무슨 일이길래 그렇게 서두르는 거야?"

안면 있는 길고양이가 말을 걸어왔다. 걸음을 멈추고 코인사를 나눈다.

"혹시 다리 불편한 검은 고양이 못 봤어?"

"글쎄. 오늘은 아무도 못 봤는데. 다들 자기 은신처에서 꼼짝 안 하고 있어. 나도 돌아가려는 참이고."

체력을 아끼려고 검은 고양이도 어딘가에 몸을 숨기고 있을 것이다. 그러면 찾기가 어렵다. 담장 위에서 외눈이의 위치를 확인하고 그쪽으로 걸음을 서둘렀다.

"찾았어?"

"아니, 단서 하나 없어. 어디로 가버린 모양이야."

초조한 기색을 보이기 시작할 무렵, 젊은 두 마리가 달려왔다.

"아재! 조금 전에 봤다는 녀석이 있어. 7번길 근처에 있었대."

"아, 그러고 보니, 일전에 하야시 씨네 옆 공터에서 본 적 있어요. 여기서 가까워요."

"거기다!"

그 공터는 일부가 밭으로 되어 있어서 초봄부터 가을이 끝날 무렵까지 벌레가 잘 잡힌다. 문 없는 허름한 창고도 있어서 고양이들이 몸을 숨기기 딱 좋은 장소다. 거기 있을 가능성이 크다고 보고 서둘러 달려갔다.

공터는 조용했고 움직이는 것이라고는 아무것도 없었다. 밭에 시든 풀이 듬성듬성 보였지만 벌레 그림자도 보이지 않는 살풍경한 곳이었다. 양동이 안에 고인 물이 갈색으로 탁하게 흐려져 있었다.

창고 가까이 다가가자, 고양이의 기척이 느껴졌다. 창고 구석에 검은 물체가 웅크리고 있는 게 보였다. 찾았다!

나는 외눈이에게 어이, 하고 턱으로 가리키며 검은 고양이의 존재를 알렸다.

"나는 낮에 마주쳤다가 하악질 당했으니까, 이번엔 외눈이 네가 좀 가 봐."

할 수 없다는 듯 외눈이가 가까이 가자 검은 고양이는 곧장 경계심을 드러냈다. 아직 위협해 오지는 않았지만, 언제라도 그 빨간 입을 벌리고 날카로운 발톱을 휘두를 기세였다. 하기야 사내놈 네 마리가 떼거리로 몰려왔으니, 저런 표정이 나올 만도 하지.

"복면, 가자."

오일이 눈치채고 복면과 자리를 떴다.

"당신들, 나한테 무슨 용건이라도 있어?"

"송곳니가 당신을 찾고 있어. 우리랑 같이 가자."

"어째서?"

"그만하면 됐으니까 가자고. 송곳니가 찾는다니까."

검은 고양이는 망설이는 듯했으나 의외로 순순히 일어나

창고를 나왔다. 나와 외눈이가 가게 쪽으로 걸음을 옮기자 잠자코 따라나섰다.

절름거리며 힘겹게 걷는 검은 고양이가 마음에 걸려서, 우리는 몇 번이고 뒤를 돌아보며 천천히 가게로 돌아왔다. 뒷문을 통해 안으로 들어가자 익숙한 재즈와 마타타비 향이 우리를 맞이했다. 두 젊은 고양이는 아무것도 모르는 척 태연하게 카운터 자리에 앉아 마타타비를 피우고 있었지만, 순진하게도 귀는 이쪽을 향해 있었다. 송곳니는 구석의 박스 자리에서 식빵 굽는 자세를 하고 있다가 우리가 온 걸 알아차리고는 고개를 들었다. 시선은 검은 고양이에게 쏠려 있었다.

"나한테 할 말이 있는 거야?"

"어디 갔었어? 내가 어렵게 고르고 골라서 밥 줄 인간한테 데려다줬더니."

"그 집에는 안 갈 거야."

"오늘은 뭘 좀 먹었어? 아무것도 못 먹은 거지? 밥 먹으러 가자."

"싫어. 무서워. 인간은 정말 소름 끼치도록 무섭단 말이야."

검은 고양이는 겁에 질려 떨고 있었다. 눈에 띄게 납작해진 배를 보면서 송곳니가 차분히 타일렀다.

"그 집은 괜찮다고 했잖아."

"괜찮지 않아! 이상한 곳으로 데려가서 뱃속에 있던 새끼를 빼앗아 갔단 말이야!"

"새끼는 이미 죽어 있었어."

"흑……!"

검은 고양이는 절규했다.

이미 알고 있었을 터였다. 하지만 이렇게 송곳니의 입으로 직접 들으니, 그 순간 부정할 수 없는 현실이 되고 말았다. 믿고 싶지 않았을 것이다. 무엇보다 그런 말을 꺼낸 이가 그 누구도 아닌 송곳니라는 사실이 가슴을 더욱 아프게 만들었다. 이제 받아들이는 수밖에 없다.

"밥도 잘 챙겨 먹었는데."

"알아. 그래도 부족했던 거야."

"다리가 아파도 참고 애썼는데……."

"그랬지. 그 다리를 해서도 여기저기 참 열심히 뛰어다녔어. 그것도 다 알아."

"그렇게 키운 새끼를 인간한테 빼앗겼어. 당신 자식이라고."

"그렇지 않아. 널 살려준 거야. 계속 몸이 안 좋았잖아. 한계였다고. 뱃속이 차갑다면서 계속 울었잖아."

검은 고양이는 반박하지 않았다. 송곳니의 말대로였다. 고집을 부렸을 뿐 몸은 괴로웠을 게 뻔했다. 나라고 한들 뱃속에 죽은 새끼가 있다면 견디지 못했을 것이다.

그런데도 그 작은 몸에 줄곧 품고 있었던 거다. 죽었다는 걸 알면서도 품고 있는 새끼를 소중히 여긴 것이다.

"하지만 그래도 무서워. 다시 그곳으로 끌려갈지도 몰라."

"그럼, 내 뒤에 숨어 있어. 그럼 괜찮겠지? 널 잡으려고 하면 내가 확 할퀴어 줄 테니까."

송곳니는 비틀비틀 걸음을 내디뎠다. 어쩌면 걷는 것조차 버거운 상태일지도 몰랐다. 발걸음이 그걸 말해주고 있었다. 검은 고양이는 그 모습을 바라보고만 있었으나 내가 가보라고 재촉하자 하는 수 없이 그 뒤를 따랐다. 그리고 나도 두 마리를 따라나섰다.

그래, 어차피 나는 다른 고양이 일이라면 앞뒤 안 재고 발 벗고 나서는 오지라퍼다. 안다, 알아. 이런 짓을 한다고 주린 배가 채워지지 않는다는 것쯤. 밖은 춥고 쓸데없는 체력 낭비일 뿐이란 것도.

그러나 신경이 쓰이는 걸 어쩌란 말인가. 별수 없이 이게 내 천성이라고, 그냥 받아들이기로 했다.

"너, 아주 뼛속까지 오지라퍼구나."

"닥쳐. 너도 여기까지 온 주제에."

외눈이도 궁금한 건 마찬가지인 모양이다. 어느 틈에 따라와 있었다.

송곳니가 밥을 얻어먹는 집까지 그리 멀지는 않았지만 비틀거리며 걷는 송곳니와 마음 내켜 하지 않는 검은 고양이의 발걸음으로는 실제보다 훨씬 멀게 느껴졌다. 차가운 공기 때문인지 달빛이 여느 때보다 휘영청 밝았다. 젤리에 닿는 지면의 감촉이 선뜩할 정도로 싸늘해서 발바닥의 감각이 없어질 것만 같았다.

힘겹게 도착한 송곳니가 뒷문으로 다가갔다. 검은 고양이는 담장 안으로 들어가려고 하지 않았지만, 송곳니가 되돌아와서 뭐라 말하자 그 커다란 몸 뒤로 숨듯이 따라서 걸음을 내디뎠다.

잠시 후 뒷문이 덜컹 소리를 내며 인간이 얼굴을 내밀었다. 검은 고양이가 움찔하며 경계했지만, 용케 도망치지 않고 송곳니 뒤로 몸을 숨겼다.

「아, 검은 고양이구나!」

인간은 일단 집 안으로 자취를 감췄다. 분주한 발소리가 들리는가 싶더니 두 손에 먹이가 든 그릇 두 개를 들고 나왔다.

「아, 다행이다. 건강하게 지냈구나. 둘 다 이리 오렴.」

송곳니 앞에 밥그릇을 놓고 또 하나를 내밀어 안을 보여주고 나서 그 옆에 두었다.

「자, 봐. 먹어도 돼. 이리 와.」

배고픔은 거역할 수 없는 모양이었다. 검은 고양이는 인간을 경계하면서도 밥이 든 그릇 가까이 다가갔다. 그리고 입 한가득 볼이 미어지도록 먹이를 욱여넣더니 재빨리 도망쳐 인간으로부터 2미터 정도 떨어진 곳에서 오도독 소리를 내며 먹기 시작했다. 때때로 인간을 돌아보며 경계하는 일도 게을리하지 않았다.

그런 행동을 몇 번인가 반복하더니 자신에게 위해를 가할 생각이 없다는 걸 알았는지 종국에는 그릇에 머리를 들이밀고 그 자리에서 먹기 시작했다.

「맛있니?」

말을 걸어도 고개조차 들지 않았다. 정신없이 먹는 모습을 보고 우리는 더 이상 지켜볼 필요 없겠다고 느꼈다.

"저 녀석도 겨우 인간한테 신세 질 마음이 생겼군."

"자, 이제 슬슬 가게로 돌아갈까?"

"날도 추워지는데 오늘은 좋은 마타타비나 피우면서 지내 볼까?"

발길을 돌리는데 케헥케헥, 하는 소리가 들렸다. 돌아보니 송곳니가 고개를 떨구고 심하게 기침을 해댔다. 기침 소리가 잦아들자 일어나 비척비척 걸어 그 자리를 벗어났다. 먹을 기운도 없는지 그릇 안에는 밥이 거의 그대로 남아 있었다. 검은 고양이가 송곳니가 남긴 몫까지 전부 먹어 치웠다. 정말 잘도 먹는다.

송곳니는 바로 옆에 있는 창고로 들어갔다. 긴 세월 길고양이로서의 삶을 고집해 왔지만, 그 자리를 떠날 기력도 없는 모양이었다. 검은 고양이도 배를 다 채우자 좁은 문틈 사이로 창고 안으로 숨어들었다. 두 마리가 함께라면 추위도 견뎌낼 수 있겠지.

인간도 그 모습을 보고 안심했는지 집으로 들어갔다.

"뭐야, 너도 바삭바삭한 사료가 먹고 싶은 거야? 그럼, 집

고양이로 살든가."

"장난하냐. 집고양이는 말이지, 강제로 땅콩 떼이는 일이 대부분이야. 이제 곧 사랑의 계절이 올 텐데 그건 곤란하지."

지금까지 여러 차례 거세당한 수컷들을 보아 왔지만 그건 도저히 받아들일 수 없다. 제아무리 잘나가던 수컷도 땅콩을 떼인 후에는 그렇게 모양 빠져 보일 수가 없었다. 잔뜩 기가 죽어서는 제대로 싸우지도 못했다. 그렇게 될 바에야 배를 곯는 한이 있더라도 길고양이로 살다 죽으련다.

가게를 향해 다시 걸음을 뗀 나는 창고 안에서 추위를 견디는 두 마리의 모습을 머릿속으로 그려보았다.

송곳니는 얼마 버티지 못할 게 뻔하다.

이 겨울을 넘기지 못하는 건 맞지만 그마저도 얼마 남지 않았다. 머지않아 남몰래 자취를 감출 터다. 그런데도 그 얼마 남지 않은 힘을 쥐어짜서 자신이 가고 없더라도 살아갈 수 있도록 자기 여자를 인간에게 맡겼다.

'일이 잘 풀려서 다행이야.'

어쩌면 다시는 말을 섞을 일 없는 송곳니를 향해 나는 마음속으로 말을 건넸다.

마지막으로 송곳니의 모습을 본 지 2주 정도가 지났다.

아주 조금 추위가 누그러져 몸을 숨기고 있던 고양이들이 밖으로 나와 활동을 재개했다. 아직은 세상이 흰 가루로 덮이는 날도 있었지만 그래도 조금씩 봄이 가까워지는 게 느껴졌다.

아침이 밝아오는 기운이 느껴질 무렵이면 나는 은신처에서 나와 기지개를 켰다.

고양이는 야행성 동물로 알려져 있지만 실은 다르다. 사냥하는 시간은 주로 이른 아침이나 해 질 녘 어둠이 서서히 내려앉을 무렵이다. 야행성이라는 건 아마도 고양이들의 밤 집회 시간이 그쯤이라 그렇게 알려진 듯하다. 고양이 집회는 딱히 비밀리에 열리는 게 아니라서 인간들의 눈에 띄는 일이 종종 있다.

나는 동틀 무렵 특유의 이 분위기가 좋다. 인간들도 비교적 조용하고 공기는 맑다. 민감한 코가 아침 안개에 촉촉하게 젖어서 뭐라 형용할 수 없는 황홀한 기분에 사로잡힌다.

잠시 그러고 있으면 조금씩 사위가 밝아오고, 그루밍을 하면서 동터 오는 아침을 온몸으로 느낀다. 어제는 저녁으로 쥐를 해치운 덕분에 배는 그리 고프지 않았다. 조금 더 자도 괜찮았을 테지만 참새 소리가 쉴 새 없이 들리는 바람에 나와버렸다. 녀석들이 지저귀는 소리를 듣고 있자면 온몸이 근질근질해서 참을 수가 없다. 새란 놈은 사냥 본능을 자극한다. 날갯짓 소리를 듣기만 해도 등 털이 삐쭉 곤두서고 흥분이 된다.

나는 그늘진 곳에 숨어 빈집 마당에서 재잘대는 참새떼를 가만히 노려보았다. 태평하게도 콕콕 땅을 쪼아대면서 놀고 있었다. 통통하게 살집이 오른 참새는 보기만 해도 군침이 돌 만큼 맛나 보였다. 저걸 덮쳐 잡는 순간, 최고의 기분을 맛보리라는 건 더 말할 것도 없었다. 덥석 입에 물었을 때 입 안 가득 퍼지는 생명의 숨결. 으드득, 뼈째 씹을 때의 짜릿한 쾌감.

나는 몸을 납작 엎드리고 발소리를 죽여가며 놈들에게 다가갔다. 아슬아슬한 거리까지 접근했다. 둠칫둠칫, 궁둥이를 흔들어 몸을 데우면서 타이밍을 계산한 뒤 잽싸게 몸을 날렸다.

푸드드득, 날갯짓 소리를 내며 참새들이 일제히 하늘로 날아올랐다.

죄다 도망쳤다. 성공률이 결코 높다고 할 수는 없다. 뭐, 어젯밤은 배 터지게 먹었으니까. 오늘은 내 특별히 봐주지.

나는 내 자랑거리인 털을 말리려고 담벼락 위에 앉아 눈을 감았다. 기분이 좋아서 까무룩 졸다가 문득 익숙한 냄새가 코끝을 스쳐 눈을 떴다.

가려진 수풀 사이로 얼굴을 내민 건 검은 고양이였다. 오랜만에 보는 모습은 건강해 보였고, 기분 탓인지 통통해진 듯도 했다. 모질도 그리 나쁘지 않았다.

나는 양지바른 곳을 찾아서 걸음을 옮겼다. 졸지에 검은 고양이의 뒤를 쫓는 꼴이 되어버린 건 그저 우연이었다.

대체 뭘 하는 건지, 검은 고양이는 딱히 어딜 가는 것도 아니고 그냥 이곳저곳을 돌아다니고 있었다. 우리 수컷들로선 여자들의 생각을 도무지 알 수가 없다. 결국 벽을 하얗게 칠한 어느 집에 다다랐다.

"어이, 아가씨!"

젊은 수컷 목소리가 들려서 소리 나는 쪽을 보니 낯선 젊은 치즈냥이가 보였다. 이놈은 순수한 마음으로 암컷을 유혹하는 게 아니었다. 검은 고양이를 희롱하는 거다. 중성화 수술을 당한 고양이를 발견하면 저런 식으로 집적거리는 놈들이 꽤 많다.

물론 나처럼 댄디한 수컷은 그런 역겨운 짓은 하지 않지만.

"아가씨, 이 근처에 살아?"

"시끄럽거든! 꺼져줄래?"

하악! 새빨간 입을 벌려 수컷을 쫓아버린 그녀는 마당 한 구석에 자리를 잡고 그루밍을 시작했다.

기가 센 건 여전하네.

근래 들어 이 근방에서 낯선 젊은 수컷과 마주치는 일이 늘었다. 영역을 차지하는 건 쟁탈전이다. 아무리 강한 대장 고양이가 접수한 곳이라고 해도 조금만 틈을 보이면 또 다른 수컷이 영역을 넘본다. 송곳니가 있었다면 저런 애송이가 당당하게 암컷을 꼬드길 수는 없다. 저렇게 건방을 떨 수 있는 이유도 대장 고양이가 사라졌기 때문이다.

검은 고양이도 지금까지는 송곳니 덕분에 안심하고 지낼

수 있었지만, 다른 수컷이 왕좌에 오르면 예전처럼 지내기는 어렵다. 눈 밖에 나면 쫓겨나기 십상이다.
나는 멀리서 검은 고양이를 가만히 지켜보았다.
한참 그루밍을 하던 검은 고양이가 갑자기 움직임을 딱 멈췄다. 귀가 쫑긋 서는가 싶더니 뒷문이 덜컹 열렸다. 서둘러 그쪽으로 향하는 모습을 보니, 얼마 전까지 그렇게 경계하던 고양이가 맞나 싶은 생각이 들어서 나도 모르게 웃음이 났다.
"아줌마, 밥 줘요—!"
실로 매실매실한 암컷이다. 저런 목소리를 낼 줄 안다니, 나는 안 본 걸로 하련다.
송곳니가 더는 오지 않는다는 걸 둔감한 인간도 짐작하는 듯했다.
「네, 여기 있어요. 배불리 먹어요.」
인간은 허겁지겁 먹는 검은 고양이 앞에 쪼그려 앉아서 그 모습을 물끄러미 바라보았다. 심지어 손을 뻗어 등을 쓰다듬기까지 했다. 그래도 검은 고양이는 아랑곳하지 않았다. 그릇 안의 먹이를 전부 먹고 나서도 바로 자리를 뜰 생각이 없었다. 그러기는커녕 인간에게 더 달라고 재촉했다. 얼굴을 비벼대며 애교 부리는 모습을 외눈이가 봤다면 눈알이 튀어나올 만큼 놀랐을 거다. 하지만 애석하게도 눈이 하나밖에 없는 녀석이라 그마저 잃으면 곤란하니 비밀에 부치기로 한다.

「있잖아, 검은 고양아. 너, 우리 집 고양이 안 할래?」

인간이 말했다. 녀석한테는 나쁠 것 없는 제안이다. 하지만 바로 대답하지 않고 가만히 인간을 올려다보았다. 그 뒷모습을, 나는 잠자코 보고 있었다.

「괜찮지? 안 돼?」

"하지만 송곳니가 없는걸."

「남자 친구가 없으니까 외롭잖아.」

"송곳니랑 같이 있는 게 좋아. 같이 있을 거야."

「사람이 무섭니? 이제 괜찮지? 우리 집으로 가자.」

"송곳니는?"

검은 고양이는 안간힘을 다해 호소했지만, 인간에게 우리의 언어는 통하지 않는다. 우리는 인간의 말을 똑똑히 다 알아듣는데 인간들은 무능하기 짝이 없다.

하지만 무능한 대로 우리의 마음을 어떻게든 이해하려고 애쓰는 인간도 있다.

「안 될까? 안 되는 건 아니지?」

"하지만 송곳니가 없잖아! 송곳니도 같이 있어야 해! 함께 찾아줘!"

「뒷다리도 아프잖아. 우리 집 고양이가 되면 좋을걸? 그렇게 할까?」

검은 고양이의 호소는 인간에게 닿지 않은 모양이었다. 우리 집 고양이가 되라는 말밖에 하지 않는 걸 보면.

얼른 집고양이가 되어주라고.

나는 답답해서 속이 터질 지경이었다. 마음 바뀌기 전에 결단을 내리면 좋을 텐데, 인간이 아무리 활짝 문을 열어줘도 녀석은 그 안으로 들어가려 하지 않았다.

설마하니, 아까 서성대던 게 송곳니를 찾느라 그런 거였을까? 그게 아니고서야 편히 밥을 얻어먹을 수 있는데도 제대로 움직이지 않는 뒷다리를 끌고 돌아다니는 이유가 달리 설명되지 않는다.

「남자 친구가 돌아오면 밖에 내보내 줄 테니까, 그때까지 집에 들어와 있자.」

기다리다 지쳤는지 인간은 검은 고양이를 두 손으로 잡아서 억지로 들어 올렸다. 그러자 버둥거리며 살려달라고 난리를 쳤다.

"꺄악, 살려주세요! 고양이 살려! 누구 없어요? 나 잡혀간다고욧!"

검은 고양이는 도망치려 했으나 진심으로 무서워하지는 않았다. 안겨서 조금 긴장했을 뿐이다. 정말 위험을 감지했다면 그 성격에 인간의 부드러운 피부 따위쯤 발톱으로 간단히 할퀴었을 테니까.

인간도 검은 고양이가 달려들어 물지 않는다는 걸 확인하고 집고양이로 삼아도 괜찮겠다는 판단을 내린 듯했다.

그대로 안고 목을 쓰다듬었다. 괜찮은 인간이다. 우리가 목을 만져주면 좋아한다는 걸 아주 잘 알고 있었다.
「그렇지? 안 무섭지? 이제 우리 집 고양이 하자.」
긴장으로 굳어 있는 검은 고양이에게 그렇게 말을 걸면서 인간은 그대로 집 안으로 들어갔다. 문이 닫힌 뒤에도 안에서 도움을 요청하는 소리는 들리지 않았다. 날뛰는 기척도 없었다.

저 인간이라면 믿고 맡겨도 되겠다. 송곳니가 보증한 인간이니까.

나는 안을 볼 수 있을까 싶어 뒷문을 돌아 베란다 유리창 쪽에서 안을 살폈다. 그러자 깜찍하게도 인간의 다리에 부비부비를 하는 녀석의 모습이 눈에 들어왔다. 방 안은 따뜻해 보였다.

하지만 그것도 잠시, 이내 창가로 다가와 밖을 살핀다.
"그곳이라면 얼마든지 기다릴 수 있을 거야."
나는 그 말을 남기고 발길을 돌렸다.

기다리고 싶을 때까지 기다리면 돼. 창밖 풍경을 바라보면서 때가 되면 밥을 얻어먹고, 실컷 귀여움도 받고, 찾고 싶은 만큼 녀석의 모습을 찾아다니면 돼. 그러다 보면 언젠가는 잊게 될 거다. 그러면 되는 거야.

새끼는 남기지 못했어도 자네 여자는 바라던 대로 집고양이가 되었으니 걱정하지 말게나.

나는 송곳니에게 말을 건네듯 그렇게 중얼거렸다.

몇 번이나 겪었지만, 주변에서 아는 녀석이 사라진다는 건 가슴이 먹먹하고 기분이 썩 좋지 않은 일이다. 그래도 송곳니가 인간에게 맡긴 검은 고양이가 집고양이가 되는 걸 내 눈으로 직접 볼 수 있었던 건 다행이었다.

결국 끝까지 다 지켜본 자신을 비웃으며 볕 잘 드는 자리를 찾아 길을 나섰다. 멀리 익숙한 얼굴이 보였다.

"좋은 아침! 아저씨, 일찍 나오셨네요?"

복면이 담장 맞은편에서 걸어와 코 인사를 건네왔다. 갑자기 얼굴을 바짝 들이대는 바람에 코에서 훅 소리가 새어 나왔다. 왜 이리 말귀를 못 알아듣는 거야. 기분만 앞서서 들이댄다고 좋은 게 아니라니까.

"너 말이야······."

"왜요? 곧 봄이네요. 봐요, 웅덩이도 이제 안 얼고."

"왜 이렇게 들떠 있어?"

"거야, 당연하죠. 이제 곧 사랑의 계절이잖아요. 저, 올해는 사랑 한번 제대로 해보려고요!"

복면 말대로 슬슬 사랑의 계절이 온다. 우리들은 새끼를 남기기 위해 바쁘게 움직이기 시작한다. 이 계절이 다가왔음을 알리듯 본능을 자극하는 농밀한 향기가 느껴졌다. 성숙한 암컷의 향기다. 새끼를 몇 번 낳아본 암컷은 좋은 향기를 풍긴다.

오지랖은 이쯤에서 그만 접고 나도 본격적으로 짝을 찾아

나서야겠다. 애송이들 따위한테 질까 보냐.
 새끼를 남기는 데 실패하는 고양이도 있지만 낙담할 필요는 없다. 강한 자만이 살아남는 것, 그것이 자연의 섭리다.
 결국 송곳니의 모습을 보지 못한 채 봄이 찾아왔다.

제 2 장

잔꾀 만렙, 고등어냥이

사랑의 계절은 참 좋다.

2번길 부근에 자주 모습을 나타내는 하얀 암컷 고양이는 포동포동한 몸매에 향긋한 냄새를 풍겼다. 내 유혹에 바로는 넘어오지 않았지만 끈질기게 구애한 끝에 마침내 어제, 내 노력이 결실을 보았다. 그 순간을 떠올리면 남자로서의 자신감이 불끈 솟아오른다.

참 괜찮은 여자였다. 통통한 몸매와 긴 꼬리. 엉덩이에서 풍기는 페로몬은 성숙한 암컷의 향기 그 자체였다. 그건 곧 건강한 새끼를 낳을 수 있다는 말이다.

나는 어제의 아방튀르*를 떠올리며 자동차 밑에서 끄덕끄

+ aventure, 모험, 연애 등을 뜻하는 프랑스어로 일본에서는 흔히 사랑의 모험, 불장난의 뜻으로 쓰임.

덕 졸았다. 그러나 그 시간을 방해라도 하듯 인간의 목소리가 들려왔다.

「야옹아— 이리 와봐. 자, 강아지풀이야.」

쉬고 있는 내게 말을 걸어온 건 웬 젊은 여자였다. 아스팔트에 뺨이 닿을 정도로 납작 몸을 낮추고 이쪽을 들여다보고 있었다. 정말이지, 배려라는 걸 모르는 인간이군.

시끄러워. 기웃대지 마.

나는 인간을 흘끗 쳐다봤다.

내가 꼬맹이도 아니고 그런 걸로 나를 꼬드기겠다니, 날 너무 쉽게 봤다. 그렇게 쓰다듬고 싶으면 하다못해 맛있는 간식이라도 가지고 왔어야지.

「이리 나와봐— 봐, 여기, 여기! 여기야, 야옹아—.」

시끄러워 견딜 수가 없었다. 나는 차 밑에서 빠져나와 인간 옆을 지나쳐 도로를 건넌 다음 맞은편 집 담장 위로 올라갔다. 그리고 그 위에서 인간을 내려다보았다.

「아, 야옹아! 여기야, 여기!」

휙휙, 팔만 휘둘렀지, 고양이 꼬시는 재주는 영 젬병이다. 조금만 더 고양이 본능을 자극하는 동작을 했더라면 놀아줄 수도 있었을 텐데…….

나는 강아지풀을 쥐고 마냥 흔들어대는 인간을 핼끔 곁눈질하고는 담장을 따라 유유히 걸었다.

오늘은 날씨가 좋아서 그런지 인간이고 동물이고 눈에 자주 띄었다. 사방에서 새들이 하늘 가득 울려 퍼지도록 사랑 노래를 불러 줬다. 덕분에 귀 레이더가 쉴 새 없이 작동했다. 녀석들의 소리에 사냥 본능이 꿈틀댔다.

인간한테 방해받지 않으려고 이번에는 담장 위에서 잠을 청했다. 어디선가 개 냄새가 풍겨왔다. 어렴풋이 눈을 뜨자 복슬복슬한 갈색 털 뭉치가 시야에 들어왔다.

개들은 여전히 제 세상인 양 군다. 무슨 왕이라도 되는 듯 의기양양하게 활보하고 다니는 꼴이라니. 특히 꼬맹이 놈들은 툭하면 짖어대서 여간 시끄러운 게 아니다. 게다가 늘 도롯가에서 변을 보고 가면서 뒤처리 한 번 하는 법이 없다. 마킹인지 뭔지 아무 데나 오줌을 갈겨놓고 인간한테 뒤처리를 시킨다.

정말이지, 개는 섬세함이라고는 십 원어치도 없는 녀석들이다. 우리는 오줌이든 똥이든 스스로 묻어서 확실히 처리하는데 말이다.

그때, 크르르르, 컹! 하는 크고 날카롭게 짖는 소리가 났다. 너무 놀란 나머지 가까운 나무 위로 뛰어올라 단숨에 꼭대기까지 올라갔다. 등 털이 확 곤두섰다.

「쇼콜라, 그러면 안 돼!」

나를 향해 갑자기 덤벼든 건 방금 본 복슬복슬한 갈색 털 뭉치였다. 목줄을 놓친 모양이었다. 개 주인은 당황해서 황급히 개를 안아 올렸다.

「야옹아, 미안.」

미안하다면 다냐고. 목줄 좀 똑바로 잡고 다녀!

나는 흥, 거칠게 콧김을 내뿜으며 놈들이 저쪽으로 걸어가는 모습을 쏘아봤다. 그제야 겨우 제정신이 돌아왔다. 제기랄, 너무 높이 올라와 버렸다.

고양이는 나무 타기는 잘하지만 내려가는 건 젬병이다. 나도 예외는 아니다. 아직 애송이였던 시절, 우쭐해서 꼭대기까지 올라가는 바람에 꼬박 이틀을 나무 위에서 지낸 적이 있다. 떠올리고 싶지 않은 경험이었다. 요령이 생긴 지금은 그런 일이 좀처럼 없지만 엉거주춤한 자세가 되는 건 어쩔 수 없다.

뒷발로 더듬어 발 디딜 곳을 찾으며 아주 천천히 내려간다. 뒷발을 헛디뎌도 앞발 발톱으로 단단히 붙잡고 있으면 떨어지지는 않는다. 그래도 이건 정말 싫다.

나무줄기에 발톱 자국을 남기면서 조금씩, 조금씩.

간신히 지면으로 뛰어내릴 수 있는 높이까지 내려와 풀숲으로 몸을 날렸다. 그제야 마음이 놓였다. 하지만 그런 나를 멀리서 지켜보는 눈이 있었으니, 오일 녀석이다. 나와 눈이 마주치자 잽싸게 발길을 돌려 모습을 감췄지만 틀림없다. '마타타비'에서 마주치면 보나 마나 놀릴 게 뻔했다. 내 불찰이다.

터벅터벅 걷는데 문득 젊은 시절이 떠올랐다. 그땐 이런 실수쯤 일상다반사였지. 경험은 고양이를 성장하게 한다.

오랜만에 들러볼까.

나는 어디로 갈지 마음을 정했다. 목적지는 여기서 조금만 가면 나오는, 옅은 색으로 벽을 칠한 단독주택이다. 엄청난 속도로 달리는 자동차를 피해 도로를 건너 담벼락 위를 한없이 걸었다. 도중에 개인 상점 옆에 붙어 있는 단독주택의 마당을 가로질렀다. 그 집에는 네코마타[+]가 되기 직전인 할매 고양이가 사는데, 종종 나무 데크 위에서 낮잠을 잔다. 세 가지 털색을 가진 삼색냥이로 꼬리는 끝이 열쇠처럼 꺾인 킹크드 테일[++]이다. 같은 삼색냥이라도 요즘은 세 가지 색이 뒤섞인 줄무늬 삼색냥이가 많지만, 이 할매는 옛날처럼 색이 또렷이 나뉜 정통 삼색 무늬다.

할매의 꼬리가 두 개로 늘어난 건 지난해의 일이었다. 새로 생긴 꼬리는 희미하게 있다는 것만 확인할 수 있을 뿐 아직 만질 수는 없다. 인간에게는 안 보이는 것 같은데, 우리 고양이에게는 또렷하게 보인다. 앞으로 몇 년만 지나면 완전한 네코마타가 될 듯하다.

내 기척을 느꼈는지 할매가 눈을 떴다.

"아니, 이게 누구야? 잘린 귀 아니냐?"

"앙꼬 할매, 두 번째 꼬리는 별 탈 없이 자라는 모양이네."

[+]　猫又, 두 갈래로 갈라진 꼬리를 가진 고양이 요괴
[++]　kinked tail, 끝이 구부러진 꼬리

"호호호! 부럽냐?"

"부럽긴, 누가. 길고양이는 그렇게 오래 못 살아. 할매는 대체 얼마나 산 거야?"

"옛날 일은 잊어버린 지 오래야."

늘 하는 인사를 나누고 집 몇 채를 지나 목적지로 향했다. 도착해 보니 베란다 유리창 옆에서 꾸벅꾸벅 졸고 있는 늙은 고양이를 발견했다.

"뭐야, 낮잠 자는 중인가?"

나와 같은 치즈냥이지만, 얼굴에 흰색 여덟 팔자 무늬가 있는 나와는 다르게 흰색은 전혀 없고 온몸에 갈색 줄무늬가 있다. 어디에나 흔히 있는 평범한 고양이지만 꼬리는 Z자 모양으로 꺾인 킹크드 테일이다. 앙꼬 할매처럼 한 번만 꺾인 모양은 자주 보이지만 저런 모양은 드물다. 두 번이나 꺾여 있어서 항상 꼬리 한 부분이 삐죽 솟아 있다.

할배가 있는 방 창문은 방충망만 남기고 열려 있었다. 바람에 실려 오는 자연의 향기가 기분 좋은지 눈을 감은 채 미동도 하지 않았다. 나는 천천히 다가갔다. 꼼틀, 귀가 움직이는 것이 보였다. 역시. 아직 그 정도로 노쇠하지는 않았다.

"잘 지냈어, 할배?"

말을 걸자 할배가 천천히 눈을 떴다. 가까이 오는 기척이 나라는 걸 안 표정이다.

"꼬맹이 잘린 귀로군. 이제는 꽤 거들먹거리며 다니는구나."

여전한 할배의 모습에 나는 히죽히죽 웃으며 방충망에 기대어 몸을 눕혔다.
나이 지긋한 묘르신이지만 동네 고양이들과는 비교할 수 없는 관록이 묻어났다. 오랫동안 인간의 보살핌을 받으며 편안하게 자란 고양이에게서는 나올 수 없는 표정이다. 얼굴에서 파란만장한 묘생이 고스란히 읽히는 건 이 할배가 원래 길고양이 출신이기 때문이다. 내 젊은 시절을 속속들이 알고 있어서 항상 나를 꼬맹이 취급한다.
"몸은 좀 어때?"
"아주 좋아. 밥도 맛있고 잠자리도 편안해."
"그거면 됐지. 할배도 이젠 집고양이 다됐네. 집 안에는 싸울 상대도 없을 테니 따분할 것 같아서 얼굴 보러 왔어."
"뭐, 안전하다면야 그렇다고 할 수 있지만, 싸울 놈이 없는 건 아니야. 성가신 놈이 하나 있거든."
"성가신 놈?"
집고양이 경험이 없는 나는 할배가 겁내는 '성가신 놈'이라는 게 뭔지 흥미가 생겼다. 할배 현역 시절에는 감히 맞서는 놈이 없었는데…….
"'청소기'라는 놈인데, 그놈은 절대 가까이하지 않는 게 좋아. 완전 미치광이야."
"아아, 그거 말이구나. 가끔 미친 듯이 고함을 지르면서 온 집 안을 들쑤시고 다니는 놈 말이지? 할배네 집에도 있구나."

"맞아, 색이 짙은 놈이 하나 있고, 몸집이 작은 놈도 있어. 그놈들은 완전히 미쳤어. 눈 뜨기가 무섭게 지랄 발광을 한다니까. 그건 그렇고, 앙꼬 할멈한테는 들러봤냐?"

"방금 얼굴 보고 오는 길이야. 두 번째 꼬리가 점점 선명해지고 있더라고. 이러다 할배도 조만간 네코마타 되는 거 아니야?"

"나는 그렇게까지 오래는 못 살 거다."

나는 창문 앞 바닥에 누운 채 하늘을 올려다보았다. 맑게 갠 푸른 하늘은 보고 있으면 기분이 좋다. 하늘이란 녀석은 온화한 얼굴을 하다가도 어떤 날은 심술을 부리고 왕왕 번쩍하면서 우르릉 쾅쾅 기분 나쁜 소리를 내기도 한다. 우리처럼 밖에서 살아가는 이들에게 하늘의 기분은 몹시 중요하다. 항상 오늘처럼만 있어준다면 우리들 고생도 좀 덜할 텐데.

"할배가 길고양이 생활을 은퇴한 지 얼마나 됐지?"

"글쎄다. 눈 깜짝할 사이에 시간이 가버려서."

할배는 커다란 앞발을 핥더니 얼굴을 씻기 시작했다. 눈 주위를 정성껏, 그리고 귀 뒤까지. 길고양이 시절의 흔적이 남아 있는 앞발을 보니 옛날에는 저 발에 몇 번이나 당했었지, 하고 그리움이 밀려왔다.

"하지만 따뜻한 물에 한 번 몸을 담그고 나면 빠져나올 수 없는 법이다. 지금은 인간한테 밥 달라고 조르는 신세야."

나는 그 모습이 머릿속에 그려져 큭큭거리며 웃었다. 이 할배가 그런 짓을 하리라고는 정말이지 옛날에는 상상조차 하지 못했다.

"뭐, 그것도 나쁘지 않잖아."

"외눈이는 아직 있지?"

"응, 녀석도 제법 어엿한 어른이 됐어."

옛 시절을 떠올리듯 할배는 눈을 가늘게 떴다. 어디선가 좋은 냄새가 풍기는지 코끝이 씰룩이고 있었다. 한가롭게 은퇴 생활을 즐기는 할배를 보며 나는 추억에 잠겼다.

내가 아직 젊었을 무렵, 할배는 그 일대의 암컷 고양이들을 줄줄이 임신시킬 만큼 상당히 잘나가던 고양이였다. 좋은 먹이터를 갖고 있어서 보통 수컷보다 몸집이 두 배는 컸고, 누구든 멋모르고 싸움을 걸었다가는 호되게 당하고 돌아가는 일이 부지기수였다. 사랑의 계절이 되면 젊은 할배는 성질이 사나워졌다.

그래도 번식 행위가 일단락되면 비교적 온화한 성품으로 돌아왔다. 특히 나 같은 애송이한테는 너그럽게 여러 가지 것들을 가르쳐주기도 했다. 지혜라는 건 본디 경험으로 몸에 익히는 것이지만 할배에게 배운 것도 많았다.

어느 날 내가 공터 잡초 사이에 몸을 숨기고 방치된 우리 안의 먹이를 노리고 있을 때였다.

"어이, 꼬맹이. 뭘 보고 있는 거냐?"

별안간 말을 걸어와서 나는 그 위엄 있는 목소리에 움찔하면서도 노골적으로 경계심을 드러냈다. 그러자 당시 근방에서 제일가는 대장 고양이였던 할배가 가까이 다가왔다. 남의 영역을 침범할 생각이 전혀 없던 나는 이거 큰일 났다 싶었지만, 간신히 정신 줄을 잡고 버텼다.

"별거 아니야. 좀 신기한 게 있어서 보고 있던 것뿐이야."

천천히 옆으로 오는 할배를, 나는 침을 꼴깍 삼키며 보고만 있었다. 공격해 오면 바로 반격할 수 있도록 몸을 일으켜서 대비하는 것도 잊지 않았다.

나란히 선 몸은 나보다 곱절은 컸고 그 존재감에 꼬리털이 쭈뼛 섰다. 애송이였다고는 하나 나도 싸움깨나 하는 축에 속했다. 잔뜩 부푼 너구리 꼬리를 하고 겁먹은 티를 내는 건 수컷으로서의 자존심이 용납하지 않았다.

나는 늠름한 표정을 지으며 꼬리털이 원래대로 돌아가게끔 평정심을 유지하려고 애썼다.

"꼬맹이, 저게 뭔지 알아?"

"알 게 뭐야."

그때 나는 눈독 들이던 먹이를 가로채일까 봐 제정신이 아니었다. 겨우 찾은 먹이였다. 그러나 싸울 생각까지는 하지 않았다. 그래봐야 무조건 질 테니까. 한눈에 봐도 알 수 있을 정도로 우리의 차이는 확연했다. 쓸데없는 발악은 하지 않는 게 좋다. 쓸데없는 싸움 역시 하지 않는다.

그것이 내가 길고양이로 세상을 살아가는 방법이다.
"저걸 설치해 놓은 건 인간이야. 포획틀이라고 하는 거다."
"포획틀?"
"요새 근처 길고양이들이 자취를 감춘다 싶더니 피임 수술을 당하거나 땅콩이 없어져서 돌아오는 사건이 연이어 벌어지고 있어. 그건 알고 있겠지?"
"아, 응."
"잘 알아둬라, 꼬맹아. 그게 '지역 고양이 돌봄 활동'이라는 거다."
나는 처음 듣는 이야기에 수염이 움찔움찔 떨리는 걸 숨길 수 없었다. 뒷이야기가 궁금해진 나는 할배의 말에 귀를 기울였다.
이야기를 들어보니, 길고양이 수가 더 늘지 않도록 중성화 수술을 한 뒤 원래 있던 곳으로 돌려보내는 활동이라고 한다. 그중에는 그대로 입양되어 집고양이로 살아가는 녀석들도 있는 모양이었다. 순간, 내가 그런 식으로 구조되어 집고양이로 사는 모습이 머릿속에 그려졌다.
나는 아직 어린애였다. 집고양이의 삶이 매력적으로 느껴질 정도로 유약했다. 하지만 할배의 한마디에 나의 달콤한 상상은 단번에 산산조각 났다.
"부럽냐, 꼬맹이?"
"뭐?"

"확실히 따뜻한 밥과 잠자리는 보장받을 수 있어."

할배의 날렵한 옆얼굴을 보며 내게는 매력적인 그것이 할배에게는 그렇지 않은가 보다 생각했다. 정면을 응시하는 할배의 얼굴에 오래된 상처가 남아 있었다. 그리고 그 상처는 혹렬한 싸움을 짐작하게 했다. 햇빛 아래에서 선처럼 가늘어진 동공의 날카로운 느낌이 아직 애송이였던 내 마음에 동경이라는 감정을 품게 했다.

"하지만 잊지 마라. 좁은 집 안에 갇히는 경우가 대부분이라는 걸. 그리고 평생 젖먹이처럼 애 취급을 받아야 한다는 것도."

"젖먹이처럼?"

"그래. 젖먹이처럼 말이다. 가끔은 재주 부리는 훈련을 받는 고양이도 있다더라. 인간한테 아양을 떨며 살라는 거지. 하지만 내 영혼은 언제까지고 길고양이다."

과연 이 일대를 주름잡는 보스다웠다. 나는 그 의연한 자세에 깊은 감명을 받았다. '영혼'이라는 말을 입에 올리는 고양이를 본 건 그때가 처음이었다. 내가 길고양이로서의 자존심이라는 걸 의식하게 된 건 이 순간부터였다고 해도 좋다.

인간에게 아첨하지 않는다. 따뜻한 잠자리와 먹이를 위해 영혼을 팔지 않는다.

그렇게 마음에 새겼다. 나는 죽을 때까지 길고양이다. 길바닥에서 비참한 죽음을 맞더라도 개처럼 인간과 친구가 되지는 않겠다. 그것이 길고양이로 태어난 나의 자존심.

피가 끓어오르는 듯한 고요한 흥분 속에 온몸의 털이 곤두섰다.

그때였다. 포획틀이 철컹 소리를 냈다. 나도 모르게 줄행랑을 쳤다. 고양이는 귀가 유달리 밝은 탓에 큰 소리에 약하다. 특히 파열음이나 금속음은 심장을 벌렁벌렁하게 만든다.

돌아보니 길고양이가 안에 갇혀 있었고, 어찌 된 영문인지 출입문이 사라지고 없었다.

나는 눈앞에서 벌어진 일을 믿을 수가 없었다.

할배는 여전히 같은 곳에 웅크린 채 상황을 살피고 있었고, 나는 혼자만 줄행랑친 일이 부끄러워 슬금슬금 제자리로 돌아왔다.

"무, 무슨 일이 벌어진 거지?"

"먹이를 물면 저렇게 되는 구조다. 고작 저런 거에 걸려들다니 참."

포획틀에 갇힌 어린 고양이는 반 패닉 상태였다. 철컹철컹, 포획틀이 다시 소리를 냈다. 녀석은 냐옹냐옹대며 한참을 울다가 체념했는지 이윽고 한쪽 구석에 웅크렸다.

"먹는 데 걸신들려서 그런 거야. 인간 냄새가 진동을 하는데도 덤벼들었으니 자업자득이지."

나는 우리 안에 웅크린 고양이의 모습을 눈에 담았다. 그리고 포획틀이라는 것을 보더라도 섣불리 다가가지 않겠노라고 다짐했다. 할배가 없었다면 내가 저 꼴이 났을 거였다. 나는 저 안의 먹이를 노리고 있던 참이었다. 실로 무서운 물건이다. 말없이 떠나는 할배를 보면서 나도 인간이 오기 전에 서둘러 그곳을 떠났다.

이 일은 나를 한층 더 어른으로 만들어준 사건이었다.

"왜 그러냐, 꼬맹아?"

할배가 말을 걸어와서 추억에 빠져 하늘을 올려다보고 있던 나는 시선을 할배 쪽으로 돌렸다. 할배는 그때보다 훨씬 나이를 먹긴 했지만, 모질은 오히려 좋아졌다. 근육질의 단단했던 몸은 다소 살집이 오르긴 했어도 눈빛은 아직 건재해서 과거의 할배를 떠올리기에 충분했다. 지난 일이라고는 해도 대장 고양이는 역시 뭐가 달라도 달랐다. 요즘 젊은것들은 중성화 수술로 땅콩이 없어진 집고양이를 얕잡아보는 경향이 있는데, 나는 한때 길고양이로서 이 일대를 쥐락펴락했던 자에 대한 예우를 잊지 않는다.

"옛날 생각이 나서."

"옛날? 건방진 꼬맹이군. 옛날을 입에 올릴 만큼 나이를 먹진 않았을 텐데."

"무슨 소릴 하는 거야. 나도 이젠 완전히 아저씨라고."

"내 눈엔 아직 코흘리개 꼬맹이야."

할배는 넓은 가슴팍 주변의 털을 고르고 앞발 전체의 털까지 다듬은 뒤 젤리 손질에 들어갔다. 발가락 사이와 발톱 뿌리까지 공들여 핥았다. 과연 한때 여자깨나 울리던 상남자다웠다. 항상 단정하고 품위 있게 댄디한 멋을 챙긴다. 암컷들은 수컷의 이런 면에 끌리는 법이다.

"바깥세상은 어떠냐?"

"그리워?"

"뭐, 아니라면 거짓말이지."

"나가고 싶은 거야?"

"아니. 나는 이제 완전히 집고양이다. 길고양이로 지냈다면 진작에 죽었을 늙은이야. 노병은 조용히 물러나는 게 맞아. 이대로 얌전하게 인간의 보살핌이나 받으면서 남은 묘생을 보낼 거야."

할배가 길고양이로 남았다면 확실히 지금까지 살아 있지 못했을 거다. 길고양이의 수명은 집고양이에 비해 현저히 짧다.

"밖은 여전히 하루가 멀다 하고 얼굴들이 자주 바뀌어."

"그렇겠지. 그건 그렇고 이 주변을 어슬렁대는 겁 많은 고등어냥이가 있던데, 알고 있냐?"

"겁 많은 고등어냥이? 생후 1년쯤 된 애송이 말이야?"

할배가 말하는 고등어냥이가 누군지 바로 감이 왔다. 그 녀석은 반년쯤 전에 이 동네로 굴러 들어온 수컷인데, 싸움은 엄두도 못 내는 쫄보였다. 항상 꼬리를 축 늘어뜨리고 몸을 낮춘 채 살금살금 여우 걸음을 걸었다. 겁이 워낙 많아서 자기보다 몸집이 작은 수컷 앞에서도 겁을 집어먹고 내빼기에 바빴다. 그래서는 먹이 구하는 일도 쉽지 않을 게 뻔했다.
 인간한테 먹이 얻어먹을 배짱은 당연히 없으니, 몸은 비쩍 말라 있었다. 외눈이와 내가 'NNN'으로 활동하는 오지랖 정신이 꿈틀대서 알선을 고려한 적도 있었다. 하지만 경계심이 너무 강해서 내가 말을 걸려고 가까이 가기만 해도 부리나케 도망쳐 버리는 바람에 그렇게 할 수도 없었다. 결국 저 나이까지 어찌저찌 살아왔길래 그냥 내버려둔 것이다.
 "요즘 녀석이 통 안 보여. 넌 못 봤나?"
 "그러고 보니 나도 못 봤네. 뭐야? 어린 애송이 따위를 걱정할 할배가 아니잖아?"
 "아니, 그렇기는 한데. 녀석이 겁에 질려하는 게 예사롭지가 않아서 말이야……."
 할배가 말하길, 놈은 방충망 이쪽에서 빤히 노려보기만 해도 꼬리가 확 부풀어 오를 정도로 무서워한다고 했다. 그게 재미있어서 녀석의 모습이 보일 때마다 커튼 뒤에 숨어 있다가 가까이 오면 얼굴만 빼꼼 내밀었다고.
 가끔은 너무 놀라서 그대로 얼어붙는 일까지 있었다고 하니 얼마나 소심한 녀석인지 알 만했다.
 "심술궂은 할배네."
 그 상황이 그려져서 나는 히힛히힛 웃었다. 할배의 매서운 눈빛은 나조차 털이 곤두설 때가 많았다. 하물며 그 녀석이라면 혼이 반쯤 나간 느낌이었을 거다.

"나도 그건 아는데, 놀랄 때의 얼굴이 재미있어서 그만둘 수가 있어야지. 그놈, 어디로 가버린 걸까?"

"지역 고양이 활동을 하는 일당들한테 잡혀간 거 아닐까?"

"그러면 다행이지만, 요즘은 활동하는 걸 통 못 봤어. 길고양이 밥도 놔둔 게 없잖아."

"그건 그렇네. 어쩌면 할배가 무서워서 다른 곳으로 간 걸지도 모르지."

"정말 그런 거면 미안해서 어쩐다. 우리 마당이 녀석에게는 꽤 괜찮은 먹이터였을 텐데."

조금 서운한 듯한 얼굴을 한 건 할배 나름대로 그 쫄보를 마음에 들어 했기 때문이다. 집 안이라는 좁은 세상에서 살게 된 할배에게는 녀석과의 시간이 즐거운 놀이였을 게 분명하다.

집고양이에게 따분함은 고문이나 마찬가지다. 고양이는 밥만 주면 되는 게 아니다. 특히 바깥세상을 아는 고양이가 집 안에서만 지내야 하는 환경에서 행복해질 수 있을지는 오롯이 주인의 실력에 달려 있다. 방 안에 보이는 쥐 장난감이나 털 달린 공만 해도 할배를 아끼는 주인의 마음을 충분히 알 수 있지만 그래도 가끔은 바깥세상이 그리울 것이다.

나는 심심해하는 할배를 위해서 요즘 일어난 일에 관해 들려주기로 했다. 밖은 위험한 일도 많지만 재미있는 일도 많은 법이다.

"그런데, 조금 이상한 일이 있어."

"이상한 일?"

"응."

할배의 흥미를 잔뜩 끈 다음, 나도 젤리 손질을 하기 시작했다. 이어서 발가락 사이에 낀 때도 앞니로 깔끔히 제거해 나갔다.

"여기서 조금만 더 가면 고양이 전용 출입문이 달린 집이 있거든."

"오, 그런 호사가 다 있나. 집을 자유롭게 드나들 수 있단 말이냐?"

"응. 바깥출입을 하는 외출냥이가 사는데, 어떤 장치인지는 몰라도 그 문이 말이야, 그 집 고양이가 가까이 가면 알아서 스륵 열리더라니까."

"인간이 열어주는 게 아니고?"

"응, 그렇지 않았어. 인간이 없을 때도 작동하더라니까."

몇 번이나 봤는데 그건 아직도 수수께끼다. 시험 삼아 내가 가까이 가서 문 앞에 서보기도 하고 가볍게 긁어보기도 했지만, 문은 꿈쩍도 하지 않았다. 인간은 기본적으로 멍청하지만, 잔머리 하나는 기가 막히게 좋았다.

"그런데, 요전에 그 문이 열려 있던 적이 있거든."

"열린 채로 말이지."

"그래! 열린 채였다고. 어때? 뒷얘기, 궁금하지?"

"궁금하지! 상당히 궁금하지! 어떤 장치였냐?"

"그게, 모르겠더라니까."

할배는 그렇게 하면 정답이 보이기라도 하는 것처럼 으음, 하고 생각에 잠겼다. 하지만 역시나 할배 정도 연륜 있는 고양이도 상상이 안 되는 모양이었다.

"그래서, 집 안으로 들어갔냐?"

"들어갔지."

"안은 어땠냐?"

"들어가긴 했는데, 인간이 길길이 날뛰는 바람에 바로 후퇴했어. 근데, 그 틈에 본 거야. 그 집, 다묘 가정이었어. 일곱 마리 정도 있는 것 같더라고. 그래서 그런지 밥 먹을 시간이 되니까 인간이 커다란 그릇에다가 바삭바삭한 걸 그냥 잔뜩 때려넣더라고."

"얼마나 크더냐?"

"내 몸 하나쯤은 거뜬히 들어갈 만한 크기더라니까."

"밥그릇이 그렇게나!"

"그렇다니까. 상상해 봐. 그 안에 바삭바삭한 걸 가득 넣는다고."

"그야말로 무한 리필이로구나!"

"비유가 찰떡이네! 맞아, 무한 리필."

우리는 잔뜩 흥이 올랐다. 길고양이에게 먹고 싶을 때 먹고 싶은 만큼 배불리 먹을 수 있다는 건 동경이자 결코 이루

어질 수 없는 꿈이기도 했다. 하지만 그건 할배도 마찬가지였다. 식이 제한 중인지 언제나 양에 덜 차게 밥을 준다고 불평을 늘어놓곤 했다. 어떤 인간이 주인인가에 따라 집고양이의 묘생도 달라진다. 인간들의 관리하에 놓인 집고양이는 인간의 의지 하나에 배부르게 호의호식하는 묘생을 누리기도 하고 절제를 강요받기도 한다.

"부럽네, 무한 리필."

"멋지지 않아, 무한 리필?"

나는 맛있는 음식에 둘러싸여 있는 내 모습을 상상하며 잠시 망상에 빠져들었다. 그러다 침이 흘러나온 걸 깨닫고 스읍 들이켰다.

"그래서 포기하지 않고 몇 번 더 그 집에 다시 들어갔거든. 그런데 그때마다 항상 그 집 인간이 있는 거야. 물론 없을 때도 있었는데, 그럴 때는 밥그릇이 텅 비어 있더라고."

"어이쿠, 저런. 얍삽한 인간 같으니."

"문이 열려 있을 때 한 번쯤은 밥그릇에 얼굴 처박고 와작와작 먹어보고 싶은데 말이야. 그런데 문이 언제까지 열려 있을지 알 수가 있어야지."

"아무래도 문에 얽힌 수수께끼를 푸는 게 열쇠 같군."

"그렇겠지?"

그때, 집 안쪽에서 위이이잉, 하고 요란하게 울부짖는 소리가 들려왔다.

"이런, 미친놈이 드디어 일어났어."

할배의 시선 끝으로 방문이 보였다. 소리는 그 너머에서 나고 있었다.

할배가 있는 방으로 들어오지도 않았는데 청소기 놈이 미친 듯이 소리를 질러대는 게 여기서도 생생하게 들렸다. 등털이 쭈뼛쭈뼛 서는 느낌이다.

"하루에 한 번은 꼭 저렇게 둘러보러 온다니까. 정말이지, 시끄러워서 돌아버릴 지경이다."

"놈과 마주치는 건 나도 거절하겠어. 그만 갈게. 또 봐, 할배."

"그 문은 한번 조사해 봐. 알게 되면 꼭 보고하고."

"그럴게. 수수께끼가 풀리면."

집 안에서 들리는 미친놈 소리에 나는 허둥지둥 할배 집을 뒤로했다. 돌아보니 주인이 할배를 안고 다른 방으로 데려가고 있었다.

할배의 모습이 보이지 않자 또다시 고함 질러대는 소리가 들려왔다. 저런 놈과 한집에 산다니, 나는 사양이다. 퉤퉤퉤, 재수 없어.

하늘을 올려다보니 기분이 날아갈 듯 맑았다.

"우와, 자동문?"

오일이 검은 수염을 실룩거렸다. 늘 쿨한 척하지만 궁금해서 못 참겠다는 게 한눈에 보였다.

'마타타비' 바의 카운터 자리에는 익숙한 얼굴들이 나란히 앉아 있었다. 가게 안에는 마타타비 냄새가 그윽하게 퍼져 있었고 다들 기분 좋게 취한 상태였다.

오늘 밤 선택한 마타타비는 도미니카산 '냥힐'이다. 입안 가득 퍼지는 넛츠 계열의 풍미가 일품인 최상품으로 값이 꽤 나간다. 먹이가 풍부한 이 계절은 사치를 부릴 수 있는 귀한 시기다. 요즘 들어 우리 먹이 사정이 그리 좋지는 않지만 그래도 최상의 마타타비를 위해서라면 아낌없이 먹이를 투자한다.

묘생에서 마타타비를 빼고 나면 고양이로 사는 의미가 없다. 마타타비를 피울 때 느껴지는 기분 좋은 취기가 온몸으로 퍼지면서 황홀한 시간이 나를 부드럽게 감싸안았다.

"거기, 저도 알아요! 안 그래도 전부터 신기하다고 생각했거든요. 지금, 문이 계속 열려 있는 건가요? 그럼 혹시 먹고 싶은 만큼 마음껏 먹을 수 있다는 거?"

복면이 언제나처럼 호기심으로 코가 빨개져서는 몸을 바싹 내밀었다.

"아니. 밥 먹는 시간에는 인간이 딱 버티고 있어서 그럴 수는 없어."

"그러면 우리랑 무슨 상관인데."

"내가 알고 싶은 건 문이 어떻게 자동으로 열리는가야. 밥은 그다음 문제라고."

"아재도 참 별난 취미가 있네. 그런 건 알아서 뭐 하게?"

나는 변함없이 건방진 입을 놀리는 오일을 쏘아보면서 코웃음을 쳤다.

마음에 들어 하던 고등어냥이가 사라져 쓸쓸해하는 할배를 위해서 어떻게든 자동문의 수수께끼를 밝혀내 알려주고 싶었다. 묘르신에게는 재미난 이야기가 살아가는 낙이 되어 주기도 하니까.

"잘린 귀 씨는 의리 있는 고양이잖아요."

박스 자리에 놓인 재떨이를 거두러 온 마스터가 마음을 이해한다는 듯 눈을 찡긋하고는 레코드플레이어의 음반을 바꿨다.

지직……. 레코드판 위로 바늘 올리는 소리가 나고 애수에 찬 트럼펫이 영혼 깊숙이 울리는 선율을 연주하기 시작했다. 역시 아날로그가 좋다.

"아무리 대장 고양이였다고 해도 왜 아재가 그렇게까지 하는 거야? 지금은 인간이 보살펴 주잖아."

오일은 이해가 안 간다는 표정이었다. 코를 있는 대로 찡그린 채 마타타비 연기를 입안에서 굴렸다. 하도 건방진 소리를 해대니 외눈이가 조용히 한마디 내뱉었다.

"은퇴했다고 해도 마땅히 지켜야 할 예의라는 게 있는 거야."

아직 풋내기였을 때 우리는 할배에게 정말 많은 것을 배웠다. 우리한테 할배는 집고양이가 되든 뭐가 되든 간에 여전히 존경의 대상이다.

"할배는 정말 굉장했지. 그런 대장 고양이는 좀처럼 만나기 힘들다고."

"그렇게 대단했어요?"

호기심 왕성한 복면이 눈을 반짝였다.

"물론이지. 어마어마한 기술을 갖고 있었어."

나는 슬며시 웃었다. 등을 동그랗게 말고 마타타비 연기를 천천히 빨아들인다. 추억을 곱씹으며 음미하니 가슴이 조금 저릿했다. 젊은 날에 대한 향수는 마타타비 맛에 깊이를 더하는 좋은 향신료가 되기도 한다. 외눈이도 그립다는 듯 하나 남은 눈을 가늘게 뜨고 있었다.

할배의 기술—. 그건 다른 어떤 고양이도 시도한 적 없는 거칠고 과감한 것이었다. 그걸 눈앞에서 직접 보았을 때는 정말 간담이 서늘할 정도였다. 그런 일을 해낸 고양이는 전에도 앞으로도 할배 하나뿐일 거다.

복면이 언제까지고 기대에 찬 눈빛으로 쳐다보는 바람에 결국 할배의 이야기를 들려주기로 했다.

포획틀이라는 게 있다는 걸 알게 된 지 한 달 정도 지났을까. 그날은 오랫동안 내리던 비가 마침내 그치고 청명한 하늘이 얼굴을 활짝 내보인 날이었다. 풀잎과 꽃잎에 맺힌 물방울은 햇살을 받아 반짝였고, 웅덩이에는 푸른 하늘과 새하얀 구름이 한가로이 비치고 있었다. 어제까지 온통 잿빛으로 물들어 있었다는 게 거짓말처럼 느껴질 만큼 세상은 눈부셨다.

나는 은신처에서 나와 곧바로 사냥을 위한 먹잇감 찾기에 나섰다. 아침저녁의 어스레한 시간이 사냥하기 가장 좋은 때지만 지금은 이런 거 저런 거 따질 상황이 아니었다. 주의 깊게 귀를 기울인다.

"빌어먹을, 도마뱀은 바라지도 않으마. 메뚜기라도 괜찮아. 그러니 좀 기어 나오라고."

다들 배가 곯아 있었다. 너 나 할 것 없이 일제히 먹이를 구하러 밖으로 몰려나왔다. 그러다 보니 이럴 때는 아는 얼굴과 딱 마주치는 일도 흔했다.

"엇!"

나도 모르게 걸음을 멈췄다. 그러자 상대편도 나와 똑같은 반응을 보였다.

외눈이였다. 그때만 해도 아직 낯선 얼굴이었다. 낯설기는 해도 이미 다 큰 성묘였고, 심지어 나보다 나이가 많아 보였다. 버려진 집고양이일 거라는 소문이 나 있었지만, 인간 손에 자랐다고는 도저히 믿기 어려울 만큼 위풍당당해서 내심 사실인지 의심하는 중이었다.

"외눈인가?"

"흠, 자네…… 잘린 귀로군."

서로 견제하며 벌레와 도마뱀이 자주 출몰하는 마당을 곧장 가로질렀다. 지금은 서로 싸울 때가 아니었다. 어떻게든 배를 채우지 않으면 발정 난 멋진 암컷을 찾더라도 사랑을 할 기력조차 없을 것이기 때문이다.

외눈이는 일단 담장 너머로 사라졌지만 내가 먹이터로 삼고 있던 마당에서는 인간이 땅을 파헤치고 있는 통에 나는 할 수 없이 공터 쪽으로 발길을 돌렸다. 거기서 또다시 외눈이와 마주쳤다. 녀석은 잡초 속에 웅크리고 앉아 무언가를 엿보고 있었다. 무슨 일인지 물어볼 필요도 없이 코끝을 간질이는 맛있는 냄새에 절로 고개가 끄덕여졌다.

공터 구석에 포획틀이 놓여 있던 것이다. 그곳이 냄새의 근원이었다.

"너, 저게 뭔지 알아?"

"글쎄."

"포획틀이라는 거야."

할배한테서 배운 지 얼마 안 된 그것을, 나는 마치 오래전부터 알고 있었던 양 잔뜩 뻐겼다. 돌아보면 나도 참 어렸다. 잘도 그렇게 우쭐댔구나 싶은 생각에 새삼 부끄러워진다.

"뭔데, 그게?"

"아주 위험한 물건이야. 저 안에 들어가면 자동으로 문이 닫혀서 잡히는 구조야."

그렇게 말하는 중에도 말도 안 되게 좋은 냄새가 풍겨 와서 코가 정신없이 반응했다. 흰 접시에 산처럼 쌓인 먹이에서 생선 냄새가 풀풀 났다. 심지어 위에는 팔랑팔랑한 것이 올려져 있는 게 아닌가. 바람에 흔들려 팔랑팔랑, 팔랑팔랑. 그것이 가쓰오부시라는 걸 알게 된 건 한참 후의 일이다.

"꼬맹이들. 나란히 앉아서 뭘 보고 있는 거지?"

갑자기 들려온 할배의 목소리에 고개를 돌렸다. 여전한 관록이다. 나는 다 알고 있다는 듯 침착하게 행동했다.

"포획틀이 또 설치되어 있어."

새로 온 외눈이 앞에서 어른스러운 척하고 싶었는지도 모른다. 그런 내 마음을 꿰뚫어 본 것일까, 할배는 후후, 웃더니 고개를 살짝 빼고 포획틀 쪽으로 눈을 돌렸다. 코가 움찔움찔 움직였다. 할배도 매력적인 먹이라는 걸 알아차린 듯했다.

"오늘은 평소랑 먹이의 질이 다르군."

"응. 지금까지와는 차원이 달라. 그런다고 포획틀 따위에 가까이 갈 줄 아나 보지?"

내가 노골적으로 경계심을 드러내며 포획틀을 노려보자, 할배는 으쓱한 얼굴을 했다.

"꼬맹아. 또 하나 가르쳐주마. 저걸 털끝 하나 다치지 않고 먹는 방법이 또 있거든."

"뭐라고?"

설마 그런 기술을 갖고 있으리라고는 꿈에도 생각 못 했다. 털끝 하나 다치지 않고 먹는 방법이라니. 외눈이도 흥미롭다는 듯 할배 이야기에 귀를 기울였다.

"자, 지켜보라고. 애송이들."

나와 외눈이는 조용히 할배의 행동을 지켜보았다. 할배는 천천히 포획틀 가까이 다가가서 주위를 한 바퀴 돌았다. 그리고 포획틀 틈새로 그릇 위 먹이에 살짝 앞발을 뻗었다. 바람에 흔들리던 팔랑팔랑한 게 발톱에 걸렸다.

"엇!" 외눈이가 외마디 소리를 질렀다.

"대박!" 내 입에서도 소리가 튀어나왔다.

애송이 두 마리의 간담을 서늘하게 만든 할배는 그것을 다 먹고는 우리를 돌아보며 득의양양하게 입 주변을 날름날름 핥았다. 얼마나 맛있어 보이던지. 여유 넘치는 태도는 역시 세월이 쌓인 내공에서 나오는 것으로, 우리 같은 애송이는 도저히 닿을 수 없는 경지에 이르러 있었다.

이어서 또 한 번. 할배는 먹이를 발톱에 걸어서 입으로 옮겨갔다.

"맛있군."

재차 우리를 돌아보고 할배가 말했다. 나는 침을 꼴깍 삼켰다.

저건 바삭바삭 소리가 나지 않는 먹이다. 전에 공원에서 얻어먹어 본 적이 있다. 육즙이 풍부하고 고소한 맛이 나면서 식감은 부드러웠다. 쓰레기통을 뒤져서 먹은 생선과 비슷한 맛이 나기도 했다. 우리가 먹을 수 있는 건 인간이 남긴 음식 찌꺼기뿐이다. 뼈에 붙은 살을 혀로 긁어내듯 핥아먹는 게 고작이지만, 저건 그런 걸 한꺼번에 퍼먹는 느낌이었다. 늘 깔짝깔짝 먹을 수밖에 없던 것을 볼이 미어지도록 한입 가득 먹는 행복.

상상만 해도 군침이 돌았다.

"어이!"

외눈이의 목소리에 퍼뜩 정신을 차린 나는 다시 포획틀 쪽으로 눈을 돌렸다. 그러자 무슨 영문인지 할배가 포획틀 안으로 들어가는 게 아닌가.

"왜, 왜 저렇게 대담한 거야!"

"진짜 레전드라니까!"

체중이 실리면 문이 닫히는 구조일 텐데 포획틀은 조용했다. 요령을 터득했는지 할배는 먹이 윗부분만 깎아 내듯 조금씩 먹고 있었다.

바로 그 모습을 목격했을 때다. 내 안에서 할배에 대한 존경심이 싹튼 것은……

"그래서, 결국 그대로 붙잡혀서 땅콩까지 떼인 거야?"

이야기에 폭 빠진 오일이 어느 틈엔가 기대에 찬 눈빛으로 날 바라보고 있었다. 하지만 할배는 그런 뻔한 결말로 끝날 고양이가 아니다. 할배의 기술은 고양이들의 상식을 훨씬 뛰어넘는 경지에 올라 있었으니까.

"그럴 리가. 아무 일 없다는 듯 무사히 돌아왔어. 윗부분만

싹 긁어먹고 말이지."

"말도 안 돼!"

천하의 오일도 이 이야기에는 간담이 서늘한 모양이었다. 그럴 만도 하다. 포획틀 안까지 들어가서 먹이를 먹고 왔다는 이야기는 금시초문일 테니까. 이것으로 나와 외눈이가 왜 집고양이가 된 할배를 여전히 존경하는지 충분히 이해할 것이다.

"그 영감, 굉장한데?"

오일은 이를 악물 듯 내뱉더니 마타타비 연기를 천천히 빨아들였다. 복면 녀석도 믿기 어려운지 눈을 동그랗게 떴다.

"대단해요. 그런 위험한 곳에 뛰어들다니, 정말 믿기지 않아요. 그런데 어떻게 안 잡힌 거죠?"

궁금해 죽겠다는 눈으로 물어보면 모르는 척 외면할 도리가 없다. 나는 마타타비 연기를 빨아들여 입안에서 천천히 굴렸다. 내가 뜸을 들이자, 복면의 호기심은 더욱 불타올랐다.

"아우 참, 답답하게 하지 말고요."

"뭘 그렇게 서둘러. 포획틀이라는 건 말이야, 디딤판을 밟으면 문이 닫히는 구조로 되어 있거든."

나는 한숨을 돌린 뒤 스스로의 무용담이라도 이야기하듯 과장된 연극투로 상황을 설명했다.

경험이라는 무기를 지닌 할배의 관찰력. 길고양이들이 포획당하는 모습을 수도 없이 보아온 할배였기에 상황을 냉정하게 파악할 수 있었다.

　포획틀의 구조를 잘 알던 할배는 디딤판을 피해 앞발을 뻗어서 먹이만 긁어낸 것이다. 포획틀이 인간이 만든 장치라는 것도 정확히 간파했다. 어느 정도 무게가 실리지 않으면 작동하지 않는다는 사실도 예전에 다른 길고양이가 잡힐 때 보고 익힌 듯하다. 살짝 흔들리는 정도로는 문이 닫히지 않는다는 확신이 있었기 때문에 대담하게 행동할 수 있었던 거다.

　"할배의 배짱은 단순한 무모함에서 나온 게 아니야. 근거가 있는 배짱이지. 그게 할배가 무모하게 덤벼들다 자멸하는 조무래기들과 다른 점이다."

　젊은 고양이 두 마리는 내 이야기에 집중했다. 때때로 '오!', '역시!' 하는 감탄사를 연발하며 진지한 얼굴로 맞장구를 쳤다. 덩달아 나도 신이 나서 손짓발짓 해가며 당시 상황을 자세하게 이야기했다.

　이렇게 '마타타비'의 밤은 조용히 깊어 갔다.

　자동문의 수수께끼가 풀리지 않은 채 며칠이 지났다.

　한 시간쯤 전에 쓰레기 봉지에서 큼직한 생선구이를 쌔빈 나는 기분이 좋아서 아침 산책을 하기로 했다. 그렇게 맛난 걸 버리다니, 인간은 벌을 받아 마땅하다. 그 덕에 우리도 배를 채우긴 하지만 인간들은 무슨 이유에서인지 우리가 가로채는 건 또 싫은 모양이다. 필요 없다고 버릴 땐 언제고, 막상 우리가 가져가면 화를 낸다. 정말 제멋대로다.

나를 보자마자 고래고래 소리를 지르면서 쫓아오는 바람에 물고 있던 생선을 절반 가까이 떨어뜨리고 말았다. 그래도 주린 배를 달래기에는 충분한 양이었지만……

"어이— 잘린 귀!"

"뭐냐. 네 놈도 산책?"

우연히 마주친 건 외눈이였다. 녀석도 이미 아침 식사를 마친 모양이었다. 만족스러운 표정을 보면 알 수 있다.

우리는 평소대로 코 인사를 나눴다.

"자동문 수수께끼는 풀었어?"

"전혀 모르겠어. 아무도 모르더라고. 앙꼬 할매한테 물어볼까 했는데 요즘 통 볼 수가 없네. 설마 죽은 건 아니겠지?"

네코마타가 되기 직전인 할매가 갑자기 걱정됐지만 뜻밖에도 외눈이가 할매의 행방을 알고 있었다.

"아무래도 입원한 모양이야. 뼈가 부러졌대. 할머니네 주인이 이야기하는 걸 들었거든. 보름은 있어야 돌아올 것 같아."

"골절이라. 뭐, 나이가 들면 뼈가 쉽게 부러진다고들 하니까."

"할머니가 없으면 수수께끼를 푸는 건 어렵겠는데?"

"다시 한번 보러 갈까?"

내가 예전 그 집으로 향하자, 외눈이도 나를 따랐다. 지금까지는 그다지 신경 쓰지 않았는데 수수께끼가 한번 마음에 걸리니 떨쳐낼 수가 없었다. 고양이 심리라는 게 참 묘했다. 젤리 사이에 낀 모래알처럼 수수께끼를 풀지 않고서는 배길 수가 없게 되었다.

고양이 전용 문은 오늘도 열려 있었다.

"잘린 귀, 봐봐. 아직도 열려 있어."

"정말이네. 저 집 고양이들도 문이 어떻게 열리는지는 모르는 거지? 그런데 말이야, 애초에 지금은 왜 계속 열려 있는 걸까?"

"고장 났는지도 모르지."

지켜본다고 수수께끼가 풀리는 것도 아니어서 나는 여기까지 온 걸 후회하기 시작했다. 오늘은 어쩐지 후덥지근하다. 태양의 위치가 높아질수록 기온도 점점 올라갔다.

"아직 장마 전인데 벌써 털가죽이 더워졌어. 여름이 정말 걱정이군."

나는 외눈이와 거리를 둔 채 앉아서 얼굴을 씻기 시작했다. 이런 날은 그루밍이 제일이다. 젖은 털에서 수분이 증발하면서 체온을 떨어뜨려 주기 때문이다. 조금씩 진정이 되자 이번에는 다리를 올려 가랑이 사이를 핥았다.

풀 냄새가 기분 좋았다. 요즘은 풀 한 포기 없는 마당도 많아져서 그만큼 몸을 숨길 곳이 줄었다. 우리가 설 자리가 점점 사라지는 기분이다.

그때였다.

「얘들아— 밥 먹자—!」

베란다 문을 열고 인간이 밖으로 나왔다. 슬슬 밥때가 된 모양이다. 주인이 부르는 소리가 들리자, 그 집 고양이들이 어디서랄 것 없이 하나둘 모여들었다. 고양이는 청각이 뛰어나서 꽤 멀리서 나는 소리까지 들을 수 있다. 그것이 밥을 주는 인간의 목소리라면 더더욱 놓치지 않는다.

"문은 여전히 열린 채로군."

인간은 곧바로 집 안으로 돌아갔지만, 고양이들은 자기들 전용 출입구로 차례차례 빨려 들어가듯 사라졌다.

우리는 안의 상황을 살피기 위해 가까이 다가갔다. 큰 기대는 안 했지만, 밥그릇 옆에는 역시나 인간이 떡하니 버티고 있었다. 모처럼 문이 활짝 열려 있었지만 우리는 그저 고양이 일곱 마리가 커다란 그릇에 얼굴을 처박고 밥 먹는 모습을 발가락 빨며 바라볼 수밖에 없었다.

"한 번쯤은 저렇게 원 없이 우걱우걱 먹어보고 싶단 말이지."

"동감이야. 땅콩 떼이고 인간 밑에서 사는 건 질색이지만 배가 찢어지도록 먹어보고 싶기는 해."

절로 침이 고였다. 하지만 안 되는 건 안 되는 거다. 수수께끼도 언젠가는 풀리겠지. 나는 자리를 털고 일어났다. 수컷 체면에 다른 고양이 밥 먹는 거나 훔쳐보고 있을 수는 없지.

그러나 내가 발길을 돌려 걷기 시작한 순간, 외눈이가 낮게 신음하듯 말했다.
"기다려, 잘린 귀."
"왜 그래?"
나는 걸음을 멈췄다. 집 안을 응시하는 녀석의 모습에서 심상치 않은 기운이 느껴졌다.

서둘러 외눈이가 있는 곳으로 돌아가 안을 들여다보았다. 인간은 텔레비전을 보며 뭔가를 먹고 있었다. 그릇은 바로 그 발밑에 있었다. 눈치채지 않게 다가간다는 건 여간 어려운 일이 아니다.

"네놈도 쉽게 포기를 못 하는군. 저래서는 무리야."
"그게 아니야. 잘 봐봐. 놈들 궁둥이!"

흔치 않게 외눈이가 당황하고 있었다. 그릇에 얼굴을 처박고 밥을 먹는 집고양이들. 딱히 이상한 구석은 없었다.

그러나 그 순간 나는 알아챘다. 그릇을 에워싸듯 나란히 있는 궁둥이들 사이에 딱 한 마리, 뒤태가 다른 놈이 끼어 있었다. 나는 입이 떡 벌어졌다.

"······따, 땅콩이다!"

몸이 부들부들 떨렸다. 여기 사는 고양이들은 모두 중성화 수술을 받은 녀석들이다. 그런데 그중 딱 한 마리만 보란 듯이 땅콩이 달려 있는 게 아닌가.

"잘린 귀. 여기 사는 고양이들 무늬, 다 기억해?"
"물론이지."

모두 잡종이긴 하지만, 한 마리는 귀와 앞·뒷발, 코끝이 회색에서 검은색으로 그러데이션된 고급진 느낌의 뚱냥이다. 또 한 마리는 갈색인데, 이 녀석은 흰 바탕에 검은 얼룩무늬가 있는 게 마스터와 닮았다. 나머지 다섯 마리는 어디서나 볼 수 있는 흔한 고등어냥이다. 색이 좀 짙거나 연한 정도지, 같은 무늬라고 해도 무방했다.

"헉!"

나는 숨을 삼켰다. 이미 눈속임을 알아챈 외눈이가 놀라운 기색을 감추지 못한 채 이쪽을 힐끗 쳐다봤다.

"알겠어?"

"고등어냥이, 지금 몇 마리지?"

하나, 두울, 셋, 넷…… 세어보니, 여섯 마리였다. 대체 어떻게 된 일일까.

"그 쫄보 녀석이 어떻게 저기 끼어 있는 거야!"

우리는 서로 얼굴을 쳐다보았다.

설마 했는데, 그 겁쟁이 녀석이 뻔뻔하게도 인간 바로 옆에서 밥을 먹고 있는 거였다. 더군다나 예전에는 비쩍 말라 있던 몸이 지금은 공처럼 동글동글 살쪄 있었다. 사라진 줄로만 알았는데 그게 아니었다. 저런 돼냥이가 되어 있을 줄이야. 할배가 못 알아본 것도 무리는 아니었다.

우리 낌새가 심상치 않음을 눈치챘는지 쫄보 녀석이 뒤를 돌아보았다. 그 순간 녀석의 꼬리털이 확 부풀어 올랐다. 등

털까지 잔뜩 곤두서서 몸이 굳은 채 움직이지 않았다.

의심할 것 없이 그 녀석이다. 땅콩 없는 집고양이들 틈에 섞여 있을 수는 있어도 우리처럼 묘상 험악한 수컷을 상대로는 이 정도 거리를 두고 있어도 무서운 모양이었다. 그럴 만도 했다. 녀석 입장에서는 저 무리에 섞여 드는 일조차 죽기 아니면 까무러치기라는 각오가 필요했을 테니까……

"할배한테 알리고 올게!"

나는 쫄보 녀석과 마찬가지로 가슴이 두방망이질 치는 것을 느끼며 할배 집으로 발길을 서둘렀다. 쫄보가 아직 이곳에 있는 걸 알면 기뻐하겠지. 사라진 게 아니라 살집이 올라서 알아보지 못한 것뿐이다.

할배는 언제나처럼 베란다 유리창 옆에서 자고 있었다.

"어이, 할배! 일어나!"

"무슨 일이냐? 모처럼 낮잠 좀 자려는데, 뭘 그렇게 허둥대는 거야. 자동으로 열린다는 문의 비밀이라도 알아낸 거냐?"

할배는 잠이 덜 깬 눈으로 고개를 들었다. 그리고 하품을 크게 한 번. 태평한 할배다.

"그게 아니고. 일단 수수께끼는 안 풀렸어. 근데 빅 뉴스가 있어!"

"빅 뉴스?"

"쫄보 녀석 말이야, 아직 이 동네에 있더라고."

"정말이냐?"

벌떡 일어난 할배의 눈이 반짝, 빛났다.

나는 방금 보고 온 일을 할배에게 들려주었다. 커다란 그릇에 얼굴을 처박고 먹이를 먹는 집고양이들. 그리고 그중 딱 한 마리, 땅콩이 달린 궁둥이. 고등어냥이 다섯 마리가 여섯 마리로 늘어난 걸 아직 눈치채지 못한 인간 이야기까지.

"그러니까 그 녀석, 자기랑 같은 무늬의 고양이가 있는 집을 노려서 슬쩍 숨어 들어갔다는 거야?"

"맞아. 그릇에 얼굴을 파묻으면 눈치 못 챌 거라고 생각한 거지."

"한두 마리라면 모를까, 같은 무늬가 다섯 마리나 있으면 한 마리쯤 더 있다고 한들 눈치 못 챌 수도 있겠네. 등잔 밑이 어둡다더니."

"그 말이 맞아. 등잔 밑이 어두운 법이지."

"그놈 참, 잔꾀 부릴 줄도 알다니. 게다가 내가 못 알아볼 정도로 통통하게 살이 쪘다고? 푸하하하!"

할배는 크게 소리 내 웃었다. 쫄보에 항상 다른 고양이한테 먹이를 빼앗겨서 깡말라 있던 녀석이 자기만의 먹이 구하는 방법을 찾아내다니…….

한바탕 웃고 난 할배가 먼 곳을 바라보며 불쑥 중얼거렸다.

"역시 바깥세상은 재미있는 곳이야."

화려했던 옛날이 그리운지 할배는 눈을 가늘게 뜨고 천천히 깜빡였다. 정말 외로운 건지도 모른다. 삼시세끼와 낮잠이 보장된 안락한 생활이라지만 창밖에는 자신이 살아온 거친 세상이 펼쳐져 있다. 향수를 품고 있다고 해서 딱히 놀라운 일은 아니었다.

아무리 풍족한 삶도 우리 정신까지 사로잡을 수는 없다. 결코 채워질 수 없는 무언가가 있는 법이다.

"뭐, 살아남을 수만 있다면야 집고양이가 되는 것도 나쁘지 않겠지?"

"아무렴. 지금 내 모습만 보더라도 밖으로 나가봤자 죽는 길뿐이다."

그때였다. 집 안쪽에서 인기척이 났다. 이 집 주인이었다. 잡혀서 소중한 땅콩을 떼이면 곤란하므로 나는 자리를 뜨기로 했다.

"그럼, 또 올게."

그러나 걸음을 떼려는 순간 ―.

「모찌― 밥 먹자―!」

나는 깜짝 놀라서 돌아보았다. 할배의 코가 빠르게 붉은색으로 변했다.

"하, 할배. 설마······."

내가 좀처럼 가려고 하지 않자, 할배는 얼굴을 잔뜩 찌푸리며 당장 가라며 재촉했다. 하지만 호기심을 억누를 수 없었다.

"뭐 하는 거야. 얼른 가라니까! 그러다 붙잡힌다."

"'모찌'라는 이름으로 불리는 거야?"
"닥쳐. 얼른 가라고 했다!"
생각해 보니 할배가 주인에게 이름 불리는 걸 들은 건 오늘이 처음이었다. 모찌, 모찌. 입으로 그 이름을 되뇌며 눈앞의 묘상 험악한 할배와 비교해 본다. 확실히 콩가루 입힌 두툼한 찹쌀떡처럼 살이 오르긴 했지만, 여전히 험상궂은 분위기가 고스란히 남은 이 할배한테 잘도 그런 이름을 갖다붙였구나. 인간 주제에 재치 넘치는 작명 센스다.
"웃지 마. 이래 봬도 꽤 마음에 드는 이름이야."
나는 웃음을 참느라 안간힘을 썼다.
대장 고양이 시절에는 감히 맞서는 고양이가 없는 할배였다. 위엄이 넘치고 모르는 게 없었으며 애송이였던 내가 남몰래 우러러보던 존재. 인정하지 않을 수 없는 진짜배기 보스의 풍모를 지닌 고양이였다.
그런 할배가 '모찌'라니.
"풉, 크크크큭!"
"웃지 말라니까!"
할배의 코가 새빨개졌다. 그런 표정을 짓는 할배를 보는 것도 처음이었다.
"자, 얼른 가 봐. 주인이 부르잖아. 모찌 씨."
"시, 시끄러워."
내 말에 코는 점점 더 빨개졌다.

「왜 그러니, 모찌? 오늘은 네가 엄청 좋아하는 닭가슴살 토핑이야—.」

닭가슴살이라는 말을 듣자, 할배의 귀가 씰룩였다. 어지간히 좋아하는 모양이다. 하지만 내가 보는 앞에서 그렇게 쉽게 인간에게 아양을 떨지는 못할 것이다. 이래 봬도 옛날에는 모두가 벌벌 떨던 대장 고양이다.

더 이상 놀렸다가는 보기 안쓰러울 것 같아 슬슬 자리를 뜨기로 했다. 옛날에 신세 진 것도 있고, 나는 의리 있는 수컷이니까.

"그럼, 진짜 갈게."

나는 귀만은 뒤로 바짝 세운 채 할배에게 등을 보이고 걷기 시작했다. 그래도 딱 한 번, 다시 걸음을 멈추고 뒤를 돌아봤다.

눈에 들어온 건 주인 곁으로 기어가는 할배의 모습이었다.

소리 내 웃던 방금 전의 여운이 서서히 식어가는 건 쓸쓸한 마음 때문일까.

할배의 뒷다리는 천 조각처럼 축 늘어진 채 조금도 움직이지 않았다. 그 무거운 다리를 끌고 앞다리 두 개로만 간신히 몸을 지탱해 움직이고 있었다. 할배는, 하반신 마비였다.

할배가 그리된 건 교통사고를 당해서였다. 공교롭게도 나는 사건의 전말을 모두 지켜보았다.

할배가 점찍어둔 암컷에게 다른 젊은 수컷이 집적댄 게 사건의 단초였다.

 놈은 발정 난 암컷 냄새에 이끌려 영역을 침범했다가 할배 눈에 띄어서 처참하게 공격당했다. 그래도 분이 안 풀린 할배는 놈을 쫓아 도로를 가로질렀고, 하필 그 순간 차 한 대가 맹렬히 돌진해 왔다. 운이 나빴다고밖에는 달리 할 말이 없었다.

 고양이는 갑자기 강한 빛을 받으면 순간적으로 다리가 얼어붙는다. 무서워서가 아니다. 눈이 부시기 때문이다.

 할배가 돌진해 오는 자동차 헤드라이트를 알아차리고 멈춰 섰을 때는 이미 늦어 있었다. 쿵―. 둔탁한 소리였다. 그 소름 끼치는 소리는 지금도 귓가에 찰싹 달라붙어 떠나지 않는다.

 쇳덩어리가 할배 몸과 부딪치는 소리. 뼈도 으스러졌을 것이다.

 제아무리 대장 고양이라고 해도 인간이 만든 말도 안 되게 큰 쇳덩어리에 들이받히면 끝장이다. 목숨이 붙어 있는 것만 해도 다행이라고 해야 할지 모르겠다.

 차는 일단 멈췄지만, 치인 것이 고양이라는 걸 안 인간은 그대로 도망치듯 가버렸다.

 쥐 죽은 듯 고요한 주택가에 울려 퍼지던 할배의 고통스러운 울음소리. 괴롭게 울부짖는 그 소리를 들었을 때, 나는 가슴 깊숙한 곳에서 서글픈 무언가가 점점 무게를 더해가는 것을 느꼈다. 그것을 '슬픔'이라고 해도 될지 모르겠지만, 마음 한쪽이 떨어져 나가는 듯한 기분이었다. 감히 맞서는 자가 없을 정도로 진정한 대장 고양이로서 위세를 떨치던 할배였다. 그러나 한 시대의 종말은 그렇게 찾아왔다. 끝이라는 건 반드시 온다. 할배도 예외는 아니었다.

내 묘생의 교훈이 된 사건이라고도 할 수 있었다.

심상치 않은 굉음과 고통에 찬 고양이 울음소리를 들은 이웃 주민이 할배가 차에 치인 걸 알고 커다란 천을 가지고 나왔다. 어떻게든 구해주려고 애썼지만, 할배는 맹렬히 위협하며 절대로 가까이 오지 못하게 했다. 그렇게 당당하던 대장 고양이가 몸도 가누지 못한 채 자신을 도우려는 인간에게 필사적으로 저항하는 모습도 내 마음을 어지럽혔다.

'체념'이라는 말의 쓸쓸함을 알게 된 것도 이때였을지 모른다.

「모찌— 어디 있니? 얼른 와. 오늘은 곰빼기라고.」

인간의 목소리에 나는 현실로 돌아왔다. 오랜만에 떠올린 옛 기억.

"네네. 엄마, 여기 있어요—."

집고양이로 살아가는 할배를 나는 멀리서 지켜보았다. 할배는 주인 다리에 찰싹 달라붙어 빨리 닭가슴살을 내놓으라며 애교를 부렸다. 밥그릇을 든 인간이 애를 태우자 발라당 누워서 배를 보이기까지 했다.

「그래, 알았어. 모찌— 주세요, 해봐. 주세요—. 어머, 잘하네!」

 인간에게 배를 쓰다듬게 내어주는 할배를 보자 나도 모르게 입이 떡 벌어졌다. 저것이 인간들이 말하는 '주세요' 자세라는 건가.
 "……도대체 뭐가 길고양이 자존심이라는 거야."
 옛날, 할배가 한 말을 생각하니 기가 막혔다.
 어떤 대장 고양이든 한번 따뜻한 물에 몸을 담그고 나면 저 꼴이 되는 거다. 이빨 빠진 맹수. 그렇지만 그게 꼭 나쁘다고는 할 수 없었다.
 행복하다면 그걸로 된 거다. 어떻게 살아갈지는 고양이 각자의 몫이니까.
 "아무렴 어때. 남은 묘생, 실컷 즐겨보라고."
 나는 코로 피식 웃으며 할배 집을 떠났다.

제 3 장

나의 이야기

밤은 근사하다. 특히 매미 울음소리가 낮을 뒤덮는 한여름의 밤은 살묘적인 더위에서 벗어날 수 있는 아주 귀한 시간이다. 아무리 후덥지근한 열대야라도 쨍쨍 내리쬐는 태양이 잠시 모습을 감춰주는 것만으로도 감사한 일이다. 하지만 말만 그렇지, 역시나 온몸에 털옷을 휘감고 사는 우리에게 좀처럼 기온이 내려가지 않는 여름은 밤이 되어도 컨디션이 나아지지 않는다.

그날, 더위를 먹은 나는 걸음을 재촉해 '마타타비' 문을 열고 카운터 자리에서 마타타비를 피웠다. 내가 고른 것은 스탠더드 중의 스탠더드라고 할 수 있는 '냥테크리스토'다.

고소한 너츠 향, 입안에서 퍼지는 미디엄 보디의 깊은 맛.

연기를 들이마실 때 느껴지는 드로⁺도 딱 좋다. 필러⁺⁺가 너무 꽉 차 있으면 무겁고, 반대로 듬성듬성 성글면 가벼워서 밍밍하다. 이건 복불복이라서 운 없게 드로가 나쁜 마타타비를 뽑았다면 포기하는 수밖에 없다. 묘생이란 때로는 쓸쓸한 맛도 보게 되는 법. 하지만 그 또한 마타타비를 즐기는 방법의 하나다. 애송이들은 아직 이해하기 어렵겠지만.

"잘린 귀 형님. 얼마 전에 고양이를 좋아하는 가족이 이사 왔다는 거, 알고 계세요?"

귓속말하려는 듯 가까이 다가오길래 나는 그쪽으로 귀를 쫑긋 움직였다.

안면이 있는 길고양이였다. 밀크커피 색에 가까운 담갈색 털을 가진 녀석인데, 정수리는 엷은 갈색이었고 꼬리에도 연한 줄무늬가 있었다. 나는 미끄러뜨리듯 내 옆 스툴에 몸을 앉히는 녀석을 힐끗 쳐다보고는 마타타비 연기를 입안에서 굴렸다.

"그거, 확실한 정보야?"

"제가 두 눈으로 보고 온 거니까 틀림없어요."

"어느 집이지?"

+ draw, 입으로 시가 연기를 흡입할 때의 느낌
++ 본래 시가 가장 안쪽에 채워진 담뱃잎을 가리킴.

"새로 지은 집이에요. 산을 깎아낸 곳에 새로 들어선 다섯 집 있잖아요? 거기 제일 안쪽 집인데, 고양이를 꽤 좋아하는 것 같더라고요."

이 녀석은 정보통이다. 'NNN'이니 뭐니 하지만, 우린 그저 일이 생겼을 때 상황에 맞게 고양이를 알선할 뿐 직접 발로 뛰며 정보를 모으러 다니지는 않는다. 그래서 정보통 같은 녀석은 더없이 소중하다. 특히 지금은 초봄에 태어난 새끼 고양이들이 막 은신처에서 나와 뛰어노는 '아깽이 대란' 시기다. 성묘가 되기 전에 주인을 찾아주는 편이 훨씬 수월하다. 이미 몇 마리나 인간에게 알선한 뒤라 새로 입양해 줄 후보가 있다는 소식은 매우 반가운 일이었다.

"고양이를 좋아한다고 보는 근거는 뭐지?"

녀석의 말에 따르면 그 집 인간은 매일 아침 자동차로 출근하는데, 시동을 걸기 전에 반드시 '모닝 노크'를 한다고 했다.

모닝 노크란 한겨울 추위를 피해 보닛 안으로 들어가 몸을 녹이려던 고양이가 엔진에 말려 들어가 죽지 않도록 차 문을 세게 닫거나 보닛을 두드려 고양이가 도망갈 수 있게 배려하는 행위를 말한다. 겨울철에만 조심하면 될 거로 생각하지만 의외로 여름에도 더위를 피하려고 엔진룸에 들어가는 고양이가 많다. 그런 면에서 보면 이 시기에 모닝 노크를 한다는 건 정말 고양이를 좋아하는 인간일 가능성이 크다.

"단순히 자동차를 좋아하는 인간일 가능성은?"

내가 집요하게 묻는 이유는, 신중하게 일을 추진하지 않으면 알선한 고양이가 보호소로 보내지는 끔찍한 일이 생기기 때문이다. 잘못된 판단이 새끼 고양이의 목숨을 빼앗기도 한다. 일이 벌어지고 나서 후회해 봤자 되돌릴 방법이 없다.

"그건 아니에요. 제가 지난번에 그 집 화단에서 똥을 눴거든요? 당연히 그 집 사람이 나와서 쫓아낼 줄 알았는데 얼른 숨어서 내가 일을 다 볼 때까지 지켜보더라고요. 나중에 똥은 가져갔지만요."

"일리가 있군. 고양이를 꽤 좋아하는 것 같네. 자네 정보는 정확해서 도움이 되겠어."

"형님한테 그런 말을 들으니 기쁘네요."

"오늘은 내가 한턱 내지. 좋아하는 걸로 주문하게. 마스터!"

내가 콧수염 마스터를 부르자 정보통은 '네코 펀치'를 주문했다. 이것도 쿠바산으로 품질이 뛰어나다. 쿠바 브랜드 중에서는 역사가 깊은 제조사 제품인 데다 빈티지 라인은 가격도 꽤 나간다. 정보통이 고른 것은 네코 펀치 라인 중에서도 스파이시한 풍미가 돋보이는 '네코로네이션'이다. 녀석이 불붙이는 걸 곁눈질하며 나는 도마뱀 꼬리로 값을 치르려 했다. 하지만 마스터는 이내 앞발로 밀어내며 사양했다.

"마타타비값은 됐습니다. 이미 넘칠 정도로 받았으니까요."

오늘 밤은 쥐 한 마리를 통째로 카운터에 올려두고 거스름돈은 사양한 터였다. 낼 수 있을 때는 통 크게 낸다. 그날

잡은 먹이는 그날을 넘기지 않는다는 게 내 철칙이다.

"그러지 말게. 겨우내 차고 넘치게 서비스받지 않았나. 가끔은 폼 좀 잡게 해주게."

"그럼, 사양하지 않고 받겠습니다."

그때, 카우벨이 울렸다. 출입문을 보는 마스터의 표정에서 낯익은 손님이 왔음을 알 수 있었다.

"어서 오세요, 외눈이 씨. 오늘은 좀 늦으셨네요?"

"아, 어쩌다 보니 그렇게 됐네."

녀석은 정보통과는 반대쪽인 내 옆에 자리를 잡았다.

"뭐야, 잘린 귀. 벌써 와 있었어?"

"이렇게 더워서야. 여름 털[+]로 갈아입었는데도 요즘 더위는 예사롭지가 않아."

"그러게 말이야."

"오늘은 뭘로 하시겠어요?"

"뭐가 좋으려나."

외눈이는 평소답지 않게 뜸을 들였다. 보통은 바로 주문하는데, 더위로 컨디션이 엉망인지 한참을 생각하다가 불현듯 정보통에게로 시선을 돌렸다.

"뭐 좋은 정보라도 있어?"

[+] 털이 있는 동물은 여름에는 가볍고 얇은 털로, 겨울에는 두꺼운 털로 털갈이를 한다.

"막 잘린 귀 형님께 전해드린 참인데……. 이건 그 대가로 받았지 말입니다."

녀석은 물고 있던 마타타비를 발로 쥐고 맛나다는 듯 입가에 미소를 띠며 유유히 연기를 뱉어냈다.

"새로 지은 집이래. 젊은 부부가 산다더군."

"아, 그 집 말이군. 내가 봤을 때는 부부가 나란히 고양이가 그려진 티셔츠를 입고 있더라고. 심지어 양말도 고양이 그림이었어."

"양말까지? 점점 더 유력한 후보로 보이는군."

요즘 인간계에서는 고양이 붐이 일고 있었다. 좋은 현상이긴 하지만 금방 싫증을 내는 인간에게 버려지는 고양이도 있다고 생각하면 가만히 발 놓고 좋아할 수만은 없었다. 놈들은 고양이가 자란다는 생각은 못 하고 그저 새끼 고양이의 귀여움에만 빠져서 덥석 고양이를 입양한다. 그런 놈들에게는 버려지는 동물의 마음도 제발 좀 헤아리라고 일침을 놓고 싶은 심정이다.

"외눈이, 너, 전에는 집고양이였다며?"

느닷없이 그런 말이 튀어나왔다. 캐물을 생각은 없었는데, 이 녀석도 다른 고양이들처럼 싫증 나서 버려진 게 아닐까 하는 생각이 드는 바람에 그랬는지도 모르겠다. 인간에게 버려진 고양이의 마음—. 토종 길고양이인 나로서는 죽을 때까지 모를 감정이었다.

"또 그 소리냐. 남의 과거가 알고 싶거든 네놈 과거부터 털어놔. 그게 먼저다."

"내 과거라……."

나는 가볍게 코를 찡그렸다. 나서서 과거를 털어놓는 짓은 하지 않지만 딱히 감출 것도 없다. 말하지 않는 이유는 그다지 이야기하고 싶지 않아서다. 하지만 외눈이 말에도 일리가 있다. 나는 마타타비 안주가 될 만한 이야기가 없을까 기억을 더듬었다.

"맞는 말이야. 그런데 내 이야기라고 해봤자 태어날 때부터 길고양이인지라 특별할 게 없어."

"인간한테 길러진 적은 없어?"

"뭐, 밥을 얻어먹은 적은 있지."

오랜만에 떠오른 건 내가 독립한 지 얼마 되지 않았을 때의 일이다. 나는 오래된 단독주택 마당에 종종 먹이를 찾으러 들어갔다. 인간 노인이 혼자 살고 있었는데, 찾아오는 사람도 거의 없고 조용한 집이었다. 고양이에게는 쾌적하다고 할 수 있는 환경이었다.

"인간들은 참 욕심이 많은 동물이더라고."

"이제 와서 새삼스럽긴……."

"내가 처음으로 그 사실을 깨닫게 된 이야기라도 괜찮다면 해볼까?"

나는 내 묘생에서 유일하게 마음을 허락한 인간에 관해 이야기하기로 했다. 지금처럼 닳고 닳지 않았던 시절. 말도 못하게 미성숙했던 시절의 이야기다. 돌아보면 미숙했던 내 자신이 한없이 부끄러워진다.

할머니의 냄새는 지금도 생생하게 기억난다. 인간의 냄새가 기분 좋게 느껴진 건 전에도 앞으로도 그 할머니밖에 없을 것이다. 할머니는 나와 대화가 통하는 유일한 인간이기도 했다.

그것은 내가 엄마 품에서 떨어져 나와 얼마 되지 않았을 무렵, 외눈이와 알고 지내기 한참 전의 일이었다.

또 있다. 오늘도 어김없이 그 자리에 앉아 있다.

그날, 나는 겨우 찾은 내 은신처에서 어떤 것을 관찰하고 있었다. 틀림없는 인간인데, 쭈글쭈글하고 작았으며 고양이처럼 멋지게 등을 웅크리고 있었다. 그리고 거의 움직이지 않았다. 날씨가 좋은 날은 툇마루에서 차를 마시며 바깥 풍경을 바라본다. 꾸벅꾸벅 조는 것처럼 보이기도 했지만, 그저 바람에 흔들리는 것처럼 보이기도 했다. 멋들어지게 굽은 고양이 등인 걸로 봐서는 범상치 않은 인물일지도 모른다는 의심이 들었다. 능력 있는 고양이는 발톱을 감춘다[+]는 격언

[+] '능력 있는 매는 발톱을 감춘다'라는 속담을 바꾼 말로, 실력 있는 자는 남 앞에서 함부로 그것을 드러내지 않는다는 뜻.

도 있지 않은가.

하지만 며칠 지켜본 결과, 그저 평범한 노인에 지나지 않는다는 걸 알았다.

"역시 그냥 평범한 인간이었어."

긴 시간을 들여서 이 집 마당이 정말로 안전한 곳인지 확인했는데, 역시 내 판단은 틀리지 않았다. 할머니는 느릿느릿 천천히 몸을 움직였고 큰 소리 따윈 거의 내지 않았다. 물론 빈집이 가장 이상적이지만 내 처지에 그런 사치를 부릴 수는 없었다. 좋은 곳은 대장 고양이나 다른 성묘들이 다 차지하고 없었다.

여기서 사냥을 한번 해볼까? 나는 마당 가장자리에 심겨 있는 철쭉 아래에서 식빵 굽는 자세로 앉아 사냥감을 찾기로 했다. 툇마루에 앉아 있는 할머니가 움직이지 않을까, 신경 쓰면서도 수풀 속에 숨어서 메뚜기나 도마뱀이 없는지 귀를 기울였다.

꼬르륵―.

뱃속에서 천둥이 울었다.

그날은 아침부터 아무것도 먹지 못했다. 원래대로라면 새벽녘쯤엔 뭐라도 잡아서 입에 넣었을 텐데, 근처에 있던 대장 고양이가 방해하는 바람에 사냥감을 놓쳐버렸다. 쪼잔한 놈. 기분이 나빴는지도 모르겠다. 나를 보자마자 쫓아오는 통에 쏜살같이 도망쳐 그늘진 곳에 몸을 숨긴 채 꼼짝도 하지 않았다. 그러는 사이 날이 밝았고, 어느덧 이 시간이 되어버렸다.

"포동포동하니 맛나게 생긴 도마뱀이었는데……."

놓친 사냥감을 떠올리자, 허기가 온몸을 휘저었다. 하지만 지나간 일에 언제까지 매달릴 수는 없었다. 다시 또 잡으면 그만이라고 자위하면서 눈을 질끈 감고 기회가 오기를 기다렸다. 꼬르륵—. 또 천둥이 울었다.

멀리서 공사 소음이 들려왔다. 드르륵, 드르르륵……. 소리가 요란했다. 땅땅— 내려치는 금속음이 푸른 하늘에 울려 퍼졌다. 때때로 인간들이 큰 소리로 뭐라 뭐라 떠들어 대는 소리도 들렸다.

이렇게 날씨가 좋은 날에도 인간들은 어쩌면 저리도 정신 사납게 구는지.

항상 어딘가에서 시끄러운 소리를 낸다.

잠시 후 툇마루 쪽에서 인기척이 들려서 눈을 떴다. 때마침 할머니가 '잇차' 하는 소리를 내며 일어서려는 참이었다. 이쪽으로 오는 게 아닐까 싶어 지켜봤지만, 그냥 집 안으로 들어갔을 뿐이다. 금세 다시 나오긴 했지만 나한테 해코지할 생각은 없는 듯했다. 다시 '잇차' 소리를 내며 툇마루에 앉는다.

어차피 방석 위에 앉아서 차만 마실 뿐 아무런 해가 없는 인간이다. 나는 신경 쓰지 않고 마당 한쪽 구석에 웅크려 사냥할 기회를 노렸다. 꼬르륵—. 오늘은 뱃속이 유난히 시끄러웠다.

그때였다.

「미짱. 너, 배고프니?」

나에게 말을 걸고 있다는 생각은 하지 않았다. 그 정도로 할머니의 목소리는 작았다. 고양이는 귀가 밝아서 작은 소리도 쉽게 알아듣는데 미짱, 하고 몇 번이나 부를 때까지 눈을 감은 채 전혀 알지 못했다. 그러다 좀처럼 목소리를 내지 않는 할머니가 무슨 말인가를 하고 있다는 걸 알아차렸다. 그저 그 정도로만 생각했다.

하지만 뭔가 이상한 느낌이 들어 천천히 눈을 떴다. 그제야 할머니가 나를 물끄러미 보고 있다는 걸 깨달았다.

"응?"

나는 식빵 굽기 자세를 풀었다. 수풀 속을 들여다보러 오면 곧바로 도망갈 태세를 취했지만, 할머니는 전혀 움직일 기미가 없었다. 그저 툇마루에서 손짓만 할 뿐.

「이거, 먹을래?」

할머니는 나를 향해 손을 뻗었다. 먹을 것으로 보이는 무언가가 손 위에 올려져 있었다. 하얗고 기다란 원통 모양인데 겉에 갈색으로 된 하늘하늘한 것이 붙어 있었다. 그것이 '지쿠와[+]'라는 건 얼마 지나지 않아 알게 되었다.

[+] 竹輪. 생선 살을 다져 반죽한 뒤 막대기에 꽂아 굽거나 찐 원통형 어묵 요리

「봐, 지쿠와야. 정말 맛있는 거야.」

그딴 거에 넘어갈까 보냐. 엄마한테 인간이 얼마나 위험한 존재인지 귀에 딱지가 앉도록 들었던 터라 무슨 말을 해도 무시하기로 했다. 하지만 쮸쮸쮸 혀를 차면서 불러대니 자꾸 신경이 쓰였다. 귀가 절로 실룩거리며 반응했다. 한동안 못 들은 척했지만 아무리 봐도 날 붙잡으려는 것 같지는 않아서 다시 한번 할머니 쪽으로 눈길을 돌렸다.

「미짱, 미짱—.」

"귀찮게 정말……. 뭔데?"

결국 호기심을 이기지 못하고 수풀 속을 살금살금 기어 나왔다. 가까이 다가가자 희미하게 생선 같은 냄새가 풍겼다. 지쿠와가 끝내주게 맛있는 음식이란 걸 알아차린 순간, 꾸르륵—.

또다시 뱃속에서 천둥이 울었다.

미치겠네. 아까부터 왜 이리 시끄럽게 구는 거야. 나는 원래 점잖은 수컷이라고…….

「어여 먹어봐, 자.」

던져진 지쿠와는 할머니 바로 앞에 떨어졌다. 조금만 더 멀리 날아오면 좋았을 텐데…….

그다지 가까이 가고 싶지 않았던 나는 땅에 떨어진 지쿠와를 멀찍이 서서 바라보기만 했다. 그대로 무시하고 돌아설 만큼 미련이 없는 건 아니었으나 그렇다고 덥석 달려들 만큼 조심성이 없는 것도 아니었다.

「사양 말고 먹어. 그러다 까마귀한테 뺏긴다?」

다정하게 건네는 말투 때문인지 점점 먹어도 되지 않을까 하는 마음이 드니, 참 이상한 일이다. 게다가 지척에 있는 전깃줄에는 까마귀 놈이 앉아 있었다. 놈들은 먹을 수만 있다면 뭐든 닥치는 대로 먹어 치우는 데다 식욕도 왕성하다. 나도 아깽이 시절 놈들의 먹잇감이 될 뻔했다. 다행히 엄마가 구해주었지만, 그때 느낀 공포는 아직도 생생하다. 내 언젠가 저놈들을 잡아서 뼈째 씹어먹어 줄 테다.

까마귀한테 빼앗기기 전에 먹어야겠다는 생각에 몸을 낮춰 지쿠와 쪽으로 살금살금 다가갔다. 코를 가까이 대자 진한 생선 냄새가 물씬 풍겼다. 혀로 살짝 맛을 본 순간 입안 가득 감칠맛이 퍼지며 나도 모르게 덥석 물어버렸다. 맛이 기가 막혔다.

어제부터 아무것도 먹지 못한 나의 빈속에 지쿠와가 깊숙이 스며들었다.

쫄깃한 식감, 진한 생선 냄새, 게다가 고소한 향까지 났다. 나는 마파람에 게 눈 감추듯 먹어 치우느라 채신머리없이 군 행동을 반성했다. 그래도 좀 더 먹고 싶었다.

나는 아직 지면에 남아 있는 냄새를 맡으며 여운을 즐겼다.

「아이고, 그렇게 맛나던?」

갑자기 말을 걸어와서 할머니가 바로 옆에 있었다는 사실을 기억해 낸 나는 화들짝 경계 자세를 취했다. 먹는 데 정신이 팔린 나머지 경계를 게을리한 걸 반성했지만 역시 할머니는 나에게 위해를 가할 생각은 없어 보였다. 내가 지쿠와를 먹은 게 기뻤는지 얼굴에 미소가 흘렀다.

인간은 무서운 존재가 아니었던 걸까.

엄마에게 들은 이야기나 지금까지 겪어온 일들로 인간을 경계했던 나는 할머니가 여타의 인간과는 다르지 않을까 하는 생각이 들기 시작했다.

"믿어서 그런 건 아니니까 착각하지 마."

내가 선을 그어도 할머니는 싱글벙글 웃기만 했다. 역시 평범한 인간은 아닌 게 분명해.

「자, 더 먹어라.」

재차 눈앞에 지쿠와가 놓였다. 그렇게 말한다면야. 두 번째 토막도 사양 안 하고 먹어 치웠다. 입안에 생선의 풍미가 퍼졌다. 이렇게 맛있는 건 처음 먹어본다.

"맛나네. 이거, 정말 맛있어."

「맛있니?」

"그래, 맛나다고 말했잖아. 굉장히 맛있어."

「후후훗. 냥냥대면서 잘도 먹네. 어지간히 배가 고팠나 보구나. 더 먹을래?」

자세히 보니 할머니가 늘 마시는 차 옆으로 하얀 원통 모양이 잔뜩 든 그릇이 놓여 있었다. 역시, 이건 할머니의 간식이었던 모양이군. 인간들은 늘 맛난 것만 먹고 산다니까.

「할머니 말동무 좀 해줄래?」

"한 토막 더 주면 그럴게."

내 말을 알아들은 건지 우연인지 한 토막을 더 던져 주었다. 또 날름 먹어 치우고 고개를 들었다. 그러자 또 한 토막.

할머니는 내가 지쿠와 먹는 모습을 흐뭇한 표정으로 지켜보았다. 고양이 밥 먹는 게 뭐 그리 재미있는 걸까 했는데, 알고 보니 사람이 그리운 거였다. 늘 혼자 툇마루에 앉아 있는 모습을 보고 혼자 있는 걸 좋아하는 줄로만 알았다. 우리 고양이들은 기본적으로 무리 짓는 걸 싫어한다. 하지만 할머니는 좀 다른 모양이다. 내가 자리를 뜨지 않고 그 자리에 웅크리고 앉자 기쁜 듯 환하게 웃었다.

"외로운 거야?"

물었지만 인간에게 고양이의 말이 통할 리 없었다. 할머니는 싱글벙글 웃으며 나를 바라보기만 할 뿐이었다. 쳐다보는 것 정도야 허락해 줘도 괜찮겠지. 나는 그루밍을 시작했다.

「미짱은 어디서 왔니?」

그 무렵 내 귀는 아직 멀쩡했지만, 그렇다고 '미짱'이라는 이름도 아니었다. 그냥 이름 없는 길고양이였다. 독립한 지 얼마 안 된 나에게 이름 같은 게 있을 리 없었다.

"뭐, 그냥 미짱으로 부르든가."

나는 지쿠와 냄새가 남아 있는 입 주변을 할짝할짝 핥은 뒤 앞발을 써서 얼굴을 깨끗하게 씻었다. 물론 귀 뒤도 잊지 않았다.

「미짱은 밤에 어디서 자니?」

"공터 안쪽에서."

「아직 어리지? 형제는 없어?」

"나 말고는 다 죽었어."

「미짱 엄마는 어떤 고양이였으려나.」

내가 대답하든 말든 할머니는 이것저것 물어왔다. 그저 내가 옆에 있다는 게 좋았는지도 모른다. 시끄러운 건 질색이지만 왜인지 할머니의 목소리는 듣기 좋았다. 노인은 말투도, 움직임도 차분하고 부드럽다.

그렇게 나와 할머니의 교류가 시작되었다.

"말도 안 돼. 네놈이 인간과 친하게 지냈다니, 원 참."

"친하게 지낸 건 아니야. 인간 치고는 믿을 만한 할머니였지만."

자상하게 말을 걸어오던 할머니를 떠올리자 그리운 마음이 차올랐다. 지쿠와 맛이 입안 가득 퍼지는 듯도 했다. 성묘가 되기까지 인간의 음식을 많이 먹어봤지만, 지쿠와를 제일 맛있게 먹었던 것 같다. 미각은 기억과 맞닿아 있다. 지쿠와는 조용하고 따뜻했던 할머니의 모습을 생생히 떠오르게 하는 맛이다.

"네가 그런 얼굴 하는 건 처음 본다."

외눈이는 놀리듯 웃으면서 시가 성냥으로 마타타비에 불을 붙였다.

외눈이가 고른 것은 '라 글로리아·말랑쿠바나+'였다. 카바냥스&카스트로사가 만든 이 브랜드는 이후 호세 페르냥데스 로차의 손을 거쳐 시푸냥테스 가문에 매각되었다. 지금은 파르타냥스 시가 팩토리에서 생산하고 있다.

"지쿠와라……. 그건 못 참지."

"맞아. 지금도 제일 좋아하는 음식이야."

"지쿠와랑 비슷한 건데 '사사가마보코++'라는 것도 있어. 이것도 빠지면 섭섭하지."

외눈이가 그리운 듯 입가에 엷은 웃음을 띠었다. 역시 이 녀석, 집고양이였다는 소문이 사실일지도.

말끝마다 인간과 함께 살았던 흔적이 묻어났지만, 지금은 한창 내 이야기 중이다. 녀석의 과거는 나중에 따로 듣기로 하고 이야기를 이어 나갔다.

"그 할머니는……" 막 말을 꺼내려는데 가게 문이 힘차게

+   실제 '라 글로리아 쿠바나'라는 시가로, 카바냐스&카스트로사가 만든 브랜드이며 호세 페르난데스 로차의 손을 거쳐 시푸엔테스 가문에 매각, 현재는 파르타가스 시가 팩토리에서 생산 중임.

++   笹蒲鉾, 조릿대 잎 모양으로 만든 어묵

열리면서 복면이 뛰어 들어왔다. 수염 끝에서 물방울이 뚝 떨어졌다. 오늘따라 유난히 무덥다 했더니 결국 내리기 시작한 모양이다. 비는 정말 질색이다. 털은 흠뻑 젖고 발바닥은 금세 더러워진다. 먹이 사냥도 나갈 수가 없다. 장마처럼 비가 많이 내릴 때는 말 그대로 최악이다. 축축하고 꿉꿉하고…….마치 우릴 괴롭히기라도 하듯 쉬지 않고 퍼붓는다.

"뭐냐, 젖은 김에 멋쟁이 흉내라도 내려는 거야?"

가벼운 야유와 함께 턱짓으로 빈자리를 권했다. 그러나 복면은 꼼짝도 하지 않았다.

"멍하니 우뚝 서 있지 말고 앉는 게 어떠냐?"

"저…… 그, 방금…… 저기서 꼬맹이가 까마귀한테 습격당했어요."

"뭐?"

나와 외눈이는 서로 얼굴을 마주 보았다.

"얼마나 된 꼬맹인데?"

"어, 그러니까…… 아직 작은 것 같은데, 마침 비가 내려서 까마귀는 날아갔어요. 근데 꼬맹이가 움직이질 않더라고요."

나와 외눈이는 약속이라도 한 듯 스툴에서 내려왔다. 나쁜 버릇이다. 다른 고양이 일에 간섭 같은 건 하는 게 아닌데, 꼬맹이가 습격당했다는 말을 들으니 가만히 있을 수가 없었다.

"마스터, 잠깐 다녀오겠네."

"네, 자리는 그대로 두겠습니다."

불이 붙은 마타타비를 재떨이에 올려두고 가게를 나섰다. 한번 불을 붙인 마타타비는 억지로 꺼서는 안 된다. 그랬다가는 그을음 냄새가 배서 마타타비 향이 엉망이 되어버린다. 전용 재떨이에 수평으로 놔두면 불은 자연스럽게 꺼진다. 그러면 나중에 다시 불을 붙여도 풍미를 해치지 않고 끝까지 그 맛을 즐길 수 있다. 마타타비 애호가의 철칙이다.

"위치는 가깝냐?"

"네. 여기서 금방이에요."

셋이 서둘러 현장으로 가던 중 가게로 오는 오일과 마주쳤다.

"뭐야, 셋이 나란히…… 어이! 뭘 그렇게 서두르는데!"

우리가 다급하게 서두르자 건방진 쿨 가이 녀석도 뭔 일인가 싶었는지 뒤따라오기 시작했다. 평소에는 잘도 어른스러운 척하더니 호기심은 참을 수 없었나 보다.

"아재, 그래서 무슨 일인데?"

"꼬맹이 하나가 까마귀한테 습격당했다. 복면이 봤대."

"그럼, 큰일이잖아. 진짜야?"

이야기를 들은 오일은 주저 없이 따라나섰다. 복면이 걸음을 멈췄고, 우리는 산비탈 아래에 쓰러져 있는 둥근 털 뭉치를 발견했다. 꼬맹이의 상태를 본 순간, 모두 숨을 꿀꺽 삼켰다. 생각보다 훨씬 작았다. 심하게 쪼였는지 등 주변으로 피가 흐르고 있었다. 울음소리를 내고는 있었지만, 그 소리가 너무나도 가녀렸다.

"엄마…… 엄마."

어미 고양이를 찾아봤지만 허사였다. 은신처에 있던 걸 까마귀가 낚아채서 도중에 떨어뜨렸을 가능성이 크다. 그렇게 되면 어미를 찾을 길이 없다. 어디서 날아왔는지도 가늠할 수 없었다. 설령 어미를 찾는다고 해도 살아 있을 가능성은 희박하다.

"인간의 손을 빌리지 않으면 죽을 거야."

"그, 그런……. 아직 어리다고요."

내 말이 복면의 귀에는 비정하게 들릴지도 모른다. 하지만 그게 현실이다. 아직 경험이 없어 모르겠지만 지금까지 까마귀한테 당한 꼬맹이들을 몇 번이나 봐왔다. 먹잇감으로 노리고 습격했다면 잠시도 버텨낼 재간이 없다.

"잘린 귀, 어떻게 할래?"

"인간한테 보내는 것밖에 방법이 없잖아."

"보낼만한 집은 있는 거야?"

천하의 오일도 꼬맹이의 처참한 모습에 코를 찡그렸다. 살 수 있을 리 없어. 녀석의 눈은 그런 마음마저 내비치고 있었다. 나는 가볍게 코웃음을 쳤다.

하여간 포기가 너무 빠르다니까, 젊은 녀석들은…….

"외눈이, 아까 말한 새로 지은 집으로 데려가자."

"조사가 아직 부족한데. 정말 믿을 만한 인간이라고 생각

제3장 나의 이야기

하는 거야?"

"죽기 아니면 까무러치기다. 인간의 도움 없이는 어차피 죽어. 거기에 걸어보는 수밖에 없어. 데려가자."

나는 다친 꼬맹이를 가만히 살펴보았다. 등에 난 상처가 애처로웠다. 될 수 있는 대로 몸을 움직이지 않는 게 좋겠다는 판단이 섰다. 그 집 마당으로 옮기는 것만으로도 상당한 부담이다. 최대한 신속하게 움직여야 한다.

"꼬맹이는 내가 데리고 가지. 너흰 먼저 가서 사전 점검 좀 해줘."

"알았어. 오일, 복면. 너희들도 따라와."

외눈이 무리는 한발 앞서 새로 지은 집으로 향했다. 나는 꼬맹이의 상태를 다시 한번 확인하고 나서 상처 입은 자리를 핥아주었다. 꼬맹이가 살짝 움직였지만 역시 반응이 희미했다.

"어이, 조금만 참아라."

"엄마……."

내가 누구인지조차 모를 수 있다. 녀석은 상처를 핥아준 것이 엄마라고 생각한 모양이었다. 그래도 그걸로 조금이나마 안심이 됐다면 다행이다.

포기하지 마라.

나는 새끼 고양이의 목을 살짝 물고 이동을 시작했다. 꼬맹이의 체온이 떨어져 물고 있는 입안까지 냉기가 퍼졌다. 희미한 떨림이 느껴졌다.

신속하게, 최대한 충격 없이.

스스로에게 타이르면서 외눈이 무리가 기다리는 새집으로 향했다. 거리가 가까운 것이 천만다행이었다. 먼저 도착한 녀석들이 꼬맹이를 숨길 장소를 확보해 놓고 나를 보자마자 "여기야!"하고 소리를 높였다. 마당 한쪽에 있는 산딸나무 아래였다. 막 자라난 잔디가 침상처럼 되어 있었다. 가지를 뻗은 산딸나무가 비를 막아줘서 많이 젖지 않으면서도 비교적 눈에 띄기 쉬운 장소였다. 나는 꼬맹이를 잔디 위에 내려놓았다.

"집주인은 있는지 확인했어?"

"응, 불이 켜져 있어."

창문 커튼은 닫혀 있지만 안에서 빛이 새어 나왔다. 귀를 기울이니 인간의 목소리가 들려왔다. 자동차도 있다.

"엔진이 아직 따뜻해. 막 돌아온 모양이야."

보닛에 올라가 상태를 확인한 외눈이가 서둘러 돌아왔다.

"하는 수밖에 없겠지?"

우리는 거기서 조금 떨어진 장소로 몸을 숨겼다.

"어이, 복면. 너, 꼬맹이 있는 곳으로 가서 울어라."

"제, 제가요?"

"우리 같은 아저씨한테 귀여운 목소리는 무리잖아. 네가 가서 귀여운 목소리로 인간을 밖으로 불러내는 거다."

이런 일은 젊은 놈들이 하는 게 맞다. 아무리 생각해도 나나 외눈이처럼 산전수전 다 겪은 목소리로 도와달라고 해봤자 고양이들끼리 싸우나 보다 하고 대수롭지 않게 넘길 게 뻔하다.

"잘 들어. 최대한 가냘픈 목소리로 도와달라고 해야 한다. 나, 죽어요, 하는 느낌으로 말이야. 인간이 나오면 그때 눈치채지 못하게 재빨리 돌아오면 돼."

이러고 있는 동안에도 꼬맹이의 체력은 점점 떨어지고 있었다. 빨리 하라고 채근하자 복면이 꼬맹이가 있는 쪽으로 향했다. 곧바로 새끼 고양이 소리를 내며 우는 복면의 목소리가 들려왔다.

"도와주세요, 너무 추워요……. 나 좀 살려주세요."

녀석의 연기는 꽤 그럴싸했다. 복면이 몇 번을 울자, 베란다 유리창에 인간의 그림자가 비쳤다. 커튼이 열리고 젊은 여자가 창을 열고 얼굴을 내밀었다.

「저기, 료. 새끼 고양이 소리가 들려.」

"엄마, 도와줘요."

「앗, 봐봐! 또 들렸어!」

여자가 집 안을 향해 소리쳤다. 저 정도면 찾으러 나올 테지. 나머지는 인간들이 꼬맹이를 발견해 주기를 비는 것뿐이다.

"이거면 될까요?"

돌아온 복면이 걱정스럽다는 듯 꼬맹이 쪽을 보았다.

"잘했어. 이제 저 꼬맹이가 스스로 울어주기만 하면 된다만."

부탁이다. 제발 눈치채줘.

우리는 숨을 죽이고 상황을 지켜보았다. 안타깝게도 빗발이 점점 굵어지고 있었다. 새끼 고양이가 있는 곳으로 비가 흘러들지는 않는지 살피러 가고 싶었지만 지금 우리가 모습을 드러내면 도움을 청하는 소리가 아니었다고 생각할 수도 있다. 가만히 기다리는 것 말고는 달리 방법이 없었다.

「글쎄, 들렸다니까. 아마 작은 고양이일 거야.」

「어디, 어디?」

이번엔 남자가 얼굴을 내밀었다. 그러나 쏟아지는 폭우에 굳이 밖으로 나올 생각은 없어 보였다. 이래서는 곤란하다. 이 정도로는 인간의 귀에까지 닿지 않는다. 역시, 고양이를 얼마나 좋아하는지 알 수 없는 인간에게 맡기려고 한 건 무모한 짓이었을까. 그렇게 생각한 순간―.

"엄마……."

꼬맹이가 가까스로 울음소리를 냈다.

본능적으로 지금 도움을 청해야 한다고 느꼈는지도 모른다. 약하디약했지만 꼬맹이 녀석도 살려고 애쓰고 있다. 살아보려는 의지는 남아 있었다. 지금이라면 아직 늦지 않았다.

「틀림없이 있다니까! 새끼 고양이라고. 이 비를 다 맞고 있으면 죽을지도 몰라. 어미는 있으려나.」

「손전등 가져올게!」

남자가 집 안으로 돌아갔다. 저렇게 서두르는 걸 보니 걱정하는 게 분명하다. 나는 가슴을 쓸어내렸다. 내 선택은 틀리지 않았다. 평소라면 좀 더 신중히 조사하고 움직였을 텐데 이번만큼은 도박이나 다름없었다.

그래도 다행히 결과가 좋은 편이었다. 이제 저 인간들이 꼬맹이를 발견해 주기만 하면 된다.

「어느 쪽에서 들렸어?」

현관에서 나온 남자가 우산과 손전등을 들고 마당을 수색하기 시작했다. 여자도 한 번 안으로 들어갔다가 다시 현관에 모습을 나타냈다.

「모르겠어. 다시 한번 울어주면 좋을 텐데.」

새끼 고양이는 죽을힘을 다해 울었지만, 인간의 귀는 당최 믿을 게 못 됐다. 분명하게 도움을 청하고 있는데도 위치를 찾지 못해 헤매고 있었다.

"쯧, 또 쏟아지네."

"저기, 아재. 아재가 그냥 데려다주면 끝나잖아."

오일이 그렇게 말하는 것도 이해 못 할 바는 아니지만 한번 개입하기 시작하면 끝이 없는 법이다. 마땅히 자연 도태되어야 할 생명도 존재한다. 지나치게 자연의 섭리를 거스르면 좋을 게 없다. 오일처럼 젊은 고양이는 아직 이해하기 어렵겠지만…….

빗발이 더욱 거세지면서 꼬맹이의 목소리는 점점 빗소리에 묻혀갔다.

「여보, 안 들려? 봐, 희미하게 들린다니까.」

「우산을 접어볼까? 그편이 잘 들릴 거야.」

두 사람은 몸이 젖는 것도 개의치 않고 우산을 둔 채 마당을 탐색했다.

「이쪽 아니야?」

여자가 꼬맹이 있는 쪽으로 다가갔다.

그래, 그쪽이다. 그대로 쭉 직진. 잔디 속에 있다고. 산딸나무 바로 아래다. 이젠 더 울 기운도 없을 거야. 그러니 얼른 찾아내라고.

"괜찮아, 잘린 귀. 저대로만 하면 틀림없이 찾아낼 거야."

나는 외눈이의 말에 겨우 차분함을 되찾았다. 그래, 고양이를 좋아하는 인간은 집념이 강한 법이니까. 그런 인간들은 온 힘을 다해 고양이를 구하려고 한다. 예전에 배수구에 빠진 새끼 고양이를 구조하는 인간들을 본 적이 있다. 처음에는 고작 몇 명이 악전고투하는 데 그쳤지만, 점점 한 사람, 두 사람 숫자가 늘었다. 잠시 후 같은 차림을 한 사람이 큰 차를 가져오는가 싶더니 지면을 깨기 시작했다. 고생 끝에 새끼 고양이를 포획했을 때는 사방에서 박수가 터져 나왔었다.

"봐, 이제 코앞이다."

인간이 손전등으로 산딸나무 아래를 비추는 걸 보고 외눈이가 마음이 놓인다는 듯 말했다. 오일과 복면도 안도의 빛을 띠고 있었다.

"고양이를 좋아하는 인간이 정말 있기는 있군, 그래."

"뜬금없이 무슨 소리야?"

"아니, 잠깐 옛날 생각이 나서. 아까 이야기했던 할머니 일이긴 하지만……"

인간이 서서히 꼬맹이 곁으로 다가가는 모습을 보면서 나는 아까 하던 이야기를 다시 이어 나갔다.

나는 어느새 할머니 집을 드나들게 되었다.

지쿠와 맛을 잊지 못해서 다음 날 또 찾아갔더니 기다리기라도 했는지 미리 준비해 놓고 있었다. 할머니는 내가 지쿠와 맛에 푹 빠졌다는 걸 눈치챈 듯했다. 나를 보자마자 집 안으로 들어가 지쿠와가 올려진 접시를 들고나왔다.

「어서 와라. 오늘도 건강해 보이는구나, 미짱.」

그날도 한 토막 던져주었고 나는 정신없이 달려들었다. 이때는 매일 같이 지쿠와를 얻어먹은 덕분에 변변히 사냥도 하지 않고 느긋하게 낮잠을 즐겼다.

「미짱, 맛있니?」

"응, 맛있어."

「그래, 맛있고말고. 자, 미짱. 하나 더 먹으렴.」

할머니는 나를 완전히 '미짱'으로 부르게 되었다. 그런 이름으로 불리는 것도 나쁘지 않겠다는 생각도 들었지만, 할머니는 다른 길고양이한테도 '미짱'이라고 불렀다. 결국 나는 이름 없는 채로 지쿠와를 주는 사람과 받는 고양이로서 교류를 시작하게 되었다.

「자, 여기 와서 앉아 봐.」

그날도 지쿠와를 얻어먹은 나는 느긋하게 얼굴을 씻기 시작했다. 할머니는 나를 향해 손짓하며 옆에 둔 방석을 가볍게 두드렸다. 아무래도 옆에 와 앉으라는 뜻 같았다. 역시, 나를 손님 대접하고 싶은 모양이군. 방석이 하나 더 늘어난 건 아마도 나를 위해 일부러 마련해 둔 것으로 보였다. 어떻게 할지 잠시 망설였으나 지쿠와를 더 먹을 수 있을지도 모른다는 생각에 슬금슬금 가까이 갔다. 먼저 방석의 냄새부터 맡고 안전을 확인했다. 햇볕에 잘 마른 냄새가 났다. 푹신푹신하니 습기도 없고 몸을 눕히기에는 그만이었다. 조심스럽게 다리를 올린 뒤 괜찮다는 확신이 서자 자리를 잡고 앉았다.

그걸 본 할머니는 기쁨의 미소를 지으며 차를 마셨다.

「어서 와라. 겨우 앉아줬구나. 하나 더 먹으려무나.」

다시 또 눈앞에 지쿠와가 놓였다. 게다가 내 전용 접시까지 준비되어 있었다. 물이 든 그릇도 내주었다. 손님 대접받는 것도 꽤 괜찮은 기분이었다.

"정말 맛나다, 맛나."

「미짱은 지쿠와를 정말 좋아하는구나.」

배를 잔뜩 채우고 신선한 물로 목을 축였다. 배가 빵빵해지자 졸음이 쏟아졌다. 할머니도 잠이 오는지 머리 방아를 찧으며 졸고 있었다. 나는 웅크려 식빵 굽기 자세를 잡고 천천히 눈을 감았다. 할머니가 덮쳐오더라도 재빨리 피할 자신이 있었다.

바람이 살랑 불어 마당의 풀과 나무가 흔들리면서 좋은 향기가 났다. 오늘은 날이 좋다.

인간 아이들이 떠드는 소리. 오토바이가 달리는 소리. 유유히 달리는 자동차 소리.

분주히 움직이는 일상의 소음들이 들려왔지만, 할머니 집 마당만큼은 한적했다. 할머니가 숨 쉬는 소리까지 들릴 만큼 이곳은 고요했다. 할머니가 잠든 걸 보고 나도 자세를 풀고 몸을 눕혔다. 앞발을 쭉 뻗고 턱을 방석에 얹었다. 기분이 좋다.

「어머나, 미짱.」

할머니가 잠에서 깨어나 쳐다봤지만 나는 축 늘어진 채 귀만 쫑긋 세웠다. 할머니가 차 마시는 소리가 들렸다.

「미짱은 엄마가 없니?」

"지금은 독립했어."

「할머니는 말이다. 아들이 둘이고 손자도 있단다.」

"뭐야, 혼자가 아니었어?"

「따로 살고 있지. 전에는 손자가 자주 놀러 왔었는데 바빠졌다는구나. 지금은 학원이니 뭐니, 아직 어린데 많이 힘든 모양이야.」

"인간이란 종족은 쓸데없는 짓만 하니까 그래."

「그렇게까지 공부를 해야 하는 건지. 벌써 안 온 지 한참

됐단다.」

"못 만나서 서운한 거야?"

「그래도 미짱이 있어서 안 외롭단다.」

인간이 고양이 말을 알아들을 리 없지만 우리는 어쩐지 대화가 통하는 것 같았다. 우연이라는 건 알지만 순조롭게 이어지는 대화에 나는 말도 안 되는 가능성을 믿고 싶어졌다. 할머니가 정말로 고양이 말을 이해할 가능성 말이다.

그날 이후로 나는 할머니의 말동무가 되었다.

손자 이야기. 두 아들 이야기. 그리고 세상을 떠난 남편 이야기. 매일 이야기하는데도 어쩜 저렇게 얘깃거리가 끝도 없이 나오는 건지 신기할 정도로 할머니는 온통 가족 이야기뿐이었다. 아침에도, 낮에도, 그리고 밤에도…….

즐겁게 이야기하다가도 가끔 보이는 쓸쓸한 표정이, 할머니의 마음이 얼마나 착잡한지를 내게 일깨워 주었다. 인간은 어째서 이렇게 복잡한 건지. 보고 싶으면 보고 싶다고 말하면 될 텐데, 왜 그 한마디를 전하지 못할까. 나는 인간이 점점 더 이해되지 않았다.

「오냐, 미짱 왔구나. 오늘은 할아버지 드릴 꽃을 갈아야 하니까 잠깐만 기다려라.」

그날은 내가 얼굴을 내밀어도 바로 지쿠와를 내주지 않았다. 꽃이 장식된 검은 상자(나중에 알았지만 불단이라고 한다) 앞에서 손을 모으고 중얼중얼 무언가를 읊기 시작했다. 나는 그 옆으로 가 앉았다.

「호호, 미짱도 할아버지한테 인사하는 거야?」

"이 사람이 할머니 남편이야?"

사진 속 남자는 몹시 깐깐해 보였다. 도무지 고양이를 좋아할 사람으로는 보이지 않았다. 마치 나만 보면 쫓아내던 동네 영감처럼 잔뜩 찌푸린 얼굴이었다.

「이 사진, 좀 무서워 보이지? 그런데 사실은 참 자상한 양반이었어.」

그렇다면 이거, 실례했군.

사진을 다시 한번 들여다보고는 그런 느낌도 좀 나는 것 같다며 적당히 수긍했다. 할머니가 그렇다고 한다면 그런 거겠지.

「너무 빨리 가버렸어. 자상하고, 서툴긴 했어도 정말 좋은 사람이었어. 살아 있다면 미짱도 참 예뻐했을 텐데. 영감은 개든 고양이든 다 좋아했거든.」

"보고 싶어?"

「조만간 만날 수 있겠지.」

할아버지와의 추억담을 이야기할 때 할머니는 행복해 보였다. 손자나 아들들 이야기를 할 때는 간혹 쓸쓸해 보이기도 했지만, 그것과는 달랐다. 죽은 사람이 오히려 더 다정한 건지도 모르겠다.

한동안 얌전히 있다가 불단 위에 놓인 고소한 냄새가 나는 작은 꾸러미가 궁금해져서 슬쩍 발을 뻗었다. 하지만 이내 제지당했다.

「어라라, 장난치면 안 돼요. 이건 할아버지 거야. 할아버지는 술은 입에도 못 댔지만, 소고기 육포는 정말 좋아했거든.」

"쩨쩨하게 굴지 말고 나도 좀 줘."

「미짱도 먹어볼래?」

역시, 내 말을 알아듣는 모양이다. 알아듣지는 못해도 내가 뭘 원하는지 귀신같이 알아챘다. 할머니의 능력은 보통이 아니었다.

나는 할머니가 간식을 갖고 나올 때까지 얌전히 기다렸다. 할머니의 쭈글쭈글한 손 위에 올려진 그것이 눈앞에 놓였다. 진한 냄새가 났다. 한입 베어 무니 순식간에 고기 냄새가 입 안에 퍼졌다. 맛있다. 이루 말할 수 없이 맛있다. 지쿠와도 맛있지만, 이것도 끝내준다. 딱딱한데 어금니로 씹으면 서서히 감칠맛이 돌았다. 인간은 어떻게 이런 맛난 음식을 만들어내는 걸까. 인간의 저력을 엿본 기분이었다.

그때, 전화벨이 울렸다. 소고기 육포라는 걸 먹는 나를 지켜보던 할머니가 표정이 확 밝아지더니 부랴부랴 그쪽으로 향했다. 나보다 전화를 더 좋아하는 게 분명하다.

「여보세요. 그래, 할머니야.」

통통 튀는 목소리에서 상대가 누구인지 짐작이 됐다. 나는 진한 고기 맛을 조용히 음미했다. 질기지만 언제까지고 씹고 싶은 맛이다. 실수로 나도 모르게 그만 꿀꺽 삼켜버렸다. 그래도 냄새는 아직 입안에 남아 있었다. 굉장한 음식이다.

내가 육포에 열중해 있는 동안 할머니는 계속 전화기를 붙들고 있었다. 육포를 다 먹어 치운 나는 그루밍을 시작했다. 그래도 할머니 쪽으로 귀를 세우는 일만은 잊지 않는다.

「저런, 그렇구나. 그럼, 설날에도 못 오는 거니? 그래, 으응. 그렇지, 지금이 가장 중요한 시기지.」

기쁨에 찼던 목소리가 점점 힘을 잃어가는 것이 느껴졌다. 좀 보러와 주면 좋을 텐데 인간은 참 냉정하다. 고양이인 나도 지쿠와에 대한 보답으로 꼬박꼬박 할머니를 보러 오는데 말이야. 물론 그 덕에 육포도 받았지만.

「괜찮아. 응응. 건강하게 있으니 됐다. 그럼, 다음에 또 통화하자꾸나.」

한숨이 나왔다.

내가 아니다. 할머니였다. 어깨가 푹 꺼졌다. 그렇지만 나를 보자마자 억지로 웃어 보였다.

「올해 오미소카[+]에도 혼자서 《홍백가합전[++]》을 보게 됐구

[+] 大晦日, 한 해의 마지막 날로 이날은 대청소를 하고 '토시코시 소바'를 먹으며 새해를 맞이함.
[++] NHK가 매년 오미소카에 방송하는 남녀 대항 형식의 음악 프로그램

나.」

"《홍백가합전》이 뭔데?"

「이시카와 사유리＊가 나오거든. 〈아마기고에天城越え〉라는 노래를 정말 멋지게 부른단다.」

"그렇구나. 그 무슨 무슨 사유리라는 사람이 좋은 거야?"

「《홍백가합전》은 미짱이랑 같이 볼까? 할미랑 있어줄 거지?」

"나란히 고양이 등을 하고 앉아서 보는 것도 나쁘지 않지. 쌀쌀맞은 인간 따위는 내버려 두자고."

「수험생이니까 어쩔 수 없지. 수능 직전 특강이라는 게 있다나 봐……. 힘들겠지?」

"길고양이들도 힘들어. 이제 곧 한겨울이라고."

「슬슬 추워지네. 우리가 친구가 된 지도 석 달쯤 되지 않았나? 자, 이리 와 봐.」

할머니는 밥상 앞에 무릎을 꿇더니 무릎을 두 번 두드렸다. 처음 툇마루 방석을 권했을 때와 똑같았다. 무릎에 올라오라는 뜻이겠지. 나는 그 말에 따랐다. 앞발부터 천천히 올린 다음 무릎 위에 앉았다. 그리곤 몸을 둥글게 말아 냥모나

＊　石川さゆり, 일본을 대표하는 엔카 가수. 데뷔 4년 만에 홍백가합전에 출연을 시작해 장기 출연을 기록함.

이트 자세로 누웠다.

「미짱. 너, 몸이 아주 따뜻하구나. 고양이는 체온이 높다더니, 정말이네.」

할머니의 무릎은 좁았다. 그래도 내가 미끄러져 떨어지지 않도록 두 손으로 엉덩이를 감싸듯 받쳐주어서 편안했다. 할머니가 기뻐하는 게 느껴져서 왠지 나도 기뻤다.

"내가 곁에 있어줄 테니까 너무 외로워하지 마."

「미짱이 있어서 외롭지 않단다.」

"그렇지? 설날도 내가 같이 있어줄게."

「고타쓰도 꺼내야겠다. 아나 모르겠구나, 고타쓰.」

"그건 또 뭔데?"

「길고양이라 모르겠지? 올해는 일찌감치 꺼내야겠어. 호호호. 미짱 마음에 쏙 들 거야. '고―양이는― 고타쓰에 둥글게 누워―'* 이런 노래도 있을 정도란다.」

할머니의 들뜬 말투에서 그 고타쓰란 물건이 말도 안 되게 멋진 것처럼 느껴져서 꺼내줄 날을 잔뜩 기대하게 되었다. 나는 고타쓰에서 둥글게 몸을 말고 냥모나이트가 될 것이다.

그러나 고타쓰의 멋짐도, 홍백가합전이라는 게 무엇인지도 모르는 채 끝날 거라고는 이때의 나는 상상도 하지 못했다.

✦ 일본 전통 동요인 〈유키야콘코雪やこんこ〉의 가사

「찾았다! 여기 있어, 새끼 고양이!」

비를 튕겨내듯 경쾌한 목소리로 여자가 소리쳤다. 무성하게 자라난 잔디 속에서 새끼 고양이를 찾아낸 여자는 양손으로 소중히 안고 있었다.

할머니 이야기가 어느덧 절반의 반환점에 접어들 무렵, 두 사람은 가까스로 꼬맹이를 찾아냈다. 너무나도 작은 크기에 당혹감을 감추지 못하는 모습이 여기에서도 훤히 보였다.

「와, 무슨 일이야. 너무 작잖아. 꼭 생쥐 같아.」

「다친 거 아니야? 피가…… 여기 말이야, 봐봐.」

「어, 정말 그러네. 어떡하지. 병원, 문 닫지 않았을까?」

「응급실 찾아보자. 인터넷으로 알아볼게. 그리고 수건이나 뭐…… 아, 그래! 핫팩 남은 거 있지?」

「응, 있을 거야. 일단 몸을 녹이면서 병원으로 가자.」

허둥지둥 집으로 들어갔던 두 사람은 곧바로 다시 나와 차에 올라탔다. 수건으로 감싼 새끼 고양이를 소중히 안고…….

"이제부터는 꼬맹이 체력에 달렸네. 됐네, 그럼."

오일이 제일 먼저 자리를 떴다. 누구보다 꼬맹이 걱정에 애를 태웠으면서 이제 와 자신과는 별 상관없는 일인 척한다. 젊은것들은 어쩌면 저렇게 폼을 재려고 하는지.

"우리도 돌아가자. 마타타비나 피우면서 푹 쉬자고."

"그러자. 네 이야기도 마저 들어야지."

외눈이와 내가 발길을 돌리자, 복면이 마지막으로 따라나섰다. 복면은 자동차가 사라진 쪽을 몇 번인가 돌아보더니 더 이상 자신이 할 수 있는 일이 없다고 느꼈는지 종종걸음으로 뒤따라왔다.

"아저씨, 저기 말이에요. 그 꼬맹이, 살 수 있겠죠?"
"아마 괜찮을 거다. 정 걱정되면 나중에 보러 오면 돼."
"그러네요. 그러면 되겠네요!"

복면은 앞서 걷는 오일을 쫓아갔다. 꼬리를 꼿꼿하게 세운 채였다. 수컷이 채신없이 엉덩이 안쪽을 드러내면 안 되는 건데, 쯧.

"야, 오일. 너도 살 수 있을 것 같냐?"
"뭐가 말이야."
"그 꼬맹이가 살아서 집고양이가 될 수 있을 것 같냐고."
"그걸 내가 어떻게 알아."

오일은 지긋지긋하다는 듯 내 질문을 흘려 넘겼지만, 복면이 그런 표정을 지었던 것도 이해 못 할 바는 아니었다. 복면이 'NNN' 활동을 제대로 본 건 아마 이번이 처음이었을 것이다. 게다가 자신이 직접 참여했으니 같은 고양이를 구했다는 사실에 마음이 한껏 부풀어 있는지도 모른다. 그렇게 뿌듯했다면 이제부터 복면이 중심이 돼서 활동하면 된다. 아무래도 젊은 녀석들이 더 발 빠르게 움직일 수 있을 테니까.

"어이, 복면. 이제부터 네가 앞장서서 활동해 보는 건 어때?"

"네? 제가요? 그건 무리예요. 근데 폼 나긴 하겠네요. 뒤에서 남몰래 활약한다는 게, 꼭 하드보일드 같달까요?"

"그때그때 상황에 맞게 하면 된다고 했잖아. 너도 충분히 할 수 있어."

"정말요? 그럼 한번 해볼까요? 에이, 그래도 역시 두 분처럼 리더십 있는 고양이들이 중심이 되어야 잘 돌아가지 않겠어요?"

"모르는 소리. 리더십은 무슨. 난 그런 거 딱 질색이다."

가게로 돌아오니 마스터가 손님에게 마타타비를 내어주는 참이었다. 우리 자리는 나갈 때 그대로였고 마타타비의 불은 이미 꺼져 있었다.

"수고하셨어요. 어떻게 됐나요?"

"무사히 인간에게 구조됐네. 우리가 할 수 있는 건 다 했어."

마스터는 잠자코 시가 성냥을 카운터에 올려두었다. 스툴에 앉아서 불이 꺼진 마타타비를 다시 태운다. 굽듯이 불을 붙이니 향이 피어오르기 시작했다.

오일과 복면이 오늘은 무얼 피울까 고민하고 있었다. 복면은 아직도 'NNN' 활동 이야기로 들떠 있는 눈치였다. 귀찮은 티를 팍팍 내는 오일이 오히려 안쓰러울 지경이었다.

젊은 두 녀석을 보면서 나는 마타타비 연기를 입안에서 굴리며 숨을 돌렸다. 꼬맹이가 무사히 구조돼서 그런지 마타타비 맛이 한결 좋게 느껴졌다.

"있잖아, 잘린 귀. 아까 그 얘기 말인데……."

외눈이도 기분이 좋은지 여유롭게 마타타비 맛을 즐기고 있었다.

"네가 집고양이로 살았던 때가 있었다니, 의외야."

"살았던 건 아니야. 어디까지나 내 마음대로 드나들었던 거지."

"고타쓰는 어땠어? 한번 들어가면 좀처럼 나오기 힘들지 않아?"

"유감스럽게도 몰라. 넌 고타쓰가 뭔지 아는구나?"

내가 날카롭게 지적하자 외눈이는 훗, 하고 웃었다. 내가 과거 이야기를 해서 평소보다 방어막이 느슨해졌는지도 모른다. 결코 긴 시간은 아니었지만 내가 할머니와 지낸 시간은 나쁘지 않았다. 다시 같은 시간을 보낼 수 있다고 한다면, 나는 그 집으로 할머니를 만나러 갈 것이다.

"……갑자기 일어난 일이었어."

나는 할머니와의 이별에 관해 이야기를 시작했다.

할머니가 기운이 없는 건 손자를 보지 못해서만은 아닌 듯했다.

내가 그 사실을 눈치챈 건 할머니가 툇마루에서 차 마시는 일이 점점 줄었기 때문이다. 평소에는 내가 마당에 들어서면 꼭 그 자리에 앉아 있었는데, 언제부터인가 모습이 보이지 않는 날이 늘더니 내가 불러도 좀처럼 나오지 않았다.

조석으로 추위가 심해지면서 이불 속에 누워 있는 일도 많아졌다. 내가 드나들 수 있도록 툇마루의 유리문은 조금 열어 두었지만, 바로는 일어나지 않았다.

"할머니, 왜 그래? 무슨 일 있어?"

「오냐, 미짱. 와줬구나. 지쿠와 줘야겠네.」

나를 향해 웃어 보였지만 움직임이 시원찮았다. 걸음걸이도 불안해서 넘어지지 않을까 걱정이 됐다. 간신히 지쿠와를 챙겨 돌아온 할머니가 겨우 막 앉으려는데, 전화벨이 울렸다. 할머니는 매시근한 목소리로 잇차, 소리를 내고는 전화기 쪽으로 향했다. 전화벨 소리가 나에게는 마치 "서둘러!"라고 재촉하는 것처럼 들렸다.

「여보세요? 어, 쓰요시구나. 그래그래. 아니, 감기가 살짝 걸려서. 응, 유미코한테 전화 받았다. 많이 바쁘지……?」

평소와 달리 목소리에 힘이 없었다. 전화기를 들고 서 있는 것조차도 힘겨워 보였다. 나는 할머니가 얼른 돌아오길 바라며 이불 위에 앉아 대화를 듣고 있었다.

「병문안은 안 와도 괜찮아. 설에 못 오더라도 입시가 끝나는 봄방학에는 놀러 오는 거지? 아, 그러니……? 그래……. 그럼, 어쩔 수 없겠구나.」

이번에는 또 무슨 말을 들은 걸까.

나는 전화라는 놈이 죽도록 싫어졌다. 늘 기대에 찬 얼굴로 수화기를 들지만 이야기하는 동안 점점 할머니의 기운을 빼앗아 가기 때문이다. 저건 성가신 물건이다. 할머니의 생기를 빨아먹는 놈임이 틀림없어. 그런 생각이 들어 참을 수가 없었다. 하지만 정작 생기를 빨아먹는 건 전화가 아니라 할머니가 소중히 아끼는 사람들이었다. 저렇게 끔찍하게 생각하는데 할머니를 슬프게 하다니, 몹쓸 놈들이다.

나는 전화를 끊고 돌아온 할머니를 위로해 주고 싶어서 다리에 부비부비를 했다. 할머니가 웃는다.

「미짱. 미짱은 항상 할머니한테 와주는구나.」

"나는 의리 있는 남자니까. 손자들은 병문안도 안 오지?"

「그러게, 너무 먼가 보구나. 어쩔 수 없지 뭐냐. 지금은 경기도 안 좋고, 다들 일도 힘들다고 하니."

"할머니, 나랑 《홍백가합전》 봐야지. 그러니 힘 좀 내봐."

「미짱이 있으면 할미는 즐겁단다. 오늘은 자고 가려무나. 할미 옆에 있어주지 않으련?」

"알았어. 같이 자줄게."

「몸 좀 좋아지면 고타쓰 꺼내자. 미안하구나, 진작에 추워졌는데. 고타쓰, 기다리고 있었지?」

"상관없어. 이불도 나쁘지 않고."

나는 할머니에게 있는 대로 어리광을 부렸다. 이런 걸로 할머니가 기뻐한다면 길고양이의 자존심 따위, 잠깐쯤 내려놔도 괜찮다. 그게 배려라는 거다.

할머니는 한참 동안 나를 쓰다듬다가 이불 속으로 들어가 눈을 감았다. 숨소리가, 평소와 좀 달랐다.

"할머니, 괜찮아? 괴로운 거야?"

「괜찮아, 괜찮아……. 걱정, 안 해도 돼.」

나는 할머니의 얼굴에 코를 가까이 댔다. 할머니한테서 그리운 냄새가 났다. 엄마랑 다른 형제들과 함께 지냈던 은신처와 닮은 냄새일지도 모르겠다. 뭔가 오래된 것의 냄새. 하지만 자극적이지 않고 둥글고 부드러운 냄새였다.

나는 이불 속으로 코를 들이밀었다. 그러자 할머니는 내가 들어가기 좋게 입구를 만들고는 부드러운 목소리로 들어오라고 했다. 이불 속으로 파고들어 할머니에게 안기자 금세 따뜻해졌다. 나는 골골송을 불렀다.

「예쁘기도 하지. 골골송도 불러주는 거니?」

고양이의 골골송은 저주파라고 불리는 진동으로, 상처나 병을 치료하는 효과도 있다. 할머니가 아픈 거라면 나을 때까지 내가 언제까지고 골골송을 불러줄게. 그러니까 얼른 나아. 그래서 낫거든 또 지쿠와를 주면 되는 거야. 맛 진한 소고기 육포도 말이지.

「미짱, 미짱이 이불 속에 들어와 있으니 고타쓰처럼 따뜻하구나.」

"그런가, 고타쓰가 이런 느낌이란 말이지."

「고타쓰, 내일은 꼭 꺼내주마.」

나는 골골송 부르는 걸 멈추지 않았다. 할머니 몸이 좋아지길 바라면서 밤새도록. 지쿠와는 그동안 이미 충분히 받았다. 체력도 끄떡없었다. 며칠이고 골골송을 불러줄게. 진심으로 그렇게 생각했다.

하지만 내 응원도 허무하게 할머니에게 또 다른 이변이 일어났다.

그 일은 새벽녘에 일어났다.

「으......윽, ...윽, ...하아, 하아......, ...저, 전화.」

갑자기 잠에서 깨어난 할머니가 몹시 괴로워했다. 몸을 일으키려 했지만 그러지 못하고 몸부림치기 시작하더니, 얼굴을 찌푸린 채 가슴께를 쥐어뜯듯이 눌렀다. 결국 일어나지 못하고 다시 베개에 머리를 파묻었지만, 호흡은 여전히 거칠고 힘들어 보였다.

"왜 그러는 거야, 할머니."

「미...... 짱, ...이리로...... 와......주겠니.」

"물론이지."

그렇게 말했지만, 할머니는 크게 한 번 신음하더니 그대로 움직이지 않았다. 괴로워하던 숨소리도 멎어 있었다. 한참을 가만히 지켜보았는데도 미동조차 없어서 왠지 안 좋은 예감이 들었다.

"할머니, 괜찮아?"

할머니는 대답하지 않았다.

"《홍백가합전》은 언제 해?"

역시 아무 말도 하지 않는다.

"〈아마기고에〉는 어떤 노래야? 오미소카는 언젠데?"

무슨 말을 해도 할머니는 아무 반응이 없었다. 조금 전까지만 해도 분명히 말이 통했는데, 이제는 내 말을 알아듣지 못하게 된 걸까…….

나는 앞발로 할머니의 얼굴을 가볍게 긁었다. 피곤해서 잠이 들었나 했지만 그것도 아니었다. 할머니의 몸이 차갑게 식어 가는 걸 느끼고서야 겨우 모든 상황이 이해되었다.

아아, 그런 거였어……. 할머니는 이제 이곳에는 없는 거구나.

그 무렵, 나는 죽음이라는 것에 아직 익숙하지 않았다. 그 정도로 미숙한 애송이였다.

나는 이불에서 나와 할머니가 지쿠와를 꺼내오던 희고 거대한 상자 앞에 앉았다. 하지만 아무리 앞발로 긁어도 문은 열리지 않았다. 지쿠와도, 이제 없다.

"할머니, 손자를 불러주고 싶은데, 어떻게 해야 와줄까?"

답이 없다는 걸 알면서도 나도 모르게 말을 걸었다.

횅뎅그렁한 방 안이 갑자기 춥게 느껴졌다. 할머니의 집은 늘 조용했지만, 오늘은 그 결이 달랐다. 기분 좋았던 공기는 어느새 쓸쓸함으로 변해 있었다. 여기 있다가는 왠지 무서운 괴물한테 잡아먹힐 것 같아서, 나는 더 이상 움직이지 않는 할머니를 두고 오랜만의 사냥에 나섰다. 여름부터 가을까지 내내, 지쿠와만 먹다가 간만에 음식물 쓰레기를 뒤지려니 귀찮기 짝이 없었다. 감도 무뎌져서 괜찮은 먹이도 찾지 못했다.

이따금 할머니의 상태를 살피러 갔지만 줄곧 같은 모습이었다. 다시 한번 일어나 주지 않을까 하고 바랐지만, 바람은 끝내 이루어지지 않았다.

"죽음이로군……. 나도 꼬맹이 시절에는 그게 어떤 건지 전혀 몰랐어."

외눈이는 반쯤 타버린 마타타비를 재떨이에 내려놓았다. 조도를 낮춘 가게 안에 유유히 퍼지는 연기가 마치 위로라도 하듯이 나를 감쌌다.

"아마 그때 알게 된 것 같아. 어찌 보면 내가 한 단계 어른이 된 사건이라고 할 수 있지."

"흠, 너한테도 풋내나던 시절이 있었군."

외눈이는 스툴 하나를 사이에 둔 맞은편 자리로 눈을 돌렸다. 오일과 복면이 'NNN' 활동에 관해 진지하게 이야기 나누고 있었다. 조금 전 새끼 고양이를 알선한 일이 좋은 자극이 된 듯했다. 특히 복면의 눈이 반짝이고 있었다. 오일은 언뜻 귀찮아 죽겠다는 얼굴이었지만 그렇다고 아주 싫은 것도 아닌 모양이었다. 복면의 의견에 조언 비슷한 말을 하고 있었다.

"저 녀석들, 어쩌면 앞으로의 활약을 기대해 봐도 좋을 것 같아."

"아직 현실을 몰라서 그래. 늘 오늘처럼 잘 풀리기만 하는 건 아니니까."

과거의 내 모습을 떠올리게 하는 두 녀석을 보니 점점 더 할머니가 그리웠다.

"뭐, 잘 안 풀리더라도 그런 경험들이 녀석들을 어른으로 만들어줄 거야. 나쁜 일은 아니지."

"그건 그래."

"그래서, 결국 어떻게 됐어? 아까 말한 욕심 많은 인간들 얘기가 아직 안 나왔잖아."

"응?"

"인간이 욕심 많은 동물이라는 걸 처음으로 알게 됐다고 했잖아."

외눈이는 재떨이에 올려두었던 마타타비를 입에 물었다. 한 대 다 피울 즈음에는 내 이야기도 끝나 있을 것이다.

"지금부터 시작이야. 그 인간들 얘기는."

나는 천천히 연기를 피워올리며 놈들의 이야기를 시작했다.

조용하던 할머니의 집이 갑자기 분주해지기 시작했다.

이웃 사람들이 할머니를 살피러 왔다가 사태를 목격한 건 마침 내가 주린 배를 안고 할머니 집으로 돌아왔을 때였다.

놈들은 몇 번씩 초인종을 눌러대며 할머니를 부르다가 내가 드나들던 툇마루 쪽에서 집 안을 들여다보았다. 그리고 당황한 기색으로 어디론가 연락을 취했다. 잠시 후 또 다른 인간이 오면서 집은 더욱 소란스러워졌다.

지쿠와를 먹고 싶었지만 역시 무리라는 생각에 일단 은신처로 발길을 돌렸다.

쿵쿵, 요란한 발소리를 내며 집 안을 휘젓고 다니는 패거리들이 할머니가 그토록 소중히 여기던 사람들이라는 걸 알아채지 못한 건 할머니와 닮은 구석이 하나도 없어서였다. 하지만 할머니를 몇 번씩 낙담하게 만든 인간이라고 생각하니 어느 정도 수긍이 갔다. 늘 저런 식으로 할머니를 슬프게 만들었겠지.

나는 밤이 되기를 기다렸다가 다시 할머니 집으로 갔다. 불이 켜진 집 안에서 인간들이 이야기하는 소리가 났다. 낙담한 나는 한숨을 내쉬었다. 그렇지만 이번엔 은신처로 돌아가지 않았다. 늘 드나들던 툇마루 문이 닫혀 있어서 2층 창문을 통해 안으로 들어갔다.

소곤소곤 들려오는 소리에 귀 기울이며 발소리를 죽이고 계단을 내려갔다.

1층에서는 할머니가 이불을 깔던 곳에 인간들이 모여 이야기 중이었다. 차갑게 식은 할머니의 몸은 그 안쪽 불단 앞에 있었다. 하지만 누구 하나 곁에 가려 하지 않았다.

「저기, 장례비는 어떻게 할 거야?」

키가 작은 대머리 남자가 말하자 여름철에 마당에서 자주 잡던 사마귀를 닮은 남자가 대답했다.

「엄마도 어느 정도는 모아두셨겠지.」

「바로는 쓸 수가 없대. 형이 장남이니까 대신 먼저 좀 내.」

「우리도 힘들어. 애 입시라고 했잖아.」

「맞아요. 그놈의 장남, 장남……. 옛날처럼 장남이 대를 잇는 시대도 아니고. 우리한테만 책임지라고 하면 곤란하다고요.」

살집 있는 여자가 몸을 내밀며 목소리를 높였다. 남자가 제지했지만, 가만히 있을 수 없다는 듯 말을 계속했다.

「입원하셨을 때 보증인*도 그렇고 전부 다 우리가 맡아서 했잖아요.」

「형수님, 이런 말 하기 그렇지만 입원 보증인은 어디까지나 형식적인 거잖아요. 물론 맡긴 건 맞지만 그걸 가지고 간병한 것처럼 말씀하시는 건 좀…….」

「그만 좀 해! 형님, 죄송해요. 늘 두 분한테만 맡겨서.」

날씬한 여자가 머리를 숙였다. 하지만 험악한 분위기는 그대로였다.

✦   일본의 병원은 일반적으로 입원할 때 보증인을 요구하는 경우가 많음.

할머니가 자주 웃으며 이야기하던 손자도 그 자리에 있었지만, 그 녀석도 할머니한테는 관심이 없었다. 삐삐거리는 작은 기계만 뚫어져라 들여다보고 있을 뿐.

「다카시, 게임 소리 좀 줄여. 시끄러워 죽겠다.」

「심심한 걸 어떡해.」

「공부해, 공부! 너, 시험이 코앞인 거 몰라?」

다들 날카롭게 날이 서 있다는 건 고양이라도 알 수 있었다. 듣는 것만으로도 상대를 불쾌하게 만드는 목소리다. 나는 방 안쪽에 누워 있는 할머니를 여기서 당장 데리고 나가고 싶어졌다. 할머니의 껍데기만 있을 뿐 진짜 할머니는 이곳을 떠나고 없다는 걸 알지만 저렇게 쨍쨍거리는 목소리로 고래고래 소리를 질러대면 할머니가 편히 눈을 감지 못할 것 같았다.

나는 일단 2층으로 돌아와 어두운 방 구석에서 모두가 잠들기를 기다렸다. 배가 고파 미칠 지경이었다. 시끄럽게 떠드는 소리가 허기진 배를 더 자극했다.

얼마나 지났을까. 1층이 조용해진 걸 깨닫고 나는 다시 계단을 내려갔다. 하지만 인간들은 아직 그곳에 있었다. 이번에는 입을 다문 채 무언가를 먹어가며 서랍장 안의 물건들을 죄다 밥상 위에 펼쳐놓았다. 상자도 꺼내왔다. 내용물을 조사하는 그 얼굴들이 내 눈에는 필사적으로 보였다.

「저기, 잠깐 나 좀 봐.」

사마귀를 닮은 남자가 키 작은 대머리 남자에게 말을 걸더니 별실로 향했다. 소곤소곤 속삭였지만, 말소리가 다 들렸다.

「아까는 우리가 미안했어.」

「아냐, 나도 말이 심했어.」

「다카시 입시 때문에 집사람도 예민해져서 그래. 전에는 저렇지 않았는데. 그리고 엄마도 그래. 하필이면 왜 꼭 이런 중요한 시기에…….」

「아니, 아무리 그래도 그건 아니지. 애초에 형은 너무 형수가 하자는 대로 하잖아. 무리해 가면서까지 대학에 보내는 건 좀 아니지 않아? 학비도 비싼데.」

「주제넘게 우리 집 일에 참견하지 마. 너랑 상관없는 일이잖아.」

화해하는 줄 알았더니 다시 싸움 시작이다. 우리도 물론 싸우지만 그건 어디까지나 살기 위해서다. 자손을 남기기 위해서기도 하다. 하지만 놈들의 싸움이 우리의 그것과 같다고는 생각할 수 없었다.

「여기, 잠깐만. 여보!」

살찐 여자가 사마귀를 불렀다. 갑자기 큰 소리를 내는 바람에 놀라서 꼬리털이 팍 부풀었다. 등 털도 쭈뼛 섰다.

「찾았어, 통장!」

여자의 말에 남자들은 서둘러 그쪽으로 향했다. 이번에는 왠지 기분이 좋아 보이는 게 사마귀의 표정이 어쩐지 기대로 가득 차 있었다.

인간들은 다 같이 머리를 맞대고 뭔가를 들여다보았다. 맛난 거라도 찾은 건가 생각했으나 손에 들고 있는 건 먹을 것이 아니었다.

「이야, 엄마 제법 많이 모으셨네?」

「그런데 이거, 마지막 거래 내역이 작년 거야. 그사이에 썼을지도 몰라.」

「1년 동안 그렇게 많이 썼겠어.」

쑥덕거리는 인간들의 눈빛이 번뜩이는 듯했다.

「여보, 이 집이랑 땅 팔면 얼마나 받을 수 있을까?」

살찐 여자가 사마귀를 닮은 남자 귀에 대고 속삭였다. 그때 날씬한 여자가 피곤에 지친 얼굴로 들어왔다. 그리고 한숨 섞인 푸념을 늘어놓았다.

「장례식 준비도 보통 일이 아니네요. 연세도 있으시니까 그렇게 큰 제단까지는 안 해도 되지 않았을까요? 저희 부모님 때는 간소하게 했거든요.」

「이미 결정된 일에 이러쿵저러쿵 토 달지 마. 뭐야, 그 말투는. 안 그래도 피곤해 죽겠는데.」

「무슨 말을 그렇게 심하게…….」

「그게 뭐 어때서요. 동서도 힘드니까 속마음이 튀어나온 거겠죠. 장례식 비용은 우리가 먼저 낼 테니까 걱정하지 마요.」

「형수님, 통장 찾았다고 갑자기 그렇게 태도가 바뀌다니요……」

하하……. 웃는 소리가 났지만, 할머니가 내게 웃어줄 때와는 전혀 다른 웃음이었다. 피를 나눈 가족인데도 웃는 것 하나도 이렇게까지 다를 수 있다는 게 신기했다.

「형이랑 형수, 장례 비용 먼저 냈다고 유산까지 마음대로 하려는 속셈 아니야? 정확히 반으로 나눠.」

「무슨 헛소리야. 차남인 너랑 똑같이 나누는 게 말이 된다고……」

「거봐, 내 그럴 줄 알았어. 병시중도 안 든 주제에 이럴 때만 형 노릇 하려고 들지.」

「아우, 진짜! 그래서 내가 엄마한테 그렇게 유언장 써 두라고 했더니만!」

기분이 나빠졌다. 저들이 무슨 말을 하는지 절반도 알아듣지 못했지만, 그 웃음소리와 표정에서 더럽고 추한 무언가가 느껴졌다. 그리고 동시에 깨달았다.

내가 여기에 온 건 지쿠와 때문이 아니란 걸.

나는 할머니한테 한 번만 더 쓰다듬어 달라고 하고 싶다. 그 주름진 큼직한 손으로 목덜미를 만져줬으면 했다. 까슬까슬 거칠었지만, 할머니의 손은 언제나 나에게 다정했다. 목소리도, 표정도 저런 패거리와는 비교할 수 없을 만큼 따뜻했다.

한 번만 더 할머니 곁에서 잘 수 있다면……. 하지만 이제는 포기해야 한다.

"할머니, 잘 있어."

할머니에게 작별을 고하는데, 내 목소리를 들은 여자가 새된 소리를 질렀다.

「뭐야, 저리 가! 이 더러운 고양이 새끼! 대체 어디로 들어온 거야? 쉬이! 쉬이! 대체 누가 문을 열어놓은 거야!」

「열긴 누가 열어. 어디로 들어온 거지?」

시끄러운 것들.

할머니가 어째서 이런 놈들을 보고 싶어 한 건지 나로서는 도통 이해할 수 없었다. 할머니한테는 눈길 한번 주지 않았다. 잔뜩 치켜 올라간 눈에 듣기 싫은 목소리로 고래고래 소리만 질러대는 인간이 뭐가 좋다는 걸까.

나는 인간이 싫어졌다.

"결국《홍백가합전》이 뭔지는 끝내 모르게 되었지."

"인간들이 나와서 노래 부르는 TV 프로야."

내 말이 끝나기가 무섭게 외눈이가 말했다. 나는 깜짝 놀라 눈을 크게 떴다.

정면을 향한 외눈이의 표정만으로는 녀석이 지금 어떤 마음으로 무슨 생각을 하고 있는지 알 수 없었다. 다만 한 가지는 확실했다. 녀석은 틀림없는 집고양이 출신이라는 것.

"〈아마기고에〉는 잘 알지. 좋은 노래다."

내가 옛날이야기를 꺼냈기 때문일까, 녀석도 자기 과거를 암시하는 듯한 말을 흘렸다. 지금은 방어막이 조금 느슨해진 것 같긴 하지만 오늘은 그만두자. 언젠가는 외눈이의 전 주인이라는 인간의 이야기도 들을 날이 있겠지. 내 이야기를 들었으니, 다음은 네 차례다.

"할머니 집은 아직 그대로 있냐?"

"아니, 없어."

내가 좋아하던 그 오래된 집은, 지금은 새 집이 들어서면서 젊은 부부와 아이가 살고 있다. 내가 그 근처를 지나가면 아이가 야옹야옹, 야옹야옹 하면서 나에게 손짓을 했다. 하지만 예전에 호되게 꼬리를 잡힌 경험이 있는지라, 괜히 엮이고 싶지 않아서 얼른 자리를 떴다. 지금은 털이 길고 덩치 큰 개를 기르는데, 내가 가까이 가기만 하면 짖어대는 통에 요즘은 거의 가지 않는다.

"그건 좀 아쉽게 됐네."

"세상만사 덧없는 거지."

외눈이는 내 말에 동의한다는 듯이 입안에서 연기를 굴렸다.

"오늘은 마타타비가 특히 맛나군."

"어때? 내 옛날얘기가 좋은 안줏거리가 됐나?"

"물론. 근데 왜 지금까지 숨긴 거야?"

마타타비가 얼마 남지 않았다. 맛도 확연히 달라졌다. 마타타비는 그 자체가 필터 역할까지 해서 불을 붙인 지 얼마 안 된 끝 쪽과 위쪽 부분의 맛이 다르다. 그것 또한 마타타비를 피우는 재미 중 하나다. 나는 할머니를 떠올리며 깊이가 더해진 마타타비의 씁싸름한 맛을 만끽했다.

'고타쓰, 내일은 꼭 꺼내주마.'

당연하다는 듯 해가 지고, 또 당연하다는 듯 해는 다시 떠오르지만, 세상엔 영영 오지 않는 내일도 있다.
나는 그 말을 천천히 되새겼다. 너무나 당연해서 자칫 잊기 쉬운 말이었다. 오랜만에 할머니 생각을 해서 그런지 감상적인 기분에 젖어 들었다.
할머니, 천국에서 할아버지는 만났어?
나는, 불단에 놓여 있던 사진 속 깐깐해 보이는 할아버지와 지쿠와를 나눠 먹으며 차를 마시는 할머니의 모습을 상상하면서 마타타비를 재로 만들어갔다.
고즈넉한 밤은 그렇게 또 천천히 새벽으로 향했다.

제4장

고양이 세계의 규칙, 인간 세계의 규칙

여름이 서둘러 끝나고 가을이 무르익으면서 마른 바람이 코끝을 시큰하게 하는 계절이 되었다. 길고양이인 우리는 여전히 먹이 사냥을 하고, 낮잠을 자고, 사랑을 나누며 영역 다툼을 한다. 금목서 향기로 가득하던 마당은 이제는 휑하니 바람만 머물다 가는 쓸쓸한 곳이 되어 있었다. 날이 빨리 저물어 주변은 온통 캄캄했다. 아침저녁으로 찾아오는 추위가 발바닥 젤리까지 차갑게 전해져 왔다.

나는 좋은 마타타비를 찾아 사람들 눈에 띄지 않는 곳까지 발길을 옮겼다. 수로 옆 잡초 속에서 바스락바스락 희미한 소리가 들렸지만, 오늘은 벌레를 노릴 정도로 배를 곯지는 않았다.

수로를 따라 난 길을 걸어서 창고 건물 근처 담에 올라 골목 안으로 들어갔다. 골목 안쪽에 자리한 CIGAR BAR '마

'타타비'의 간판에서 흐릿한 불빛이 새어 나오고 있었다. 언제나 같은 풍경이지만 왠지 모르게 마음이 편안해진다.

나는 조용히 가게 문을 열었다.

"어서 오세요."

콧수염 마스터가 평소와 다름없는 목소리로 나를 맞아주었다.

카운터 자리에는 이 바의 단골인 외눈이와 오일, 복면이 나란히 앉아 있었다. 가게의 단골이 하나도 빠짐없이 모여 있는 가운데, 오늘은 낯선 집고양이 한 마리가 박스석에 앉아 있는 게 눈에 들어왔다. 고등어냥이 믹스종인데 땅콩이 없었다. 수컷도 암컷도 아니라는 건 한눈에 봐도 알 수 있었다. 놈은 나를 힐끗 보더니 바로 시선을 돌렸다. 겁을 먹어서 그런 게 아니었다. 마타타비에 온통 정신이 팔려 길고양이 따윈 신경 쓸 여유가 없다는 듯한 태도였다.

"어이, 잘린 귀! 오늘은 많이 늦었군."

외눈이의 인사에 나는 슬며시 웃으며 옆 스툴에 자리를 잡았다. 그리고 앞발 젤리 사이에 낀 먼지를 핥으며 말했다.

"오늘 일진이 좀 안 좋아서 말이야……."

나는 어느 집 마당에서 사냥을 하고 있었다. 저녁 무렵의 일이었다. 통통하게 살찐 도마뱀을 발견하고 몸을 낮춰 살금살금 다가갔다. 놈은 자신에게 닥칠 위험을 눈치채지 못한 채 담벼락에 붙어 있었다. 눈 감고도 잡을 수 있을 만큼

쉬운 일이었다.
 놈에게 달려들기 직전, 나를 향해 공이 날아들었다. 아슬아슬하게 피하긴 했지만, 비웃기라도 하듯 웃음소리가 들렸다. 소리 나는 쪽을 보니 나를 가리키며 깔깔대는 무리가 보였다. 덕분에 모처럼 발견한 사냥감을 놓쳤고, 그 후로는 어쩐 일인지 운이 따르지 않았다.
 운이라는 건 한번 나쁜 쪽으로 기울기 시작하면 원래대로 되돌리기가 어렵다. 불운이란 놈은 외로운 걸 싫어해서 항상 친구를 끌어들인다. 나쁜 일이 하나 생기면 연이어 안 좋은 일이 생기는 것도 그런 이유일 것이다.
 "그래서 인간 꼬맹이들은 질색이라니까. 그 뒤로도 참새를 잡을 수 있었는데, 아기가 울어 젖히는 바람에 날아가 버렸어."
 "그럼, 여태 아무것도 못 먹은 거야?"
 "그럴 리가. 사냥은 했어. 완전히 어두워진 다음이긴 했지만. 오늘은 직사하게 고생했으니 괜찮은 마타타비 한 대 피우면서 기분 좀 달래야겠어."
 "정말 고생했네. 그럴 때 딱 좋은 게 있지. 쉽게 구할 수 없는 물건이라고."
 외눈이는 물고 있던 마타타비를 앞발로 쥐고 이거라는 듯 가볍게 들어 보였다. 나도 모르게 녀석의 발끝으로 시선이 갔다. 놈이 피우는 것은 '포르냐냐가'라는 브랜드의 마타타비였다. 오랜 역사를 지녔지만, 최근 몇 년간 생산량이 줄어 좀처럼 구하기 힘든 물건이다. 더군다나 잘 숙성된 상태라면 마다할 이유가 없었다.

나는 같은 걸로 주문하고 이곳에 오기 바로 전에 사냥한 도마뱀 한 마리를 통째로 카운터에 올려놓았다.

"잔돈은 필요 없네."

마스터가 그래도 괜찮겠냐는 눈길을 보냈다.

거스름돈은 받지 않는 게 내 철칙이다. 그런 모양 빠지는 일은 모처럼 즐기는 마타타비 맛을 떨어뜨릴 뿐이다. 마타타비에는 미학이 필요하다. 로망이라고 해도 좋다. 이런 미학을 곁들여야 마타타비를 제대로 즐길 수 있다. 고가의 마타타비에 불만 붙인다고 되는 것이 아니라, 자기만의 미학이 담겨 있어야 비로소 제맛을 느낄 수 있는 것이다.

"여기 있습니다."

나는 앞에 놓인 마타타비를 앞발로 들고 젤리를 미끄러뜨려 표면의 감촉을 느꼈다. 거친 보디는 핸드메이드만의 소박한 맛이 있다. 평소처럼 V자 모양으로 커팅한 뒤 시가 성냥으로 굽듯이 천천히 불을 붙였다.

"이봐, 잘린 귀. 요즘 이 근처에 새끼 고양이가 버려졌다는 소문, 혹시 들었어?"

"처음 듣는 얘기군."

"암컷 꼬맹이래."

제4장 고양이 세계의 규칙, 인간 세계의 규칙

"꼬마가 어쩌다가……."

"인간 짓이지 뭐. 세 마리가 종이 상자에 든 채로 공터에 버려져 있었다더군. 그중 한 마리를 봤거든."

"쯧, 키우던 고양이를 그렇게 쉽게 버리다니."

마타타비에 불이 붙은 것을 확인한 뒤 입에 물고 천천히 연기를 빨아들였다. 맛이 좋다. 외눈이가 극찬한 데는 이유가 있었다.

브라운 슈거 같은 진한 단맛과 육두구를 닮은 스파이시한 풍미가 알맞게 어우러져 있었다. 적당한 습도와 온도에서 숙성된 마타타비의 맛은 말로 표현할 수 없을 정도다. 이 맛을 모르고서는 마타타비를 논할 수 없다.

갓 제조한 것과 수년 숙성한 마타타비는 그 맛의 차이가 천양지차지만 숙성 방법에는 해박한 지식과 경험이 필요하다. 나쁜 환경에 노출된 마타타비는 풍미고 나발이고 맵기만 할 뿐 쓴맛 나는 바싹 마른 풀이나 다름없다. 목초를 즐겨 먹는 소도 맛있다고는 못 할 것이다.

최적의 숙성 장소와 시간, 그 두 가지가 갖추어져야 맛 좋은 마타타비가 될 첫 번째 마법이 시작된다.

"어때?"

"음, 숙성이 잘됐네. 그래서, 그 꼬맹이를 알선해 주자는 거야?"

"뭐. 그런 셈이야."

여전한 오지랖에 기가 찼지만 나도 다른 고양이 얘기할 처지는 못 된다. 마타타비의 좋은 맛까지 더해져 그 작은 꼬맹이를 도와줘야겠다고 생각하던 참이었다. 맛이 좋은 마타타비는 마음을 너그럽게 만든다. 하지만 운 나쁘게도 지금은 꼬맹이의 집사가 되어줄 만한 후보가 한 집도 없었다.

"알선할 거면 다묘 가정을 노려야 할 거야."

"그렇겠지?"

"당연히 믹스묘겠지?"

"어. 그래도 아주 새하얀 녀석이야. 흰 고양이는 키워줄 사람 찾기가 쉽잖아."

"그건 다행이군."

그렇게 말은 했지만, 어려운 상황이라는 건 변함이 없다. 다묘 가정이라고 해도 내가 아는 한 대부분의 집은 이미 포화 상태다. 더 이상 키우려고 들지 않을 것이다. 그렇다면 방법은 두 가지다. 먼저, 한 마리만 키우고 있는 인간에게 한 마리 더 키울 결심을 하게 만드는 것. 다른 하나는 고양이를 키워본 적 없는 인간에게 고양이를 키울 마음이 들게 하는 것이다. 하지만 이 방법은 허들이 높다.

"생각나는 데라도 있어?"

"글쎄……"

"나도 딱히 떠오르는 데가 없네."

"넌 한 군데쯤은 있을 거 아냐. 외눈이."

"그럼, 네가 정보 좀 모아보든가. 잘린 귀."
"무리다. 나는 귀가 찢어졌잖아."
"그게 뭔 상관이야. 나도 눈이 하나밖에 없잖아."
"그건 이거랑 아무 상관이 없지."
"그렇게 따지면 네놈 귀가 찢어진 것도 상관없겠네."
"그건 억지야."
"뭐가 억지라는 거야."
 우리가 옥신각신하자 오일이 슬쩍 끼어들었다.
"정 그렇게 어려우면 내가 찾아볼까? 도마뱀 한 마리로 퉁쳐줄게."
 여전히 건방진 얼굴이다. 괜찮은 밥줄을 확보했는지 끼니 걱정은 없어 보였다. 요즘 젊은 고양이답게 처세에 능한 녀석이다. 나는 놈처럼 인간한테 꼬리 세워가며 아양 떠는 짓은 못 하는 구닥다리 길고양이다.
"뭐? 네놈이 도마뱀으로 퉁쳐주겠다고? 갑자기 무슨 바람이 불어서 그러냐, 미식가 꼬맹아."
 야유 섞인 말투로 한마디 하자, 복면이 생글생글 웃으며 끼어들었다.
"닭튀김 나눠주던 형이 정비 공장을 그만뒀대요. 그래서 도시락 얻어먹는 것도 못 하게 됐다나 봐요."
"시끄러워. 넌 쫑알쫑알 말이 너무 많아."
"사실이잖아요, 뭐."

"그렇다고 여기저기 다 퍼뜨리고 다니냐? 너한테 말하는 게 아니었는데. 말한 내가 등신이다."

"엣, 말하지 말라고는 안 했잖아요."

복면은 코끝을 날름 핥았다.

고양이는 무리 지어 다니지 않는 법인데, 이 두 녀석은 제법 사이가 좋다. 까마귀한테 습격당한 새끼 고양이를 알선한 다음부터 'NNN' 활동에 관해 이야기 나누는 모습이 부쩍 눈에 띄었다. 도마뱀 한 마리라고 했지만 오일 녀석은 그런 대가 없이도 기꺼이 정보를 수집할 마음이 있어 보였다. 하여간 이놈이나 저놈이나 사방이 오지랖 넓은 고양이 천지였다.

"그러고 보니까 내가 자주 가는 공원 옆에 고양이를 키우는 집이 있어요. 최근에 키우기 시작한 것 같더라고요. 되게 큰 집이니까 틀림없이 부자일 거예요. 두 마리는커녕 되레 열 마리도 키울 수 있을 것 같던데."

"야, 그런 게 있으면 좀 빨리 말해. 그래서, 그 고양이도 믹스묘야?"

"아뇨. 엄청 고져스한 장모종이에요. 아마 페르시안일 걸요."

"너, 바보냐? 그런 고양이를 키우는 집에서 믹스묘를 퍽이나 좋아하겠다."

오일이 웃었지만, 나는 생각이 달랐다. 외눈이도 나와 같은 생각인지 타이르듯 말했다.

"포기하는 건 아직 일러. 전에도 혈통서 있는 녀석이랑 믹스묘를 함께 키우던 인간이 있었거든."
"와, 그런 일도 있어요?"
"마타타비랑 비슷한 거야. 반쯤 호기심에 키웠다가 완전히 푹 빠져버린 거지. 그런 인간들은 다묘 집사가 되기 십상이야. 어쩌면 펫 숍에서 분양이 안 된 고양이를 데려왔을 수도 있어. 그런 경우도 십중팔구는 다묘 집사의 길로 들어서지."
"너, 왜 그렇게 잘 아는 건데?"
설마 전 주인 이야기인가……? 외눈이의 눈치를 살폈지만, 표정에서는 아무것도 읽어낼 수 없었다. 에이, 재미없어.
"남의 얘긴 다 들어놓고 정작 너는 입 다물겠다, 그거야?"
"그런 건 아니야. 나중에 기분 내키면 그때 할게. 참고로 방금 한 얘긴 내 이야기 아니니까 오해하지 마라."
"하여간 잘도 빠져나간다니까."
"넌 딱히 숨겼던 것도 아니잖아?"
"잘린 귀 아저씨 젊었을 때 얘기예요? 저도 듣고 싶어요!"
복면이 궁금해 죽겠다는 얼굴로 몸을 쑥 내밀었다. 호기심 많은 고양이는 이래저래 참 성가시다.
"입 아프니까 한 번 말할 때 잘 들어 둬. 지난번에 이야기할 때 너도 있었잖아. 못 들은 네 잘못이다."
"엥, 너무해요."
"들으나 마나 한심한 애송이였겠지, 뻔한 걸 뭘 묻냐."

오일이 깐족대며 큭큭 웃었다. 평소 같으면 좀 더 느긋하고 점잖게 마타타비를 즐길 텐데, 새파란 녀석이 두 마리나 있으니 다소 소란스러워지는 건 어쩔 수 없었다. 한 녀석은 내 이야길 듣겠다고 안달복달이고, 또 한 녀석은 제멋대로 상상해서 나를 자극했다.

넌더리가 나서 옆에 앉은 외눈이에게 작은 소리로 내뱉었다.

"다 네놈 때문이야."

"네가 자꾸 남의 과거를 꼬치꼬치 캐물으니까 그런 거지."

"남의 얘기 잘 들어놓고 이러는 건 아니지."

"숨기는 건 아니라더니, 거짓말이었냐?"

"진짜래도."

우리가 숙덕거리는 게 마음에 안 들었는지 두 녀석은 나를 안주 삼아 더 신나게 떠들어댔다.

정신 사나워서, 원.

"두 분, 조금만 조용히 해주시겠어요?"

마스터에게 주의를 받고 나서야 둘은 겨우 정신을 차렸다.

복면은 혀를 날름 핥고 말았지만, 폼 잡기 좋아하는 오일은 주의받은 게 창피했던지 머쓱한 표정이었다. 늘 건방지게 굴더니 녀석답지 않게 얌전히 앉아 있는 모습을 보니 절로 웃음이 났다.

꼴 좋다, 이놈아.

다음 날. 나는 외눈이를 따라 버려졌다는 새끼 고양이를 보러 가기로 했다. 외눈이가 자주 봤다고 했으나 막상 찾으려니 좀처럼 눈에 띄지 않았다.

하는 수 없이 지나가던 고양이를 불러 세워 꼬맹이 소식을 캐물었다. 오일과 같은 카오스냥이지만 얼굴 왼쪽은 갈색, 오른쪽은 검은색에 가까웠다. 마치 딱 반으로 갈라놓은 것처럼 정 중앙을 경계로 색이 깔끔하게 나뉘어 있었다. 얼굴과 반대로 앞발은 오른쪽은 갈색이, 왼쪽은 검은색이 많았다. 오묘한 무늬를 가진 녀석이다.

"아…… 그리고 보니까 막내로 보이는 꼬맹이가 내 영역에서 자주 서성대던데."

설마, 첫 번째 탐문에서 홈런을 칠 줄이야. 아무래도 이 녀석은 운이 트일 모양이다.

"사실이야?"

"그래. 아까도 봤으니까 아직 있을걸? 암컷 꼬맹이 맞지?"

"맞아. 털이 새하얀 녀석이야."

"따라와. 데려다줄게."

나와 외눈이는 녀석을 따라갔다. 담장 위를 걷고 마당을 지나 도로를 건너고 다시 담장을 걸었다.

「어? 고양이가 세 마리나 있어!」

책가방을 멘 초등학생이 손가락으로 우리를 가리켰다. 길고양이 세 마리가 몰려다니는 게 신기한 모양이었다. 하기야 그렇기는 하다. 오늘처럼 이렇게 같이 몰려다니는 일은 좀처럼 없으니까.

나는 인간 꼬맹이를 힐끗 쳐다봤다. 더럽게 건방져 보이는 얼굴이었다. 우리 꼬리를 가차 없이 잡아당길 면상이다. 충분히 그러고도 남을 녀석이다.

그런 생각에 걸음을 더욱 재촉했다. 도착한 곳은 비교적 새로 지은 집들이 모여 있는 단지로, 내 산책 코스이기도 했다. 어느 집이든 마당에는 풀이나 꽃을 찾아보기 힘들었고 몸을 숨길 만한 곳도 거의 없었다. 단지 뒤편으로는 작은 용수로가 있어 물이 졸졸 흐르고 있었다. 용수로를 사이에 두고 맞은편에는 오래된 집들이 자리했다.

"여기야. 이 주변에서 자주 봤어."

"이봐, 혹시 저 고양이 아니야?"

어느 집 선룸 근처를 서성이는 새하얀 새끼 고양이가 보였다. 생각보다 몸집이 훨씬 작았다.

"아, 맞아! 내가 본 그 꼬맹이야."

"저 꼬맹이가 세 마리 중 막내야. 요즘 계속 이 근방을 돌아다니더라고."

젖을 뗀 지 얼마 되지 않은 새끼 고양이였다. 몽실몽실한 털이 흡사 민들레 솜털 같았다. 아직 엄마 품을 떠날 만한 나이가 아닌데. 저렇게 어린 고양이를 버리다니, 인간은 정말 잔혹하기가 이를 데 없다. 천적인 까마귀한테 들키기라도 했다가는 그대로 낚아채 갈 게 뻔했다.

아니나 다를까, 보란 듯이 담장 위에 까마귀가 내려앉더니 꼬맹이를 노렸다. 까악! 듣기 싫은 울음소리와 함께 퍼드덕거리며 곧바로 꼬맹이를 향해 덤벼들었다. 다행히 일찌감치 천적을 알아본 꼬맹이가 얼른 그늘진 곳으로 숨었다. 영리한 아이였다.

"두 마리가 더 있다고 하던데."

"있었지. 근데 요즘엔 통 안 보이더라고. 누가 데려갔든가, 아니면 어디 다른 데로 갔을 거야."

"그 아이들, 죽었어요."

딸랑, 방울 소리를 내며 누군가 불쑥 말을 걸어왔다. 돌아보니 흰 바탕에 까만 얼룩이 있는 얼굴 갸름한 젖소냥이가 입가를 핥으며 다가왔다. 이 근방에서 자주 눈에 띄는 외출냥이라고 했다. 중성화 수술을 했는지 암컷 냄새가 풍기지 않았다. 모처럼 보기 드문 미묘를 만났다 했더니, 아쉽다.

"안녕!"

둘은 서로 잘 아는 듯 코 인사를 나눴다. 간혹 집고양이와 길고양이가 친하게 지내는 일이 있다. 오묘한 녀석 말로는 외출냥이가 사는 집에 자주 놀러 간다고 했다. 그 집 마당에 나무가 많아서 상당히 쾌적한 모양이었다.

오묘한 녀석이 먼저 인사를 건네며 새끼 고양이 자매에 관해 자세히 물었다.

"죽었다니, 그게 무슨 말이야?"

"폭우가 쏟아지던 날, 용수로에 빠진 걸 봤거든. 상황이 그래서 도와줄 수가 없었어. 틀림없이 죽었을 거야."

"그렇다는데, 어쩌지?"

나는 그 장면이 머릿속에 떠올라 절로 코끝이 찌푸려졌다. 폭우가 쏟아지면 용수로는 사방에서 물이 들이쳐 수위가 올라간다. 그렇게 작은 꼬맹이가 빠졌다면 버틸 재간이 없다.

"저기, 아가씨. 아가씨네 집에서 한 마리 정도 더 키울 수 없을까? 아가씨가 데리고 가면 그 정도 꼬맹이는 키워줄 것 같은데."

"그건 힘들 거예요."

그녀는 나의 부탁을 단번에 거절했다. 매정해서가 아니었다. 우리 고양이처럼 인간에게도 그들만의 사정이 있는 듯했다.

"그게, 요즘 들어 사료 질도 떨어지고 얹어주는 토핑 양도 줄었거든요. 우리 집 묘르신이 병치레가 잦아서 돈이 많이 드나 봐요. 툭하면 이동장에 넣어서 병원에 데려가더라고요."

그런 사정이라면 어쩔 수 없다. 단순히 돈 문제만은 아니다. 고양이는 성격이 예민해서 환경이 바뀌는 걸 극도로 싫어한다. 자기 영역 안에 낯선 고양이가 들어오면 잔뜩 경계하며 신경질적인 반응을 보인다. 더군다나 집고양이에게는 집 안이 주 영역이다. 바깥출입을 하는 외출냥이라고 해도 노묘라면 집을 나설 일도 드물 게 뻔하다. 그런 좁은 세상에서 사는 고양이에게 동거묘가 느는 일은 우리 길고양이가 상상하는 것보다 훨씬 큰 변화일 터다.

게다가 상대는 새끼 고양이가 아닌가. 인간만큼은 아니어도, 새끼 고양이 역시 시끄럽기는 매한가지다. 다른 고양이의 꼬리를 가지고 놀거나 앞뒤 재지 않고 덤벼드는 건 일상다반사다. 물론 아깽이가 덤벼든다고 다칠 일은 없겠지만, 그것처럼 성가신 일도 없다.

늙은 고양이라면 그런 모든 일들이 스트레스가 될 게 뻔하다. 그 집 주인이 새끼 고양이를 들이지 않을 거라는 건 보나 마나였다.

"사정이 그렇다면야. 아가씨 털이 워낙 곱길래 주인이 고양이를 무척 좋아하는 줄 알았는데, 아쉽게 됐네."

"도와주지 못해서 미안해요."

"나야말로 갑자기 그런 부탁을 해서 미안."

"그럼, 전 이만."

그녀가 토돗토돗, 가벼운 발소리를 내며 걸어간다. 방울이 딸랑거리며 소리를 냈다. 긴 꼬리며 걸어가는 뒷모습까지 너무도 우아해서 중성화 수술을 당했다는 사실이 다시 한번 안타깝게 느껴졌다.

"그럼, 나도 가볼게."

오묘한 녀석까지 자리를 뜨자, 외눈이가 난처한 얼굴로 신음하듯이 말했다.

"일단 꼬맹이를 키워줄 만한 집부터 찾아보자."

바람이 불었다. 하늘에는 엷은 구름이 끼어 있고 한낮인데도 어둑어둑했다. 이제 점점 추워질 것이다. 초록으로 덮인 나무 아래로 마른 잎이 쌓여 있었다.

"올해는 꽤 춥겠어. 아침저녁으로 느껴지는 쌀쌀함이 예년 같지 않고 매섭네."

"그러게 말이야."

빨리 새끼 고양이를 키워줄 집을 찾아야 한다.

민들레 솜털 같은 새끼 고양이는 까마귀를 피해 그늘에 몸을 숨긴 채 식빵 굽는 자세로 눈을 감았다. 저런 차가운 곳에 웅크리고 있으면 추울 텐데……. 나는 시기에 맞게 독립했다. 스스로 먹이를 구할 수 있게 된 다음에야 엄마 품을 떠난 것이다. 꼬맹이와 비슷한 나이에는 아직 엄마 품 안에 있었다.

한창 어리광 부릴 나이인데……. 불합리한 세상에 울컥 화가 치솟았다.

"이봐, 가자고. 보고 있어 봐야 별다른 수가 없잖아."

"그야 그렇지. 일단 적당한 집이 있는지 정보 좀 모아보자."

우리가 막 자리를 뜨려는데, 선룸에 인간의 모습이 보였다. 노인이었다. 무언가를 찾는 듯 주위를 두리번거리더니, 새끼 고양이를 발견하고는 유리문을 열고 밖으로 나왔다.

「어머, 또 거기 있었구나?」

나이로 보면 할머니가 맞겠지만, 내가 유일하게 마음을 열었던 할머니와는 전혀 달랐다. 할머니와 달리 등줄기가 꼿

꽂이 서 있었다. 하지만 목소리는 틀림없는 노인이었다.
　문득 나를 아껴주던 할머니 생각이 났다.
　"할머니!"
　「그래, 잠깐만 기다리렴.」
　우리가 뒤에서 보고 있자니 노인은 일단 자취를 감췄다가 다시 나와 새끼 고양이 앞에 쭈그리고 앉았다. 그리고 먹이 그릇이 놓인 하얀 쟁반을 바닥에 내려놓았다. 국물에 만 밥에 가다랑어포가 올라가 있었다. 고양이는 기본적으로 육식을 하지만 가다랑어포의 고소한 냄새가 풍기는 쌀밥도 맛이 제법 좋은 편이다.
　"뭐야, 밥을 챙겨주잖아."
　"그러게."
　민들레 솜털 같은 새끼 고양이가 몸을 웅크리고 밥을 먹고 있으니 더욱 둥글게 보였다. 작고 몽실몽실한 녀석을 보고 키울 마음이 생기면 좋으련만······.
　"맛있다! 엄청 맛있어요!"
　「그렇게 배가 고팠니?」
　꼬맹이는 눈 깜짝할 사이에 깨끗이 먹어 치우고 만족스러운 듯 얼굴을 들었다.
　"할머니, 고마워요."
　「아유, 목소리가 어쩜 이렇게 귀여울까?」
　"아, 배부르다."

할머니가 새끼 고양이를 쓰다듬었다. 손가락으로 부드럽게 목을 마사지했다.

「우리 집에서 키웠으면 좋겠네. 안 되려나?」

누가 들으라고 하는 말은 아니었지만, 그렇게 혼잣말하던 할머니는 집 안에서 누군가가 부르는 소리가 들리자 서둘러 돌아갔다. 남겨진 꼬맹이가 선룸을 물끄러미 바라보았지만, 할머니가 다시 밖으로 나올 기미는 없었다.

배가 부르니 힘이 난 모양이었다. 꼬맹이는 바람에 흔들거리는 잡초를 사냥감 삼아 놀기 시작했다. 꼬맹이는 추운 날씨에도 아랑곳없이 기운이 넘치고 천진난만했다. 앞으로 점점 혹독한 계절이 찾아올 텐데, 아무것도 모르는 채 신이 나서 뛰어다녔다.

"보아하니 주기적으로 밥을 얻어먹는 것 같아."

외눈이가 다행이라는 듯 말했다. 한참을 보고 있는데, 꼬맹이가 바람에 나뒹구는 낙엽을 쫓아 이쪽으로 달려왔다.

"꺄악!"

우리가 있는 것을 알아차린 꼬맹이는 놀라서 폴짝 뛰어올랐다. 묘상 험악한 수컷 고양이 두 마리가 나란히 서 있으니 놀라는 것도 무리는 아니다. 놀라게 할 생각은 없었으나 꼬맹이는 우리를 향해 몸을 옆으로 틀고 등을 둥글게 말아 털을 곤두세웠다. 꼬리도 꼿꼿하게 치켜세웠다. 이게 다 상대를 겁줄 때 취하는 자세다.

하지만 제아무리 위협적인 자세를 취한들, 꼬맹이는 꼬맹이였다. 솜털을 곤두세우니 오히려 몽실몽실함이 한층 도드라져 더없이 사랑스러웠다. 그런 모습을 보고 있자니, 나한테도 부성 본능 비스름한 것이 슬며시 피어올랐다. 설마 나한테 그런 감정이 있을 줄이야.

"잘린 귀, 우리 지금 위협당하는 것 같은데?"

"그런가 봐."

"복슬복슬 귀여워 죽겠네."

"귀여워."

"이제 슬슬 돌아갈까?"

외눈이가 재촉해 발길을 돌리려 했지만, 우리가 어디부터 먹어 치울까 의논이라도 하는 줄 아는지 연신 하악질을 해 댔다. 심지어 옆으로 깡충깡충 사이드 스텝을 하면서 경계하기까지 했다. 조그만 게 제법 어른 흉내를 내는 게 우스워서 나도 모르게 쓴웃음이 나왔다.

"안 잡아먹을 테니, 걱정 붙들어 매."

꼬맹이를 안심시키고 우리는 그 자리를 떠났다. 자신을 보호하는 법은 본능적으로 어느 정도는 알 것이다.

"저대로 집고양이가 되면 좋을 텐데."

"저 상태라면 적어도 마당냥이는 될 수 있을 거야."

할머니가 꼬맹이를 바라보는 눈빛이 따스했다. 멋진 새우등은 아니었지만, 그런대로 괜찮은 인간이다. 걱정하지 않아도 될 것 같았다.

왔던 길을 되돌아가며 다시 한번 돌아본다.

"왜 그래?"

"아, 아니……. 옛날 생각이 좀 나서."

나답지 않은 모습에 피식, 웃음이 났다. 외눈이가 수상쩍게 쳐다보는 바람에 어쩔 수 없이 내 이야기를 또 털어놓았다.

"실은 내 형제 중에도 물에 휩쓸려 죽은 녀석이 있거든. 길 옆 배수로에서."

"그런 일이 있었군."

"까마귀가 낚아채 가서 죽거나 차에 치여 죽기도 했어. 남은 건 나 하나뿐이지. 저 꼬맹이하고 같은 처지랄까."

"우리 같은 길고양이는 한 살 생일을 넘기기도 힘드니까."

외눈이도 나를 따라 뒤를 돌아본다.

우리가 물러나자 마음이 놓였는지 꼬맹이는 다시 잡초를 상대로 사냥 연습을 하고 있었다. 보송보송한 솜털 뭉치가 혼자 놀고 있는 모습을 보고 있으려니 왠지 가여운 마음이 들었다. 엄마가 몹시 그리울 텐데. 허세 부린들 하나도 무섭지 않은데, 저 나름대로 위협하는 모습이 기특하고 또 애처로웠다.

'조금만 더 힘내라.'

나답지 않은 말을 속으로 중얼거렸다. 나는 살아가는 일이 얼마나 어려운지 잘 안다. 그래서 가능하면 깊이 관여하지 않으려 했는데, 홀로 남겨졌던 과거의 내 모습과 겹쳐서 남일 같지 않았다. 가끔은 이런 일도 생기는 법이다.

얇은 구름으로 뒤덮인 하늘이 우르르 소리를 내기 시작했다.

그 후로 며칠이 지났다. 사냥이나 산책을 하다가도 나는 어느새 그 집까지 발길을 옮기게 되었다. 이제 아예 정기적으로 밥을 얻어먹는지 그 근처를 지나면 어김없이 녀석의 모습이 보였다. 그 집에 가면 먹이를 얻을 수 있다고 학습이 된 듯했다. 언제 가든 항상 그늘에 웅크리고 앉아서 할머니를 기다리고 있었다. 선룸에서 누군가가 나올 때마다 냉큼 달려나왔지만, 할머니와 같이 사는 듯한 중년 여자는 새끼 고양이에게는 눈길조차 주지 않았다. 외눈이 말대로 마당냥이로 기르는 것일지도 모른다. 그래도 그만하면 감지덕지요, 불평할 처지는 아니었다.

밤이 되면 어디론가 사라졌다가 날이 밝을 때부터 해 질 녘까지는 대체로 그곳에 있었다. 한번은 뒤를 밟아봤는데, 녀석은 길 건너 대각선 맞은편에 있는 공사 중인 집터로 들어갔다. 낮에는 공사하는 인부들로 북적거렸지만, 해가 지고 나면 한낮의 소동이 거짓말처럼 잠잠해졌다. 새끼 고양이의 잠자리는 공사장에 방치된 목재 더미 안이었다. 파란 천막이 덮여 있어서 최소한 비바람은 피할 수 있을 것 같았다.

그 작은 솜뭉치가 도로를 건널 때마다 차에 치이지 않을까 노심초사하며 지켜보았다. 까마귀가 꼬맹이를 공격하려고 했을 때는 지나가는 고양이인 척 슬쩍 까마귀한테 싸움을 걸기도 했다.

"내가 지금 뭘 하고 있는 거냐……."

그날 밤. 나는 단골 멤버들이 모이는 시가 바 '마타타비'의 카운터 자리에 앉아 있었다. 오늘 밤 나를 즐겁게 해줄 마타타비는 시간이라는 마법의 손이 숙성한 최상의 한 대. '냥·로페스'다.

그 나름의 역사가 있는 마타타비 브랜드인데, 가격도 적당해서 먹잇감 구하기 어려운 한겨울에 아주 요긴하다. 하지만 오늘은 스파이시한 맛이 나는 그것을 그냥 헛되이 재로 만들기만 할 뿐이었다. 모처럼 피우는 귀한 마타타비를 앞에 두고 마음이 콩밭에 가 있었다.

그런 나를 보며 외눈이가 가볍게 코웃음을 쳤다.

"너, 요즘 꼬맹이만 지켜보고 있다며?"

"누가 그딴 소릴 해?"

"하지만 매일 보러 가는 건 맞잖아?"

"매일은 아니야."

"오늘은?"

"갔어."

"어제는?"

"갔었지."

"그럼, 그저께는?"

"갔다."

"네가 잘 모르나 본데, 그걸 '매일'이라고 하는 거야."

외눈이는 굵기가 2센티미터쯤 되는, 이른바 '처칠 사이즈+' 마타타비를 입에 문 채 나직하게 말했다. 내가 너무 깊이 개입하는 걸 염려하는 게 분명했다.

그래, 안다. 나도 잘 알고 있다. 자연 도태라는 섭리를 거슬러서 좋을 게 없다는 것쯤. 'NNN' 활동도 사실은 불필요한 참견인 셈이다.

죽을 때가 되면 죽는 것이 자연의 이치다.

그 사실을 받아들이지 않는 자에게 남는 것은 공멸하는 미래뿐이다.

"그래, 네가 꼬맹이 걱정하는 마음도 이해는 해."

"위로는 됐거든."

나 스스로 느끼는 미숙함에 헛웃음이 나왔다. 그러자 스툴 세 개를 사이에 두고 앉아 있던 오일이 언제나처럼 빈정댔다.

"아재, 표정이 왜 그렇게 썩었어?"

"잘린 귀 아저씨, 무슨 일 있어요?"

+ 윈스턴 처칠이 선호하던 시가의 크기와 스타일을 반영한 직경 48~50mm, 길이 약 178mm 정도 되는 시가를 말함.

오일 왼편에 앉은 복면은 진심으로 걱정하는 눈치였다. 나는 별일 아니라며 얼버무렸지만, 외눈이가 쓸데없는 소리를 했다.

"버려진 고양이 때문이야. 하얀 고양이가 있다는 얘기 했었잖냐."

"아! 얼마 전에?"

"찾으러 갔더니 꼬박꼬박 밥도 얻어먹고 잘 지내더라."

"그럼 걱정할 거 없겠네. 아재, 진짜 걱정도 팔자네. 설마 홀딱 반한 거 아냐?"

"헛소리할래? 꼬맹이라고. 코흘리개 꼬맹이."

하도 기가 차서 무시하려고 했으나 오일은 끈질기게 시비를 걸어왔다.

"혹시 알아? '롤리타 콤플렉스'라도 있을지."

"로, 롤리타 콤플렉스요? 설마 잘린 귀 아저씨가……?"

"이놈이 하는 말, 곧이듣지 마라. 롤리타 콤플렉스는 무슨……."

귀찮은 놈들이다. 젊은 녀석들은 왜 조용히 있지를 못할까.

한창 이야기를 나누는데 박스석에서 마타타비를 피우던 검은 길고양이가 우리에게 말을 걸어왔다.

"저기, 엿들은 것 같아서 미안한데, 종이 상자에 넣어 버려진 새끼 고양이 얘기죠? 털이 새하얗고 인간 할머니한테 밥 얻어먹는."

"그러네만."

아느냐고 물었더니 그 집 근처에 산다고 했다. 꼬맹이도 자주 보는 듯했다. 자신과 상관없는 일은 쉽게 잊어버릴 만도 한데 내 얼굴도 기억하고 있었다.

"사실 그 집 주인은 중년 부부예요. 얼마 전에 할머니네 부부가 이사를 온 거고요."

나는 외눈이와 눈빛을 교환했다.

"그게 무슨 말이지?"

"할머니 내외가 얹혀사는 모양이더라고요. 아마 중년 부부의 부모일 거예요. 그러니 그 집 주인이 키워도 된다고 하지 않는 이상 어려울 거예요."

이야기를 들어보니 밥 주는 할머니가 키우고 싶다고 해서 어떻게 할 수 있는 일이 아니었다.

"그렇게까지 따르는데 입양될 가능성이 거의 없다니. 그럼 오히려 역효과가 날 게 뻔해. 한번 먹이를 받아먹기 시작하면 뒷일이 더 문제라고."

외눈이가 나를 힐끔 쳐다보는 것이 눈에 들어왔다. 내 과거를 알게 돼서 그런지 경험에서 나온 말이라고 생각하는 듯했다.

실제로 나는 할머니가 돌아가신 뒤 사냥 감각을 되찾기까지 상당한 어려움을 겪었다. 내 힘으로 먹이를 잡을 수 있던 나조차도 그랬으니, 아직 사냥하는 법도 제대로 배우지 못한 그 아이는…….

"정말 그런 거예요? 오일 형, 닭튀김 못 얻어먹게 됐을 때 고생 많이 했어요?"

"설마, 내가? 이 몸이 고생 같은 거 할 고양이로 보이냐?"

"허세 좀 작작 떨어라. 고생했잖아. 내가 다 겪어봐서 하는 말이다."

"에? 잘린 귀 아저씨도 밥 얻어먹은 적 있어요? 토종 길고양이인 줄 알았더니."

"다 옛날얘기야."

"이야, 아재가 인간한테 먹이 구걸을? 꼬리 바짝 세우고?"

"바보 같은 소리. 궁둥이 안쪽을 그렇게 쉽게 인간한테 보일 것 같으냐?"

"거야 모르지. 우리가……."

툭, 녀석의 이마를 앞발로 눌러버렸다. 오일은 "윽!" 하고 신음하더니 옴짝달싹 못 했다. 맛이 어떠냐, 이마가 눌리니 꼼짝 못 하겠지?

"아재, 앞발 치우쇼."

"훗."

바로 놔주기는 했지만, 순식간에 기선을 제압당한 게 영 못마땅한 눈치였다. 아재를 우습게 보면 이런 꼴을 당하는 거란다.

나는 묘생의 냉혹함을 몸소 가르쳐줬다.

바에서 만난 검은 고양이의 말대로 할머니는 딸 집에 얹혀 사는 신세로, 자기 뜻대로 어찌할 수 있는 처지가 아닌 듯했다. 산책하던 길에 나는 그 사실을 직접 눈으로 보게 되었다.

할머니의 딸이 현관 앞에서 안경 쓴 중년 여자에게 무슨 말인가를 하고 있었다. 나는 담장 위를 걷다가 근처에서 상황을 지켜보았다.

「댁의 어머니가 길고양이한테 먹이를 주고 있어요.」

「정말 죄송해요. 시골에서만 살던 분이라.」

「주택가에서 이러시면 곤란하죠. 이웃들한테도 분뇨 피해가 생기니 할머니께 말씀 좀 해주시겠어요? 다시는 주지 마시라고 말이에요.」

「그럼요. 어머니한테는 알아듣게 잘 말씀드릴게요.」

목소리에 가시가 돋친 심술궂은 인간이 떠나고 나서도 할머니의 딸은 고개를 숙이고 또 숙였다. 인간도 다른 인간과 어울려 사는 게 쉽지 않은 모양이다. 그녀는 한숨을 쉬더니 터벅터벅 집으로 들어갔다.

분뇨 피해라니. 꼬맹이가 싸는 똥오줌이라고 해봤자 참새 눈물 정도다. 게다가 꼬맹이가 아니더라도 길고양이는 있다.

나는 무심코 그 집으로 들어섰다. 마당을 돌아 베란다 창 너머로 안을 들여다보니 마침 할머니와 딸이 이야기를 나누고 있었다.

창문은 닫혀 있었지만, 목소리가 희미하게 들려왔다.

「엄마, 혹시 길고양이한테 먹이 주세요?」

「어머, 왜? 무슨 일 있어?」

「지금 이웃 사람이 와서 그러잖아요. 분뇨 피해가 생기고 있으니 그만하라고.」

「아니, 왜? 불쌍하잖니. 그렇게 작은 새끼 고양이를…….」

「예전하고는 다르다고요. 여기는 엄마가 살던 시골이 아니라니까? 주택가에는 고양이를 싫어하는 사람도 많다고요!」

거친 목소리에 할아버지가 무슨 일인가 싶어 방에서 나왔다. 할머니의 남편일 것이다. 둘 사이에 서서 자초지종을 듣는다. 중년 여자는 다시 한번 당부한 뒤 지쳤다는 듯 방을 나갔다. 할머니는 당황한 표정을 지었다.

「당신이 잘못한 거야. 동네에서 문제 일으키면 곤란한 건 오히려 새끼 고양이잖아.」

「그렇긴 하지만…….」

할머니는 왜 길고양이에게 먹이를 주면 안 되는지 이해가 되지 않는 듯했다. 나도 마찬가지다. 우리에게도 살아갈 권리라는 게 있다. 똥도, 오줌도 싼다. 그게 삶이다. 어째서 우리가 살아가는 일이 비난받아야 할 일이란 말인가.

「여보, 집에서 키우면 안 될까?」

「그건 안 되지. 요시히코가 고양이를 좋아하는 것 같지도 않고.」

「개는 좋아하잖아요? 고양이도 똑같은데.」

「그래도 우리가 여기서 지낼 수 있게 흔쾌히 허락해 줬잖아. 요즘 세상에 저렇게 착한 애도 없어. 그러니까 더 이상 바라면 안 돼요. 염치없는 행동이라고.」

「듣고 보니 그러네. 알았어요.」

할머니는 난감하다는 듯 손으로 뺨을 감싸며 한숨을 쉬었다.

'이거 큰일이군.'

느낌이 좋지 않았다. 꼬맹이는 한창 엄마가 필요한 때에 버려져 운 좋게 밥을 챙겨주는 인간을 만났다. 하지만 이런 상황이라면 마당냥이도 기대할 수 없었다.

고양이는 개에 비해 야생에 쉽게 적응한다고 알려져 있다. 개처럼 무리를 지어 생활하는 동물은 사냥도 팀을 이뤄서 하는 습성이 있는 만큼 한 마리만 내팽개쳐지면 먹이를 구하는 데 어려움을 겪는다. 하지만 고양이는 단독 행동이 기본이고, 사냥도 혼자서 한다. 그런 의미에서는 환경에 쉽게 적응한다고 할 수 있다.

하지만 저 꼬맹이는 아직 어리다. 메뚜기나 도마뱀이 흔한 시기에 사냥하는 법을 익히지 못한 꼬맹이가 혹독한 겨울을 어떻게 버틸 수 있을까. 쓰레기를 뒤지는 방법도 있겠지만, 요즘 인간들은 갈수록 처리 기술이 늘어서 쓰레기도 변변치 못한 게 현실이다.

"하악!"

등 뒤에서 작은 소리가 났다. 돌아보니 먼저 솜털이 눈에 들어왔다.

이런, 잊고 있었다. 이곳은 꼬마가 곧잘 몸을 숨기는 장소와 가까웠다. 놀란 듯 온몸의 털을 곤두세우고 있었다.

"이제는 좀 기억해 둬. 나는 너한테 해를 끼치려는 게 아니라니까."

그렇게 말했지만, 어지간히 내 얼굴이 무서운지 꼬마는 털을 세운 채 굳어 있었다. 그러더니 갑자기 용감하게 깡충깡충 뛰면서 싸울 태세에 돌입했다.

"알았다, 알았어. 저쪽으로 가면 되겠냐?"

나는 꼬마를 자극하지 않으려고 걷기 시작했다. 이런 꼬맹이한테 쫓겨나다니 나도 이제 늙었나 보다.

"할머니!"

담장 위로 뛰어올라 옆 공터로 내려가려는데, 선룸 문이 열리고 기뻐하는 꼬마의 목소리가 들려왔다.

문을 열고 나온 것은 그 할머니였다. 손에 흰 쟁반이 들려 있었다. 할머니는 주위를 둘러보며 선룸에서 나오더니 나지막이 말했다.

「쉿, 비밀이야.」

"고마워요, 할머니."

「야옹아, 소리 내면 안 돼. 쉿! 조용. 자, 가다랑어포 잔뜩 넣었다.」

"맛있어요!"

「야옹아, 울면 안 된다고 했잖아. 응? 제발 조용히 먹어.」

숨어서 몰래 주는 밥이라니……. 당장 굶주릴 일은 없을 것 같아 조금은 안심이다. 하지만 곧 할머니 집과 용수로를 사이에 둔 이웃집 담벼락에서 인간 여자 하나가 숨어서 이 둘의 모습을 지켜보고 있다는 사실을 깨달았다. 아까 그 안경 쓴 여자였다. 할머니 딸에게 고양이 밥을 주지 말라고 했던 여자였다. 뒷집에 사는 인간이었다니. 안경 쓴 여자는 가만히 할머니를 지켜보다가 불쑥 모습을 드러내더니 생글생글 웃으며 말을 건넸다.

「어머, 안녕하세요. 오늘은 더 춥네요.」

「아, 안녕하세요.」

할머니는 황급히 먹이 그릇이 놓인 쟁반을 뒤로 숨겼다.

「뭐 하고 계세요?」

「아, 그게, 잠깐 쓰레기 버리러…….」

할머니는 뚜껑이 달린 양동이 안에 먹이 그릇이 놓인 쟁반을 통째로 던져 넣었다.

「그 고양이는 댁에서 기르는 고양이인가요?」

고양이가 그늘에서 나오는 것을 보고 여자가 심술궂게 말했다. 알면서 일부러 하는 말이었다. 그 정도는 고양이라도 안다.

「아니에요.」

「따님한테 못 들으셨어요? 먹이 주는 거, 그만두라고요. 반상회에서도 길고양이 먹이 주는 게 문제가 되고 있어요.」

「그랬군요.」

「요즘 우리 마당도 분뇨 피해가 생겼다고요. 그러지 않으셨으면 좋겠는데요.」

「죄송합니다. 저기…… 그럼, 저는 이만…….」

여자에게 고개를 숙인 할머니는 도망치듯 집 안으로 들어갔다. 그 모습을 본 꼬맹이는 선룸 앞에서 한참을 기다리더니 할머니가 좀처럼 돌아오지 않자 기다리다 지쳐 울기 시작했다.

"할머니! 할머니!"

꼬맹이는 몇 번이고 사정했지만, 선룸 안은 인기척이 없었다. 안경 쓴 여자가 입술을 일그러뜨리며 비웃었다. 그리고는 「훠이! 훠이!」 듣기 싫은 목소리로 고함을 지르며 꼬맹이를 쫓아냈다. 꼬맹이는 그늘로 몸을 숨겼지만, 여자가 그걸 모를 리 없었다.

여자는 돌멩이를 주워 새끼 고양이를 향해 던졌다.

「저리 가!」

많이 놀랐을 터였다. 꼬맹이는 그늘에서 뛰어나와 쏜살같이 도망쳤다. 겨우 얻은 밥마저 도중에 빼앗기고 저렇게 쫓겨나는 모습을 보니 안쓰러웠다. 나였다면 분풀이로 똥이라도 싸지르고 왔을 텐데.

제4장 고양이 세계의 규칙, 인간 세계의 규칙

「아유! 저기도 있네! 훠이!」

눈치 빠르게 나를 발견한 안경 쓴 여자가 이번에는 그 광기 서린 화를 나에게 돌렸다. 이런 곳에 계속 있다가는 물바가지나 뒤집어쓰겠다 싶어서 재빨리 자리를 떴다. 이런 계절에 털이 젖었다가는 여간 성가신 게 아니다.

"정말이지, 성질 더러운 여편네군."

투덜투덜 불평하며 걷는데, 반대쪽에서 오는 외눈이가 보였다.

"어이."

녀석과 코 인사를 나눈 뒤 함께 도로를 건넜다.

"또 온 거야?"

"오해하지 마. 산책하는 길에 들른 것뿐이니까. 너야말로 꼬맹이가 어쩌고 있는지 보러 온 거 아니야?"

"네가 어떤지 보러 온 거야. 꼬맹이 일에 너무 깊이 파고드는 것 같아서."

"쓸데없는 참견은 사양하겠어."

우리는 모퉁이에 있는 집 마당으로 들어가 철쭉나무 그늘에 앉아 이야기를 시작했다. 하늘은 밤이라고 해도 믿을 만큼 어둑어둑했고, 찬바람이 사정없이 몸을 때렸다. 바람에 흔들리는 잡초가 추위를 한층 매섭게 느껴지게 했다.

"뭐가 그렇게 걱정되는데?"

"실은……."

나는 아까 본 일을 외눈이에게 들려주었다. 외눈이는 난처한 얼굴로 눈을 감은 채 내 이야기를 듣고 있었다.

"그럼, 이세 밥 얻어먹는 것도 틀렸군."

"어쩔 수 없는 일이야. 인간에게는 인간의 규칙이 있으니까."

"아무리 그래도 너무 제멋대로 구는 거 아냐? 먹이 한번 주고 나 몰라라 하다니, 인간은 역시 잔인해. 이런, 내리기 시작했군."

비가 오려나 했는데, 진눈깨비였다. 질척한 진눈깨비는 비 못지않게 차갑다. 돌을 맞고 도망치던 작은 뒷모습이 떠오르며 은신처로 잘 돌아갔는지 걱정이 됐다.

"그 녀석, 이미 밥 얻어먹는 데 길들어 버렸다고."

"워워, 나한테 화풀이하지 말라고. 날이 점점 더 추워질 거야. 그렇게 걱정되면 네가 먹여 살리든가."

"내가 그런 짓을 왜? 자연 도태되어야 하는 생명도 있는 법이야. 선을 넘어버리면 되돌릴 수 없어."

"그게 네가 정한 규칙이라 이거야? 그렇다면 인간의 규칙도 인정해. 너도 그 정도는 알잖아."

"알지만, 그럴 거면 처음부터 먹이를 주지 말았어야지. 그랬다면 그 녀석도 사냥 실력이 조금은 늘었을 거라고."

"그거야 뭐 그렇지만······."

기온이 뚝 떨어졌다. 은신처로 돌아갈 생각이었으나 이야기가 길어진 탓에 그럴 수 없었다. 추위를 꾹 참고 견뎠다. 둘 다 말이 없었다. 해가 떨어지면서 바람은 더욱 매서워졌다.

"역시 키워줄 집을 찾아야겠지?"

눈을 감은 채 외눈이가 불쑥 입을 열었다.

"그래야겠지……."

나는 내심 외눈이가 그렇게 말해주길 기다렸다.

"너무 기대는 하지 마. 후보에 올릴만한 집이 많지 않으니까."

"알았어."

휘이이잉……. 찬바람이 덮쳐왔다. 코가 매울 정도로 싸늘한 바람이었다. 우리는 점점 말수가 줄어갔다.

"이봐, 잘린 귀. 너 콧물 나왔어."

"알아."

추위가 뼛속까지 파고들었다.

키워줄 집을 찾는다고는 했지만, 좀처럼 쉽지 않았다. 나와 외눈이는 오일 녀석들의 힘까지 빌려 백방으로 알아봤지만, 결국 마땅한 집을 찾지 못했다. 야속한 시간만 빠르게 흘러 밤이 되면 어느 집 할 것 없이 마당에서 작은 불빛들이 반짝반짝 빛을 내는 시기가 되었다. 언제든 받아줄 집이 있을 것으로 생각하면 큰 오산이다. 익히 알고는 있었지만 새삼 현실의 냉혹함이 뼈저리게 느껴졌다.

그날, 나는 오랜만에 꼬맹이를 보러 갔다. 꼬맹이는 그곳에 없었다. 이런 추위에는 마당에서 놀 기분도 나지 않겠지. 어딘가에 숨어버렸을지도 모른다. 아니면…….

그런 생각을 하고 있는데, 도로 쪽에서 걸어오는 흰 물체가 보였다. 보송보송하던 솜털이 말도 못하게 더러워져 있었다. 그루밍을 하지 않은 게 분명했다. 생기발랄하던 표정도 온데간데없었다. 이전보다 몸이 마른 것을 보니 먹이를 얻어먹지 못하는 것이 틀림없다. 눈에는 눈곱이 잔뜩 끼어 있었고 털도 푸석푸석했다. 눈 주위도 살짝 불그스름하다. 꼬맹이가 에취, 재채기를 했다.

꼬맹이는 선룸 앞까지 오더니 오도카니 앉아 유리문을 올려다봤다. 안에서는 아무런 기척도 없다.

"할머니!"

몇 번을 불러도 반응이 없었다. 그런데 다른 창문에서 누군가 밖을 내다보는 모습이 보였다. 그 할머니다. 새끼 고양이 소리를 듣고 내다보러 온 것 같았지만, 딸이 먹이를 주지 못하게 단단히 막는 모양이었다. 이내 집 안으로 사라져 버렸다. 그게 끝이었다.

"밥 주는 할머니—!"

차가운 공기를 뚫고 가냘픈 목소리가 새어 나왔다. 쌀쌀한 풍경이 더해져 밥을 재촉하는 소리가 한층 더 애절하게 마음을 울렸다. 어떻게 할지 망설이다가 참다못해 한마디 하기로 했다.

"꼬마 아가씨, 거기서 아무리 기다려봤자 밥은 나오지 않아."

"꺄악!"

갑자기 말을 걸어와 놀랐나 보다. 꼬마가 털을 세웠다. 하도 많이 당해서 이제는 어이가 없을 정도였다. 내가 해코지라도 할까 봐 저러는 게 벌써 몇 번째인가 말이다. 그쯤 했으면 이제 좀 기억해 주면 좋으련만.

"안 잡아먹는다니까. 내가 지금까지 너 어디 건드린 적이 있니?"

꼬맹이는 대답하지 않았다. 몸이 굳은 채 옴짝달싹하지 않았다.

"아저씨는 자상한 남자라고. 해칠 생각이었다면 진작 그렇게 했겠지."

안심시키려고 계속 말했지만, 역시 미동도 없다. 마치 돌이라도 된 것 같았다. 내가 메두사라도 되는 양.

"봐, 아저씨는 안 무섭다니까."

나는 천천히 눈을 깜빡여 보였다. 걱정하지 말라는 뜻이다. 이 행동은 고양이 특유의 아이 콘택트로 '고양이 키스'라고도 한다. 인간으로 치면 포옹과 비슷하다. 애정을 표현할 때도 하는 행동이다.

꼬마는 털을 세운 채 경계하다가 내가 호의적인 태도를 보이자 적이 아니라는 걸 깨달았는지 서서히 차분함을 되찾았다. 그래도 솜뭉치 같은 털은 여전히 곤두서 있어서 바람이 불면 날아갈 것만 같았다.

"으이구, 눈곱이 잔뜩 꼈네. 여기서 기다려봐야 소용없다고 했잖아."

"왜요?"

"벌써 며칠이나 밥을 못 얻어먹었잖아. 이제 줄 생각이 없는 거야. 아무리 애써도 소용없다고. 그러니 이제 포기해."

내 말에 꼬마는 잠시 생각에 잠기더니, 유감스럽다는 듯 고개를 끄덕였다.

"……알았어요."

"서둘러서 은신처랑 먹이터를 찾아. 겨울을 대비하란 말이야. 앞으로 더 추워질 거야."

"그래도 할머니는 착하니까 또 줄지도 몰라요. 많이 쓰다듬어 주고, 정말 엄마 같았어요……. 밥도 진짜 맛있었는데."

엄마 같다, 라…….

나는 가슴이 미어졌다. 인간 때문에 엄마와 생이별을 당한 꼬마가 또 다른 인간에게 엄마의 정을 기대하다니, 아이러니다. 게다가 꼬맹이가 엄마 품처럼 여기며 그리워하는 그 할머니도 이제 막 자신을 외면하려는 참이었다.

"그런 기대는 하지 마. 인간은 제멋대로 구는 종족이야. 자기 사정을 핑계로 쉽게 변덕을 부리지."

어떻게든 알아줬으면 해서 거듭 말했지만, 한번 애정의 손길을 느끼니 쉽게 놓을 수 없는 모양이었다. 꼬맹이는 선룸 쪽을 돌아보았다.

그곳에 할머니의 기척이 없다는 사실에 몇 번이나 낙담했을까.

"음…… 그래도 조금 더 기다려볼래요."

꼬맹이는 말을 마친 뒤 나를 등지고 선룸 문 앞에 앉아 위를 올려다보았다. 그리고 다시 할머니를 불렀다. 생각보다 고집이 센 녀석이다. 마당을 둘러봤지만, 도마뱀도 메뚜기도 눈에 띄지 않았다. 살아 숨 쉬는 기운이 전혀 느껴지지 않는 쓸쓸한 마당이었다. 요즘 들어 이런 마당이 부쩍 늘었다.

"할머니, 밥 주는 할머니! 나, 배고파요……."

가냘픈 목소리는 회색빛 하늘에 가닿지 못하고 북풍에 휩쓸려 흔적도 없이 흩어졌다. 한없이 힘없는 목소리였다. 그래도 의지 하나만은 강했다. 스스로 상황을 받아들이기 전에는 포기하지 않을 게 뻔했다.

나는 마지막으로 한 번 더 말을 건넸다.

"어이, 꼬맹이! 기다리고 싶으면 기다려도 되지만, 포기해야 할 때를 놓치면 안 된다."

"네, 아저씨. 고마워요."

내 말을 알아들을 나이라고는 생각지 않았지만, 그렇게만 일러두고 나는 그 자리를 떠났다. 더 이상 가르쳐줄 게 없었다.

그 뒤로도 종종 꼬맹이가 할머니 집에 드나드는 모습을

볼 수 있었다. 나날이 야위어 가는 것이 눈에 훤히 보였다. 민들레 솜털 같던 털은 더 지저분해졌고 진흙이 묻은 채 그대로 굳어 있는 곳도 있었다. 예전 모습은 어디서도 찾아볼 수 없었다.

한번은 조금 떨어진 곳에서 먹이 찾는 모습을 지켜본 적이 있다. 배고픔을 견디기 어려웠을 것이다. 하지만 그날은 쓰레기 배출일 다음 날이라 먹을 만한 것이 남아 있지 않았다.

꼬맹이는 인간들이 쓰레기를 모아 버리는 곳에서 냄새를 맡아가며 바닥을 핥고 있었다. 쓰레기봉투에서 흘러나온 음식물의 국물이 남아 있었던 모양이다. 하지만 그런 건 허기를 달래는 데 아무런 도움도 되지 않는다. 역시, 저 아이는 맡아서 키워줄 인간이 필요하다. 부모가 되어줄 수 있는 인간이……

그리고 그날 밤, 나는 '마타타비' 안으로 조용히 들어섰다.

"아재, 왜 이리 늦어?"

내 얼굴을 보자마자 오일이 빈정거렸다. 눈이 빠지게 날 기다린 모양이었다. 카운터 자리에 앉아 주문은 뒤로 미룬 채 오일 이야기부터 들었다.

"노인네들은 행동이 너무 굼뜨다니까. 아직 노망들 나이는 아니지 않나?"

"너 말이야, 그 말버릇 좀 어떻게 안 되겠냐?"

"타고 나길 이런 걸 어쩌라고."

요리조리 변명만 할 뿐 윗사람을 공경하는 마음 따위는

발톱의 때만치도 느껴지지 않았다. 그래도 싸가지 없는 말버릇과 다르게 의외로 정이 많은 놈이다. 오일 맞은편에 앉아 있던 복면이, 녀석이 묵묵히 알선할 곳을 찾아다녔다는 사실을 일러주었다.

"그런 일이 있으면 처음부터 그렇게 말할 것이지."

"뭐래, 지금 말하려고 했거든."

알선할 집 후보는 복면이 예전에 말했던 페르시안이 있는 집이다. 그러나 전해 들은 얘기는 좋은 소식이 아니었다.

"역시 틀린 건가."

"음, 그 집 인간들 모두 고양이를 좋아하는 건 확실해. 돈도 있고. 내가 다리에 부비부비를 해주니까 좋아서 쓰다듬더라고. 우리가 어떻게 쓰다듬어 주면 좋아하는지도 잘 알고 있었어. 집사로서는 나무랄 데 없어."

"그럼, 문제는 먼저 들어온 녀석이군……."

다묘 가정에서 중요한 건 먼저 기르고 있던 고양이와 순조롭게 잘 지낼 수 있는가이다. 고양이 중에는 인간하고만 친하게 지내는 타입과 인간과 고양이 모두와 친하게 지내는 타입, 그리고 고양이끼리만 친하게 지내는 타입이 있다. 그 집 페르시안은 다른 고양이를 싫어하고, 저도 고양이이면서 다른 고양이한테 적대감을 드러내는 전형적인 외동묘였다.

주인에게 과한 사랑을 받고 자란 게 분명하다. 오일 말로는 집에 돌아온 주인이 오일을 만진 손으로 자길 쓰다듬으려고 하자 손을 물면서 항의했다고 한다.

"감히 다른 고양이 냄새를 묻히고 왔다면서 장난 아니게 화를 내더라고."

"독점욕이 강한 타입인가 보군. 꼬맹이도 안 봐주려나?"

"그럴걸. 그래도 일단 얘기는 해봤어. 그런데 내 말은 귓등으로도 안 들어. 그 후로는 내가 지나가기만 해도 방 안에서 하악질을 해대더라고. 저러면 틀린 거지."

한숨밖에 나오지 않았다. 경제적인 여유도 있고 고양이를 좋아한다. 이보다 더 괜찮은 집이 있을까 싶은데, 문제는 주인 고양이가 다른 고양이를 받아들이지 않는다는 데 있었다. 하지만 어찌할 도리가 없다.

"오일 형은 정말 할 만큼 했어요. 환심 사겠다고 며칠씩 가서 계속 창문 너머로 말 걸고, 털이 참 곱다는 둥 진짜 별별 칭찬을 다 했다니까요."

"또 쓸데없는 소리. 진짜, 넌 어쩜 그렇게 말이 많냐!"

"네? 뭐 어때서요. 오일 형, 정말 다시 봤다니까요. 냉정해 보여도 사실은 진짜 따뜻한 남자더라고요."

"입 좀 다물라니까!"

두 마리는 늘 그랬듯 티격태격하기 시작했다. 나는 앞을 향한 채 생각에 잠겼다. 평소에는 두 녀석이 성가신 말다툼을 벌여도 그다지 신경 쓰이지 않았다.

"남은 건…… 외눈이뿐인가."

오늘은 아직 녀석이 모습을 보이지 않았다. 녀석이 올 때까지 한 대 피울까 하고 생각하던 차에 눈앞에 희고 반투명한 종이에 싸인 마타타비가 놓였다. '냥세카'다. 가볍게 즐기는 마타타비로, 깊이 취할 생각이 없는 내게 딱 알맞은 놈이다.

"가게에서 준비한 선물입니다."

마음을 써준 듯했다. 심지어 지금의 나에게는 가장 좋은 선택이다. 고마운 마음으로 받아 든다.

나는 반투명한 흰 포장지를 벗기고 시가 커터로 헤드를 커팅해 흡입구를 만든 뒤 천천히 불을 붙였다. 그리고 입안에서 연기를 굴렸다. 확실히 가볍긴 하지만 잘 숙성된 그 맛은 가벼운 대로 좋은 맛이 났다. 마타타비가 싸여 있던 반투명한 흰 포장지가 어느새 꼬맹이의 모습과 겹쳐 보였다. 포장지는 살포시 쌓인 가루눈 같아서 금방 날아갈 듯 허무함을 느끼게 했다. 험한 길고양이 세계에 내팽개쳐진 그 꼬맹이 자체라고 해도 좋을 만큼.

얼마나 지났을까. 카우벨 소리와 함께 가게 문이 열렸다. 외눈이다. 내 마타타비는 헤드 근처까지 재가 되어 있었다. 벌써 시간이 이렇게 됐나······.

외눈이가 이렇게 늦은 시간에 왔다는 게 상황이 심상치 않다는 걸 여실히 보여주고 있었다. 물어볼 것도 없이 그 답이 보였다.

"너도 틀린 거냐."

"어디나 포화 상태야. 알선할 데가 없어."

"세상 참 각박하군."

"그래, 참 살기 힘든 세상이다."

녀석은 내 옆에 앉더니 같은 것을 주문했다. 나잇살 깨나 먹은 길고양이들끼리 심각한 얼굴로 마타타비를 피우고 앉아 있으려니 짜증이 나서 견딜 수가 없었다.

바람이 거세졌는지 밖에서 빈 깡통 같은 것이 굴러가는 소리가 울렸다.

냉혹한 동장군이 연약한 존재들을 짓밟기라도 하듯 매서운 한파라는 칼을 휘두르며 날뛰고 있었다.

꼬맹이가 은신처로 삼았던 집은 그새 완공되었고 마당은 흙이 드러난 채 휑하니 넓기만 한 곳이 되어버렸다. 새로운 잠자리를 어디로 옮겼는지 알아내는 건 고사하고 다른 고양이 걱정만 하고 있을 수는 없는 처지가 되었다. 이례적인 추위가 이어졌다. 나도 먹이를 확보하는 데 고생할 정도로 지독한 한파였다. 너무 추운 나머지 시가 바 '마타타비'도 임시 휴업에 들어갔다. 먹잇감이 뚝 끊기면 장사도 끝난 거나 마찬가지다.

"······넨장맞을."

그날은 한낮까지도 기온이 뚝뚝 떨어졌다. 해 질 무렵에는 잠시 누그러졌지만, 밤이 되자 기온은 다시 내려갔고 코끝은 바짝바짝 말라갔다.

　나는 은신처에서 꼼짝도 하지 않았다. 추위가 뼛속까지 스며들었다.

　인간들의 집에서는 따스해 보이는 불빛이 새어 나왔다. 웃음소리도 함께.

　우리 길고양이들이 추위에 떨고 있는 동안 인간들은 자기 영역에서 안락하고 따뜻하게 지내고 있었다. 지금껏 신경조차 쓴 적 없었는데, 오늘은 괜스레 성질이 났다. 추위 탓이다. 인간들이 밤마다 마당을 반짝반짝 빛나게 하는 계절은 때때로 우리를 비참한 기분에 젖게 한다.

　"춥다, 추워."

　어디선가 맛있는 냄새가 풍겨왔다. 닭고기 냄새였다. 구수한 냄새가 허기진 배를 더욱 자극했다.

　그러는 사이 하늘에서 하얀 것이 팔랑팔랑 내리기 시작했고, 나는 체온이 조금이라도 빠져나가지 않도록 몸을 단단히 웅크렸다. 이럴 때 까딱 밖에 나갔다가는 체온을 빼앗겨서 기력을 잃게 된다. 길고양이가 움직이지 못하게 되면 치명적인 결과로 이어진다.

　가만히 기다리는 수밖에 없다. 우리 같은 길고양이가 할 수 있는 일은 고작 그 정도다. 자연은 우리가 그 앞에서 얼마나 무력한 존재인지를 뼈저리게 실감케 했다.

　꼬맹이는 은신처를 찾았을까.

불현듯 그런 생각이 뇌리를 스쳤지만, 어떻게 해볼 도리가 없었다. 어서 이 추위가 지나가기만을 빌었지만, 기록적인 한파는 우리 같은 건 신경조차 쓰지 않았다.

추위는 어둠이 걷히도록 계속되었고 나를 은신처에 틀어박히게 했다. 기온이 오르지 않은 채 다시 밤이 찾아와 내 인내심을 시험하고 있었다.

겨우 밖으로 나갈 수 있게 된 것은 사흘 뒤의 일이었다.

오랜만에 맡는 바깥 냄새였다.

참새 지저귀는 소리가 하늘을 뒤덮었고 세상은 온통 새하얬다. 힘든 시간을 견뎌낸 나를 칭찬이라도 하듯 사방이 반짝반짝 빛나고 있었다. 며칠을 옴짝달싹할 수 없게 해 놓고 태양은 어쩌면 저렇게 아무 일 없었다는 듯 세상을 환히 비추는 걸까.

나는 주린 배를 움켜잡았다. 배가 고프다 못해 뱃가죽이 등에 붙을 지경이었다.

그동안 모질게 굴었던 게 미안했는지 태양이 교태를 부린 덕분에 지면에서 전해져 오는 냉기는 어느 정도 누그러졌다. 그래도 추운 건 여전했다. 쥐라도 한 마리 잡아서 기운을 차리고 싶었지만 나는 왜인지 그 집으로 향하고 있었다.

그래, 맞아. 어차피 나는 오지랖 넓은 아재다. 오일 녀석이 보면 또 롤리타 콤플렉스니 뭐니 하며 놀려대겠지만, 걱정되는 걸 어쩌라고. 이제 와서 점잖은 척 폼 잡을 생각은 없다. 웃고 싶으면 실컷 웃으라지.

나도 모르게 잰걸음을 놀려 그 집까지 왔다.

꼬맹이는 보이지 않았다. 마당 안에 생명의 기운이 느껴지는 건 아무것도 없었다. 일단 먹이를 찾아서 배를 채우고 다시 와보자. 태양이 땅을 조금 더 데워주면 그 꼬맹이도 나올지 모르니까.

그렇게 생각하며 걸음을 떼려던 순간이었다.

「여보! 여보!」

할머니 목소리였다. 목소리에서 다급함이 느껴졌다. 예삿일이 아닌 게 분명했다.

서둘러 돌아가 동태를 살피는데, 할머니가 선룸 아래에 포개놓았던 화분을 들여다보고 있었다.

「왜 그래?」

할아버지도 밖으로 나왔다. 슬리퍼에 발을 대충 밀어 넣고 쭈그려 앉더니 이내 표정이 어두워졌다.

「저기, 여보……. 설마, 계속 이 안에서 기다렸던 걸까?」

그러고는 화분을 끌어내 천천히 두 손을 넣어 그 안에 든 것을 조심스럽게 꺼냈다. 그리고 겉옷을 벗어 소중히 감싸 팔에 안았다. 나는 불길한 예감이 들어서 그게 뭔지 확인하려고 가까이 다가갔다. 그 순간, 하얀 것이 언뜻 눈에 들어왔다.

미동조차 없는 솜털은, 싸늘하게 식어버린 꼬맹이의 작은 몸이었다.

작디작은 솜뭉치가 한결 더 작아 보였다.

「내가 밥을 안 줘서……」

「어쩔 수 없었잖아. 불쌍하긴 하지만 먹이 주지 말라고 했다며.」

「그래도, 그렇게 우는데, 내가 못 들은 척했어. 밤새 계속 울었는데……. 나, 알고 있었어.」

할머니는 눈물을 글썽였다. 늘 꼿꼿했던 등이 지금은 새우등이 되어 있었다.

그만큼 알아듣게 말했는데, 고집 센 꼬맹이 녀석. 내 충고 따위는 아랑곳없이 여기서 줄곧 기다렸던 모양이다. 그러다 추위를 견디지 못하고 빈 화분 안으로 숨어들었을 테지. 그러나 그런 지독한 한파 속에서 작은 목숨을 지키기에는 너무나도 미덥지 못한 은신처였다. 추위에 온몸을 떨었을 게 뻔하다.

「울음소리가 더는 안 들리길래 다행이다 싶더라고. 드디어 어디로 갔나 보다 해서. 왜 진작 키워줄 사람을 찾아주지 않았을까.」

「찾으려고 했잖아. 친구들은 다 못 키운다고 했고.」

「그래도…… 적어도 이삼일만이라도 집에 들였더라면…… 흐윽… 흑.」

「그것도 무리지. 요시히코가 고양이 싫어하는 건 알레르기 때문이니까.」

「무리여도 부탁했더라면……」

「이제 그만해요. 언제까지 자기 탓만 하려고 그래.」

떨리는 목소리만으로도 할머니가 깊이 후회하고 있다는 걸 알 수 있었다. 하지만 이미 엎질러진 물이다. 너무 늦게 깨달았다. 할머니가 어설프게 밥을 주지만 않았어도 본격적인 추위가 오기 전에 사냥하는 법을 익혔을 것이다. 이렇게 아무것도 없는 마당보다 훨씬 따뜻한 은신처를 찾을 수도 있었다. 밥 주는 걸 못 하게 했을 때 바로 키워줄 사람을 찾아줬다면 이렇게 되지는 않았을지도 모른다.

꼬맹이는 몇 번이고 조르듯이 울었다. 이 추운 날씨에 할머니가 밥을 들고 나와주기를 애처롭게 기다리고 또 기다렸다. 그건 단지 밥 때문만은 아니었다.

다정하게 쓰다듬어 준 할머니가 그리운 거였다. 엄마 품을 떠날 시기도 되지 않아 버려진 꼬맹이가 할머니에게서 어미 고양이 같은 따뜻함을 느꼈기 때문에 매일 이 집을 찾아왔던 거다. 그리고 더는 나오지 않는 할머니를 기다렸다. 숨이 다 할 때까지…….

내가 아무리 뭐라고 해도 고집부리며 기다리기를 멈추지 않았던 이유를 달리 찾을 수 없었다.

「알았어요. 고마워. 여보.」

눈곱투성이 작은 얼굴이 떠올라 나는 마음속으로 사과의

말을 건넸다.

　꼬마 아가씨, 좋은 주인을 찾아주지 못해서 정말 미안해.

　그럴 의무가 있는 것도 아닌데, 이렇게 가슴이 아린 건 처음이다.

　뱃구레에서 소리가 났다. 나도 배가 고팠다.

　울고 있는 할머니를 뒤로하고 나는 다시 걸음을 옮겼다. 인간을 신경 쓸 여유 따위는 없었다. 나도 살아남아야 하니까. 아쉬운 대로 쥐라도 잡아야겠다.

　나는 마당에서 쓸 만한 나무 하나를 골라 발톱을 갈았다. 발바닥 젤리에서 나오는 냄새도 잔뜩 묻혀가며 며칠 동안 움직이지 못한 스트레스를 마음껏 풀었다.

　마당을 나설 때는 근처에 놓여 있던 화분에 오줌을 싸 갈겼다.

제5장
———

떠나는 자

하나밖에 없는 눈. 날렵한 이목구비. 두툼하게 살이 붙은 목덜미와 번뜩이는 눈빛. 기골이 장대한 몸집과 묵직한 앞발은 싸움으로 단련된 수컷 그 자체였다. 나도 녀석과 한 번 붙어본 적이 있지만 놈의 냥냥펀치 위력은 상당했다. 한마디로 말해 적으로 돌리고 싶지 않은 상대다.

나는 CIGAR BAR '마타타비'의 카운터 자리에서 마타타비 연기를 내뿜으며 옆자리에 앉은 악우悪友를 바라보고 있었다. 어디로 보나 영락없는 길고양이지만 이놈이 한때는 집고양이였다는 건 분명하다. 녀석의 과거를 캐보려고 그동안 몇 번이나 떠봤지만, 매번 얼버무리며 빠져나가기 일쑤였다. 나는 있는 얘기 없는 얘기 다 해줬는데, 이건 너무 불공평하다.

"뭔데? 그 뜨거운 시선은 뭐야, 부담스럽게. 혹시 나한테 반했냐?"

"선소리 그만해."

"그게 아니면 왜 아까부터 뚫어져라 보는 건데?"

뻔히 알면서 일부러 물어오는 것만 봐도 이놈이 여간 보통내기가 아니란 걸 알 수 있다. 상대가 숨기고 싶어 하는 일을 꼬치꼬치 캐묻는 건 내 미학에 반한다는 것쯤은 나도 안다. 하지만 고양이란 원래 호기심 많은 동물이다. 오랜 시간을 함께 보낸 만큼 상대방에 대해 알고 싶은 것도 묘지상정이다.

"뭐, 딱히⋯⋯. 여전히 묘상 험악한 얼굴이구나 싶어서."

"그건 마찬가지 아닌가. 그나저나 오늘은 조용하네."

"오일이랑 복면이 없잖아. 놈들 있으면 정신 사나워."

있으면 있는 대로 성가시지만 없으면 또 조금은 허전하게 느껴지니, 이상한 일이다.

"그 둘만큼 괜찮은 손님도 드물어요."

콧수염 마스터가 조용히 말했다. 나도 모르게 미소가 지어졌다. 그건 나도 잘 알고 있다.

쓸쓸한 트럼펫 소리에 귀를 기울이고 있자니 시간 가는 줄을 모르겠다. 트럼펫 선율에서 묘생의 애수라는 게 느껴진다.

"저희도 손님 상대하는 장사다 보니 어지간히 심한 손님이 아닌 이상 먹잇감을 내면 마타타비를 내드려요. 하지만 그래도 제가 정성 들여 키운 마타타비인 만큼 그 가치를 알아주는 손님이 맛을 봐줬으면 하거든요. 그런 면에서 보면 그 두 분은 아직 젊은데도 마타타비 맛을 제대로 즐길 줄 알아요."

가게 손님에 관해 이러쿵저러쿵 말하는 일이 좀처럼 없는 마스터가 신기하게도 두 녀석을 치켜세웠다. 그만큼 녀석들이 좋은 손님이라는 거겠지.

최근에는 질 낮은 마타타비도 많이 나돌아서 쉽게 발에 넣을 수 있게 됐지만 그만큼 진짜가 뭔지 모르는 풋내기들이 늘어난 것도 사실이다. 그렇게 겉멋만 부리는 놈들이 허세에 절어서 연기만 뿜어대니 눈꼴사납다. 간혹 질 나쁜 마타타비에 취해 정신 못 차리는 녀석들도 있어서 마주치면 꽤나 골치 아프다.

마타타비는 세 겹의 구조로 되어 있다. 가장 안쪽에 '필러'라는 내용물을 채우고 그걸 '바인더'라고 하는 잎으로 감싼 다음, '래퍼'라는 잎으로 한 번 더 감싸 마무리한다. 맛을 좌우하는 건 당연히 안에 들어가는 필러지만, 바인더나 래퍼까지 고급스러운 제품은 좀처럼 구하기 어렵다.

좋은 마타타비를 발에 넣기 위해 애쓰는 고양이야말로 취했을 때도 품위를 잃지 않는다.

"밖에 눈이 내리는 모양이네요."

"어쩐지 추워진 것 같더라니."

"가게 문을 조금 일찍 닫아야겠네요. 오늘 밤은 두 분 전용 대관입니다."

말을 마치고 마스터는 서둘러 외부 간판의 불을 껐다. 이제 더는 손님이 없을 것이다. 트럼펫이 조용한 실내 공기를 핥듯이 애잔한 멜로디를 연주하고 있었다.

"눈이 그칠 때까지 편히 계세요."

"고맙네."

"그 대신이라고 하기엔 좀 그렇지만 저도 한 대 피워도 될까요?"

손님 앞에서는 언제나 서빙 역할에만 충실하던 마스터가 드물게 그런 말을 꺼냈다.

"이미 가게 문은 닫지 않았나. 우린 신경 쓰지 말라고."

외눈이의 말에 나도 가볍게 고개를 끄덕였다. 그러자 마스터는 캐비닛에서 마타타비 한 대를 꺼낸 뒤 헤드를 커팅해 흡입구를 만들었다. 물론 V 커팅이다.

"오늘 같은 날은 마타타비 맛이 유독 좋은 법이지."

"동감이야."

"이럴 때 마타타비에 어울리는 괜찮은 안주라도 있으면 좋을 텐데……."

마스터에게 별다른 뜻은 없어 보였지만 나는 외눈이에게 슬쩍 눈짓을 보냈다. 이쯤에서 적당히 이야기하면 좋을 텐데. 억지로 하라는 건 아니지만 이런 조용한 밤이라면 녀석도 털어놓을 생각이 들지 않을까 싶었다.

"알았다, 알았어."

외눈이는 가볍게 웃더니 드디어 운을 뗐다.
"내가 집고양이였다는 소문은 둘 다 들어서 알고 있지?"
마타타비의 풋 부분을 성냥불로 굽던 마스터가 얼떨떨한 표정으로 외눈이에게 눈을 돌렸다. 설마, 이 남자가 자기 과거를 털어놓으리라고는 생각 못 했을 것이다. 나도 마찬가지였다. 눈짓을 보내긴 했으나 솔직히 기대는 하지 않았다.
"그래, 맞아. 나도 한때 집고양이로 살았던 적이 있어." 외눈이는 마타타비를 입에 물고 천천히 들이마신 후 입안에서 연기를 굴렸다.
"그런데 어쩌다가……."
"훗. 인간의 사정이라는 것도 있으니까."
인간의 사정—. 그 말을 이놈 입에서 몇 번이나 들었을까. 내가 인간에 대한 불만을 털어놓을 때도 외눈이는 똑같이 그렇게 말했다. 집고양이로 살아본 적이 있으니까 인간들의 그 사정이라는 것도 짐작할 수 있는 거겠지.
"내 주인은 좋은 녀석이었어. 고양이를 무척이나 좋아해서 나를 진심으로 아껴줬지. 고양이한테 뭐가 가장 행복한지를 늘 고민하는 여자였어. 내 땅콩이 아직 온전한 것도, 정말 거세하는 게 맞는지 끝까지 고민했기 때문이야. 게다가 완전히 집 안에서만 키운 것도 아니었어."
"주인이 여자야?"
"남편도 있었어. 다른 식구도 같이 살았지만 내 주인은 오직 그 녀석뿐이었다."

'내 주인은 오직 그 녀석뿐—.' 과거를 떠올리는 외눈이의 옆모습은 지금까지 본 적 없을 만큼 온화했다. 이런 표정을 짓게 만드는 인간이라니, 도대체 어떤 여자인지 더욱 궁금해진다. 차분히 이야기를 들어보자.

내가 본격적으로 자리를 잡고 앉자, 마스터도 카운터 밖으로 나와 외눈이 옆에 자리 잡았다. 두 마리 사이에 낀 모양새가 되자 녀석은 어디부터 이야기하면 좋을지 고민이라도 하듯 마타타비 연기가 자욱한 천장을 올려다보았다. 그토록 자신의 과거를 꼭꼭 숨겨왔던 녀석의 마음이 지금 막 풀리려 하고 있었다.

고드름 끝에 맺힌 물방울이 갑자기 뚝, 떨어지듯 그렇게 외눈이의 과거 이야기가 시작되었다.

"나는 꼬맹이 때 '냥줍'당했어. 뼛속까지 얼어붙을 것 같은 추위에 지독한 고양이 감기[+]에 걸린 상태에서 업둥이가 됐지."

외눈이가 하나 남은 눈을 가늘게 뜨고 회상에 잠긴 듯한 얼굴을 했다. 그 표정에는 주인에 대한 애정과 다른 여러 가지 감정이 뒤섞여 있었다.

복잡한 눈빛은 결코 조명 탓이 아니었다.

[+] 주로 클라미디아·칼리시·헤르페스·바이러스 등에 감염되어 발병한다.

「우와, 새끼 고양이네.」

인간의 목소리에 외눈이는 소리가 나는 쪽으로 고개를 돌렸다. 사박사박, 흙 밟는 소리가 점점 가까워졌다. 그러나 아무것도 보이지 않아서 들려오는 발소리에 몸을 떨 수밖에 없었다.

아직 새끼 고양이였던 외눈이는 고양이 감기에 걸린 탓에 두 눈이 눈곱으로 뒤덮여 제대로 볼 수 없었다. 엄마가 몇 번씩 얼굴을 핥아주었지만 계속해서 생기는 눈곱으로 인해 간신히 눈을 떠도 눈꺼풀은 이내 다시 들러붙었다. 그게 계속 반복되던 와중에 엄마와도 떨어져 어딘지도 모르는 곳을 헤매는 중이었다. 엎친 데 덮치기로 비까지 내리고 있었다.

사박, 지면을 밟는 소리가 바로 눈앞에서 들려왔지만, 달아날 기운조차 남아 있지 않았다.

「진흙투성이네. 흠뻑 젖기까지……」

"엄마…… 어디 있어……?"

「엄마가 없니?」

무섭고 외로웠던 외눈이는 허둥대는 것밖에 할 수 있는 게 없었다. 배도 고프고, 무엇보다 너무 추웠다. 몸은 달달 떨리고 발바닥의 감각조차 느껴지지 않았다. 엄마의 따뜻한 품이 그립고, 몸을 핥아주던 다정한 혀가 그리워서 있는 힘을 다해 소리쳤다.

"엄마…… 어디야? 엄마! 도와줘……. 무서워…… 엄마!"

「아, 어떡하지? 어미 고양이가 없는 것 같은데, 데려가도 괜찮을까?」

인간은 잠시 머뭇거리는 듯했으나 외눈이가 너무나도 비통하게 울어서 그랬는지 구조하기로 마음먹은 듯했다. 몸이 둥실, 가볍게 들어 올려지더니 어딘가로 옮겨졌다.

"엄마! 엄마아—!"

외눈이는 공포에 떨었다. 마구 소리를 질렀지만, 엄마의 기척은 어디에도 없고 소리가 울리는 낯선 공간으로 옮겨졌다. 뜨뜻미지근한 공기가 몸을 감싸고 은은하게 달콤한 향기가 났다. 그곳이 욕실이라는 걸 알게 된 건 한참 후의 일이었다.

「조금만 참아.」

바닥에 놓이기가 무섭게 별안간 폭우가 쏟아졌다. 하지만 차가운 물이 아닌 따뜻한 물이 몸을 부드럽게 때렸다. 그것이 하늘에서 떨어지는 게 아니라 인간이 손에 들고 있는 물건에서 나온다는 것도 눈곱이 떨어지고 왼쪽 눈꺼풀이 떨어진 다음에야 알았다. 오른쪽 눈꺼풀은 아직 들러붙은 채였지만 상황을 파악하기에는 충분했다.

풀도 나무도 없는 지면. 그곳을 흐르는 따뜻한 물. 인간은 목 주변과 등은 물론 배까지 구석구석 외눈이의 몸에 따뜻한 물을 끼얹었다. 그러는 동안에 체온이 돌아왔다. 무서웠지만 몸이 데워져서 기분이 좋아지니 마음에도 여유가 생겼다.

「사람이 쓰는 샴푸는 안 되겠지? 어떻게 한다……. 일단 따뜻해지면 괜찮아지겠지.」

 인간은 혼자 중얼거리며 외눈이의 몸을 충분히 적신 다음 다리와 꼬리를 꼭 짜서 물기를 털었다. 그리고 이번에는 털과는 다른 부드럽고 폭신한 것으로 몸을 거칠게 쓱쓱 문지르기 시작했다. 젖은 털이 점차 말라가는 것이 느껴졌다.

「됐다, 이걸로 끝!」

 다시 몸을 감싸더니 소리가 울리는 방에서 꺼내졌다. 바닥에 내려놓는 순간, 외눈이는 엄마를 찾아 내달렸지만, 이번엔 밀실이 아닌가. 게다가 인간이 입을 잔뜩 벌린 정체 모를 물건을 손에 들고 다가왔다. 역시 인간은 믿을 게 못 된다. 그렇게 생각한 외눈이는 엄마를 불러제꼈다.

"엄마, 살려줘! 날 잡아먹으려고 해, 엄마아!"

 나가는 문을 찾았지만, 노력이 허무하게도 외눈이는 밀실 구석으로 몰렸다.

「무서운 거 아니야.」

 위이이이잉! 갑자기 위세 등등하게 짖어대는 소리가 났지만, 다행히 공격해 오지는 않았다. 인간의 목소리도 아니었다. 소리는 손에 쥔 물건에서 났다. 게다가 그 입에서 따뜻한 바람이 나오고 있었다.

「어때, 괜찮지? 털을 안 말리면 감기 걸리니까.」

 엄마의 혀와는 달랐지만, 인간의 손이 따뜻한 바람으로 털을 세우듯이 말려주니 기분이 좋았다. 축축했던 털에서 물기가 말끔히 날아가자, 엄마 품에서 형제들과 몸을 맞대고 잘 때처럼 온몸이 포근하게 감싸이는 느낌이었다.

고양이는 원래 굴속에서 살던 동물이다. 그래서 몸을 감싸는 공간에 있으면 안정감을 느낀다.

"엄마……"

「우유 마실까? 자, 먹어봐.」

눈곱은 깨끗하게 떨어졌지만, 한쪽 눈밖에 떠지지 않았고 시야는 흐릿했다. 그래도 간신히 볼 수 있게 된 세상은 외눈이에게 안도감을 안겨주었다. 어디선가 좋은 냄새가 풍겨 오더니 눈앞에 그릇이 놓였다.

우유다. 배가 고팠던 외눈이는 그릇에 얼굴을 들이밀었다. 너무 바짝 들이밀었는지 우유가 코로 들어가는 바람에 크읏취! 재채기가 나왔다. 인간이 웃었다.

「급하게 먹지 않아도 돼.」

인간이 보는 앞에서 외눈이는 우유를 핥았다. 엄마 젖과는 달랐지만 나름대로 맛이 좋았다.

정신이 팔려서 눈 깜짝할 사이에 해치우고 그릇에 남은 냄새를 음미했다. 배가 빵빵하게 불러오자, 인간은 외눈이를 살포시 안아 올렸다.

「맛있었니? 너무 예뻐졌네! 남자아이인가? 새하얀 백설기 같아. 어쩜, 코랑 젤리도 핑크야. 와, 천사가 따로 없네. 배도 볼록 나오고.」

고양이를 어지간히도 좋아하는 모양이었다. 외눈이를 마음에 쏙 들어 했고, 외눈이도 다소 거친 면이 있기는 하지만 엄마처럼 자신을 보살펴 주는 존재에게 서서히 마음을 열었다. 엄마가 보고 싶기는 했지만 배가 부르니 금세 졸음이 몰려와서 그대로 꾸벅꾸벅 졸기 시작했다.

「병원에 갈까? 이쪽 눈이 안 떠지네……. 병일지도 몰라.」

타올로 감싼 뒤 종이 상자에 넣어진 외눈이는 다시 다른 장소로 옮겨졌다. 불안하지 않은 건 아니었지만 엄마와 떨어져 며칠을 떠돌던 터라 지친 나머지 곯아떨어지고 말았다.

그리고 긴 시간이 흘렀다. 완전히 잠에 취해 있던 외눈이는 종이 상자에서 꺼내져 공중에 붕 뜨는 느낌이 들어 잠이 깼다. 정신을 차리고 보니 받침대 위에 올려져 있었다.

가끔 엄마를 따라가 들여다보던 생선가게에 비슷한 게 있었다는 사실이 떠올랐다. 그 위에는 외눈이가 제일 좋아하는 생선이 올려져 있었고…… 자신도 그 생선과 같은 운명을 맞는 건가 싶은 생각이 들자 갑자기 걷잡을 수 없는 공포가 엄습했다.

"사, 살려줘!"

「어이쿠, 건강하네. 아직 어리긴 해도 다리가 굵고 탄탄해서 크게 자랄 거예요.」

흰옷을 입은 인간이 외눈이의 몸을 에워싸고 이리저리 만지작거렸다. 특히 떠지지 않는 눈에 관해 이런저런 검사를 한 모양이었다.

"으악! 살려줘요, 엄마!"

「괜찮아, 괜찮아. 선생님한테 얌전히 보여줘야지.」

실랑이를 벌이는 사이 외눈이는 배에 통증을 느꼈다.

뱃속에서 구르륵구르륵 소리까지 나기 시작했다. 이거 큰일 났구나, 생각하던 찰나, 인간은 믿을 수 없게도 엉덩이에 체온계를 찔러넣었다.

나는 경험이 없어 모르지만 그건 할 짓이 못 되는 모양이었다. 안 아프다고 다 괜찮은 건 아니었다. 외눈이 말로는 고양이로서의 존엄이 짓밟히는 느낌이 든다고 했다.

흰옷을 입은 남자는 시치미 뗀 얼굴로 외눈이의 비위를 맞추려고 말을 걸어왔다.

「내가 잠깐만 볼게, 조금만 참아—. 금방 끝나니까.」

「수컷이에요?」

「네, 수컷이네요. 목욕은 하고 데려오신 거죠?」

「네. 일단 따뜻한 물로 씻기만 했어요.」

「잘하셨어요. 사람이 쓰는 샴푸는 고양이한테 자극이 심하니까 앞으로 또 목욕시킬 거면 고양이 전용 샴푸를 쓰세요.」

「알겠습니다.」

여자가 들러붙은 오른쪽 눈에 대해 질문하자 흰옷 입은 남자는 체온계를 엉덩이에 찔러넣은 채 바로 답을 했다.

「오른쪽은 안구가 없네요.」

「네?」

「가끔 그런 애들이 있어요. 까마귀한테 쪼였다든가 선천적일 수도 있고, 잡균이 들어가서 녹아 없어지기도 하고요. 그래도 왼쪽이 남아 있으니까 괜찮아요.」

「그런가요? 다행이다.」

한편, 배 상태가 점점 심각해진 외눈이는 엄마를 부르며 울부짖었다.

「오, 그래. 조금만 더 참으면 돼―.」

말 그대로 고양이 쓰다듬듯 간드러진 목소리로 달랬지만 인내심은 한계에 달하고 있었다.

「그런데 배가 좀 불러 있는 것 같은데, 혹시 뭐 먹이셨어요?」

「급한 대로 우유를……」

「아, 우유 말인가요?」

「혹시, 먹이면 안 되는 거였을까요?」

그 질문에 남자가 대답하기도 전에 엉덩이 쪽에서 체온계가 삐삑 소리를 냈다. 동시에 배에서도 요란한 소리가 났다. 꾸르륵 꾸륵!!

체온계가 빠지는 순간, 외눈이의 엉덩이가 폭발을 일으켰다.

"설사였어."

크크크, 지난 일을 떠올리며 웃는 외눈이를 따라 나도 덩

달아 어깨가 들썩이도록 웃었다. 마스터도 예외는 아니었다.

"크크크큭! 설사라니! 우유라는 말을 듣고 설마 했는데……
푸하하하하!"

"너무 대놓고 웃으시는 거 아니에요, 잘린 귀 씨…… 풉, 크
하하하!"

"마스터가 할 말은 아닌 것 같네만."

"그거야, 외눈이 씨도 웃고 계시니까……히익, 으하하하
핫!"

"나도 참는다고 참았어……. 근데, 더는 무리야."

세 마리가 어깨를 들썩이며 한참을 웃었다.

소젖은 우리 고양이 몸에는 맞지 않는다. 염소젖이나 고양
이용으로 특별히 가공한 우유가 아니면 배탈을 일으킨다.
사람이 마시는 우유를 그대로 주면 삐—, 절대로 안 된다. 나
도 같은 일을 겪어봐서 잘 안다.

"고양이는 좋아해도 키워본 적은 없는 모양이군."

"하긴, 인간들은 우리를 잘 아는 것 같으면서도 의외로 잘
모른다니까."

"금방 낫기는 했지만 나도 어찌나 놀랐는지. 그런데 녀석이
흰옷 입은 남자한테 '죄송합니다, 죄송합니다' 하면서 연신
사과하는 거야. 나한테도 말이지. 그러고는 다른 방으로 끌
려가 다시 목욕을 했지. 이번에는 샴푸라는 걸로 온몸을 문
질러서 '냥빨'을 당했어."

그때 일을 이야기하는 외눈이의 얼굴은 행복해 보였다. 어릴 때였다고는 해도 그렇게 꼴사나운 모습은 별로 떠올리고 싶지 않을 법도 한데. 그런데도 마치 즐거운 추억이라도 되는 양 웃고 있었다.

그만큼 녀석에게는 좋은 기억으로 남아 있다는 뜻이겠지. 외눈이가 예전 주인에게 품고 있는 애정이 절절하게 전해지는 것만 같다. 종을 뛰어넘은 상대를 향한 따뜻한 마음이 굳이 말로 표현하지 않아도 느껴졌다.

"그 후로 녀석은 고양이 키우는 법을 하나하나 공부하기 시작했어. 먹이도 좋은 것만 사줬고. 키튼용이라는 게 있더라고. 혹시 들어봤어, 키튼용? 새끼 고양이가 먹는 걸 그렇게 부른대. 간식으로는 삶은 닭가슴살이나 익힌 꽃멸치+를 주기도 했어. 꽃멸치, 진짜 맛있었는데."

"이야, 외눈이 씨. 아주 왕자님처럼 살았었군요."

마스터가 의외라는 얼굴을 했다. 나도 마찬가지다. 설마 하니 이놈이 그런 유복한 어린 시절을 보냈을 줄이야. 마타타비 안주로 이만한 게 없었다.

"그렇게 자란 것치고는 싸움 실력이 굉장하시잖아요. 대체

+ 청어과에 속하는 바닷물고기. '샛줄멸'이 정식 명칭이지만 꽃멸치라는 이름으로 더 많이 알려짐.

어디서 배우신 거예요?"

"나는 외출냥이로 자랐거든. 동네에 소름 끼칠 정도로 센 놈이 있었는데, 어릴 때는 하루가 멀다고 놈한테 쫓겨 다녔어. 물론 덤벼들기도 했지. 싸우는 법은 그 대장 고양이한테 다 배웠다고 해도 과언이 아니야."

"그렇게 당하면서도 밖으로?"

"홀딱 반한 암컷이 있었거든. 내가 좀 조숙했어."

후훗, 짧게 웃은 외눈이가 마타타비를 입으로 가져가 느긋하게 피웠다.

그 사이 BGM은 빅 밴드의 연주로 바뀌어 있었다. 음원이 오래되었는지 소리가 맑지 않았지만 그게 오히려 운치를 더해 곡이 깊이 있게 느껴졌다.

"그 대장 고양이 말고도 널 강하게 만든 놈이 있었겠지?"

나는 확신을 갖고 말했다. 만난 지 얼마 안 됐을 무렵, 녀석은 이미 보스급 관록을 갖추고 있었다. 도저히 집고양이 출신이라고는 믿기 어려울 만큼 정신적으로도 강인했다. 그 때문에 집고양이였다는 소문을 선뜻 믿지 못했다.

한 번쯤은 생지옥을 맛봤을 것이다.

"맞아. 나를 강하게 단련시킨 건 다름 아닌 인간이었어."

그 이야기를 시작하는 외눈이의 표정이 지금까지와는 조금 달랐다. 즐겁기만 한 추억은 아니라는 것쯤은 어렴풋이 짐작할 수 있었다. 물어도 될지 망설였지만, 녀석은 그런 내 마음을 다 안다는 듯 내 어깨를 앞발로 툭툭 두드렸다. 듣자 하니 외눈이의 주인에게는 남편이 있고, 남편의 어머니, 즉 여자의 시어머니라는 인간이 함께 살았다고 한다.

"그 시어머니가 나를 어찌나 눈엣가시로 여기던지······. 좀 고약한 할멈이었거든."

외눈이는 고드름 끝에서 스며 나오는 물방울처럼 조용한 말투로 다시 과거 이야기를 이어 나갔다.

「유리코, 그 기분 나쁜 고양이 좀 어디 다른 집으로 보내면 안 될까?」

그렇게 말한 건 시어머니였다. 외눈이가 구조되고 1년이 지나려 할 즈음, 그때까지 조용했던 집에 갑자기 남자 여럿이 우르르 들이닥쳐 짐을 옮기는가 싶더니 순식간에 사라졌다. 수많은 짐들과 함께 남은 건 인간 할멈이었다.

같이 살게 되었다는 사실을 깨닫기까지 며칠이 걸렸다. 이해하지 못했다기보다 그 사실을 받아들이고 싶지 않았던 듯하다. 하지만 현실은 가차 없었다. 외눈이와 주인 부부가 누려오던 평화로운 일상은 그날을 기점으로 송두리째 바뀌게 된다.

「죄송해요, 어머니. 그래도 이 애는 이미 우리 가족인걸요. 다른 데 보낼 생각은 없어요. 보세요. 이렇게 잘 따르잖아요. 익숙해지면 한쪽 눈이 없는 것도······」

「아우, 난 싫다. 내 눈에 안 띄게 해라!」

원래부터 동물을 싫어했던 시어머니는 외눈이를 섬뜩하게 여겼고, 보일 때마다 쉬쉬! 하며 듣기 싫은 목소리로 쫓아냈다. 주인은 그러지 말라고 몇 번이나 말했지만 시어머니라는 사람은 멈추는 법이 없었다. 오히려 보란 듯이 외눈이를 싫어했고 이번에는 주인이 안 보는 곳에서 괴롭히기 시작했다. 그 사실을 알아차린 주인이 남편에게 여러 번 하소연하는 걸 외눈이도 듣게 되었다.

「어머니가 나 일하러 가고 없을 때 애를 괴롭히는 것 같아. 요즘 내가 없을 때는 계속 밖에 나가 있는 모양이야. 봐, 여기도 다쳤잖아.」

시어머니가 자러 들어간 뒤 부부는 거실에서 대화를 나눴다. 자기 얘기라는 걸 알아차린 외눈이는 곧바로 주인 무릎 위로 올라가서 두 사람의 대화에 귀를 기울였다.

「당신이 어머니한테 뭐라고 말 좀 해.」

「괴롭히다니…… 기분 탓이겠지. 아무리 그렇기로서니 엄마가 그런 짓 할 사람은 아니야.」

「하지만 어머니만 보면 잔뜩 경계하는 게, 문제가 보통 심각한 게 아니야. 요전에도 어머니 발소리만 들리면 으르렁대더라니까. 그렇지?」

주인이 동의를 구하자, 외눈이는 "맞아!" 하고 대답했다. 인간이 고양이의 말을 알아들을 리 없지만 그래도 그녀는 외눈이의 호소를 남편에게 전하려고 애썼다.

「봐, 맞다잖아.」

「그냥 우는 것뿐이잖아.」

「맞다고 대답한 거지?」

남편은 믿지 않았지만, 그녀가 하는 말은 대부분 사실이었다.

시어머니는 틈만 나면 슬리퍼를 들고 때리려 하거나 물건을 집어 던지는 등 끊임없이 외눈이를 위협해 공포로 몰아넣었다. 자고 있을 때면 갑자기 큰 소리를 내서 화들짝 놀라는 외눈이를 보며 깔깔 웃기도 했다. 대단한 할망구다.

기분이 좋을 때는 놀리면서 장난감처럼 가지고 놀고, 기분이 나쁠 때는 스트레스 해소용으로 마구 분풀이를 해댔다.

결국 그날 대화에서는 아무것도 해결되지 않았다. 시어머니는 이후로도 계속 외눈이를 몰래 괴롭혔고, 시어머니가 잠자리에 들어 사위가 조용해지면 주인이 남편에게 하소연하는 일이 몇 번이나 반복되었다. 좋은 환경이라고는 할 수 없었지만 그래도 주인은 아르바이트를 마치고 돌아오면 외눈이를 한껏 귀여워해 주었고 밥도 충분히 챙겨주었다. 게다가 밤마다 주인과 이불 위에서 함께 잠드는 일은 외눈이에게 무엇과도 바꿀 수 없는 행복이었다. 그것만으로 충분했다.

하지만 상황이라는 건 조금씩 변하기 마련이다.

밖에서의 싸움으로 자신감을 얻은 외눈이는 점차 시어머니에게 반격하기 시작했다. 달라진 외눈이의 태도에 시어머니의 증오는 점점 더 커졌고, 관계는 회복할 수 없는 지경으로 악화했다. 그리고 어느 날, 결정적인 사건이 일어났다.

같이 살게 된 지 2년. 외눈이가 마침내 본성을 드러내고 만 것이다.

「또 여기 있네! 내 눈에 띄지 말라고 했지!」

그날은, 남편은 퇴근 전이었고 주인도 아직 아르바이트에서 돌아오지 않은 상태였다. 보통 이 시간엔 늘 밖에 나가 있었지만, 비가 오는 탓에 할멈밖에 없는 집에서 주인을 기다리고 있었다.

「어딜 사람한테 하악질을! 내가 아들한테 못된 늙은이 취급받는 것도 다 네놈 때문이야!」

"시끄러워. 할망구!"

「진짜 꼴도 보기 싫은 고양이라니까!」

"내가 먼저 들어왔어! 할멈이 끼어든 거라고!"

「아유, 징그러워! 이 망할 놈의 고양이. 내가 열 받아서 진짜!」

그날은 그 어느 때보다 유난히 기분이 나쁜 모양이었다. 외눈이가 있는 방문을 닫더니 슬리퍼를 손에 들고 쫓아왔다. 그리고 가차 없이 엉덩이를 때리기 시작했다.

「이 썩을 것! 요망한 고양이 새끼! 짐승 같은 건 정말 재수 없다고!」

좁은 방 안에서 도망칠 데라고는 없었다. 심지어 꼬리를 잡아당겨 캣타워에서 떨어뜨리기까지 했다. 궁지에 내몰린 외눈이의 눈앞으로 할머니의 발이 성큼성큼 다가왔다.

이대로 있다간 밟힌다—. 그런 절체절명의 위기에 직면하면 저도 모르게 본능적으로 달려들어 무는 게 당연지사다.

「아얏! 아…… 아파! 아프…… 어딜 무는 거야!」

할머니가 비명을 질렀다. 피를 보자 얼굴색이 바뀌더니 절뚝거리며 서둘러 방을 나갔다. 외눈이도 재빨리 방에서 튀어나가 밖으로 도망쳤다. 그리고 주인이 돌아올 시간이 되어도 돌아가지 않았다. 그대로 집을 나가버릴까, 생각도 했지만, 걱정스럽게 자신을 애타게 찾는 목소리와 배고픔을 견디지 못해 밤이 완전히 깊어진 뒤에야 돌아갔다고 한다.

하지만 집 안에서는 천적이 기다리고 있었다. 주인의 품에 꼭 안겨 집에 들어섰지만, 외눈이를 보자마자 또다시 할머니의 날 선 목소리가 울려 퍼졌다.

「그 물건은 왜 또 데려온 거냐!」

「우리 애니까요.」

「그것이 날 물었다니까! 뭐, 저딴 고양이가 다 있어! 유리코, 당장 갖다 버려!」

악에 받쳐 무는 바람에 시어머니의 다리는 통통 부은 채 붕대가 감겨 있었다. 더는 쫓아오지 않았으나 외눈이를 노려

보는 얼굴이 그 어느 때보다 사납게 변해 있었다. 하지만 주인도 만만치 않게 얼굴에 증오심을 드러내 보였다.
「어머니, 애한테 대체 무슨 짓을 하신 거예요?」
「내가 뭘 했다고 그러냐! 그 고양이가 날 물었다잖아!」
「알아요. 그래도 아무 이유 없이 물거나 그러지 않아요.」
「오냐, 알았다. 나 같은 늙은이 따위, 얼른 죽었으면 좋겠지?」
「엄마, 제발! 그렇게 몽니 좀 부리지 마요.」
남편이 중재에 나섰지만, 전혀 소용이 없었다. 그만큼 두 사람의 관계는 돌이킬 수 없을 만큼 틀어져 있었다. 외눈이가 이 상황을 잠자코 지켜보는 가운데 마침내 주인이 결심한 듯 말했다.
「끝까지 인정 못 하시겠다면, 좋아요. 증거를 보여드리죠.」
그녀는 외눈이를 꼭 안은 채 늘 갖고 다니는 스마트폰이라는 얄팍한 기계를 조작해 화면을 두 사람에게 내보였다.
「감시카메라에 다 찍혔다고요. 다른 것도요! 자, 보세요!」
외눈이가 있는 곳에서는 보이지 않았지만, 그것이 외눈이를 학대하는 시어머니의 모습이라는 걸 소리로 알 수 있었다.
「엄마, 이거……」
남편은 말을 잃었다. 자기 엄마의 모습에 충격을 받은 듯했다. 시어머니도 말문이 막혔지만 이렇게까지 궁지에 내몰리면 인간은 오히려 정색하고 뻔뻔하게 나오는 모양이다.

「아이고, 내가 못 산다. 감시카메라? 세상에, 이런 며느리가 세상천지에 어디 있다니!」

시어머니는 자신이 한 짓은 제쳐두고 외눈이 주인을 탓했다. 그러나 그녀도 잠자코 있지만은 않았다.

「어머니가 이 애를 학대한다는 확신이 있었으니까요. 증거를 보여드리면 그만두실까 생각해서 그랬어요.」

「잠깐, 뭐? 유리코, 그렇다고 감시라니…… 사람을 범죄자 취급이나 하고…….」

훌쩍이며 울기 시작한 시어머니를 보며 외눈이 주인은 한숨을 내쉬었다. 거짓 눈물이라는 건 남편도 아는 듯했다. 하지만 그렇게라도 마음이 풀리면 나아질지도 모른다고 생각했는지 어깨를 감싸안으며 달랬다.

시어머니는 겨우 진정하고 자기 방으로 돌아갔지만, 남편과 주인 사이에는 부부싸움이 시작됐다.

「감시카메라라니, 아무리 그래도 너무한 거 아냐?」

「알아. 하지만 봐. 이렇게 심하게 학대하고 있었다고. 그러니까 요즘 얘가 집에 안 들어오잖아. 더는 같이 못 살겠어. 참을 만큼 참았다고.」

여자가 울음을 터뜨리자, 남편은 난감하다는 듯 깊게 한숨을 쉬었다. 이른바 '딜레마'라는 상황에 빠진 것이다. 양쪽 다 소중해서 포기할 수 없으니 단호하게 결단을 내릴 수 없다.

「엄마가 잘못했다는 건 알아. 하지만 아버지 먼저 보내고

「혼자시잖아. 내가 이렇게 부탁할게. 어지간한 일은 그냥 넘어가면서 잘 좀 지내줘.」

「어지간한 일? 어지간한 일이 뭔데? 이게 그냥 넘어갈 일이야?」

「그래, 미안해. 내가 말을 잘못했어. 어지간한 일은 아니지.」

「내 말이 그 말이야! 고양이만 괴롭히지 않는다면 나도 잘 지낼 수 있어. 다른 건 다 참을 수 있어도 고양이를 괴롭히는 건 절대 못 참아.」

「하지만 당신이 나랑 아무 상의도 없이 데려온 거잖아. 어머니 모시기로 한 건 정해져 있던 거고.」

「잠깐만, 그 얘길 지금 와서 꺼낸다고? 그리고 상의 없이 데려온 건 맞지만, 어머니 모시는 건 '고양이랑 잘 지낼 수 있으면 그러겠다'라는 게 조건이었어. 기억 안 나?」

「미안, 미안. 그랬네. 기억해. 정말…… 왜 자꾸 일이 이렇게 되는 거야.」

두 손으로 얼굴을 감싼 채 고개를 떨군 남편을 보자 외눈이 주인도 마음이 안 좋았는지 슬픈 표정을 지었다. 외눈이에게도 미안하다며 목을 쓰다듬어 주었다. 아무리 고양이라지만 마음이 몹시 불편했다. 외눈이는 조금이라도 위로가 되길 바라면서 골골송을 불렀다. 주인은 그게 또 기쁜 모양이었다. 외눈이를 꼭 끌어안고 뺨을 비볐다.

제5장 떠나는 자

「이렇게 귀여운데……」

두 사람은 어떻게든 다 같이 잘 지내보려고 부단히 애썼다. 하지만 이런 생활이 영원히 계속될 수는 없었다. 그로부터 한 달쯤 더 지난 어느 날의 일이었다. 사건은 예고 없이 벌어졌다.

「어머니, 잠깐 나갔다 올게요.」

「어딜?」

「병원이요. 백신 접종할 때가 돼서요.」

「어머, 동물 같은 것도 백신 접종을 해? 아주 호강하네. 그럼, 나가기 전에 이 회람판 좀 옆집에 갖다주고 올래? 까맣게 잊어버리고 있었네.」

시어머니가 내민 걸 본 주인이 당황해서 안의 내용을 확인했다.

「이거, 언제 거예요? 잠깐, 우리 집에서 2주나 갖고 있었잖아요!」

「그러니까, 지금 당장 갖다줘라. 제대로 사과도 하고.」

이동장 안에 들어간 외눈이는 현관으로 향하는 주인을 눈으로 배웅했다. 현관문이 닫히자마자 시어머니가 재빠른 동작으로 거실에 남겨진 외눈이의 이동장에 모포를 씌우는 게 보였다. 순식간에 사방이 암흑에 휩싸였다.

"엄마아, 어디 있어?"

무슨 일이 일어나고 있는지 알지 못한 채 주인을 부르며 울었지만, 이동장이 붕 뜨는가 싶더니 이내 밖으로 들려 나갔다. 이동장이 한동안 흔들렸다. 익숙한 동네 주택가와는 다른 냄새가 났다. 그리고 들려오는 익숙하지 않은 소리. 자동차 달리는 소리가 크게 들려왔다. 게다가 평소와는 다른 차에 실리는 듯한 소리가 났다.

「손님, 어디까지……」

「바로 출발해요. 일단 출발!」

재촉하는 시어머니의 목소리에 목적지가 동물병원이 아니라는 걸 확신했다. 큰 소리로 주인을 불렀지만 때는 이미 늦었다. 그래도 포기하지 않고 울부짖자, 모포 위로 이동장을 두드리며 버럭 소리를 질렀다.

「시끄러워!」

그로부터 한 시간쯤 지났을까. 차가 멈추고 외눈이는 다시 어딘가로 옮겨졌다. 모포가 벗겨진 이동장 앞에는 처음 보는 낯선 풍경이 펼쳐져 있었다. 시어머니는 차를 기다리게 한 뒤 인기척 없는 공터 안으로 들어가 이동장을 바닥에 내려놓고 문을 열었다.

「쉬이! 쉬이! 빨리 나가!」

밖으로 내쫓긴 외눈이는 그대로 도망쳤다. 뒤를 돌아보니 만족스러운 얼굴을 한 시어머니가 발길을 돌려 공터를 빠져나가는 모습이 보였다. 계획적이었던 거다. 귀신도 울고 갈 훌륭한 솜씨였다.

이렇게 외눈이의 집고양이 생활은 막을 내렸다.

"그런 짓까지 하다니……."
너무나도 어이가 없었다. 마스터도 같은 심정인 듯했다.
고양이의 집념이 무섭다고들 하지만 인간도 만만치 않다. 자기 손으로는 잡을 수 없는 외눈이를 어떻게 잡아서 데리고 나갈까 늘 궁리했을 것이다. 호시탐탐 기회만 노리고 있었겠지. 주인도 설마 그렇게까지 하리라고는 상상도 못 했을 게 분명하다.
"낯선 곳에 내팽개쳐졌지만, 어쨌든 그 할멈이랑 수없이 싸운 경험 덕분에 웬만한 일에는 눈도 깜짝 안 하게 됐어. 깡다구 있게 사는 법을 배운 셈이지."
"보고 싶지는 않냐?"
내 물음에 외눈이는 덤덤하게 답했다.
"왜 안 보고 싶겠어."
솔직한 태도에 조금 놀랐지만 앞을 향한 채 마타타비를 재로 만드는 외눈이의 옆얼굴에는 복잡한 감정이 서려 있었다.
"지금은 포기했어. 내가 없으면 부부싸움 할 일도 없을 테니까. 나한테 그 녀석은 좋은 주인이었어. 그 녀석의 행복을 가장 먼저 생각한다면 내가 없는 편이 나아. 그리고 나 같은 건 진작에 잊었을 거야."
자신의 행복보다 주인의 행복을 먼저 생각하는 외눈이의

태도에 나는 깊이 감동했다. 하지만 마스터는 나직하게 타이르듯 말했다.

"외눈이 씨, 그건 아니에요."

나와 외눈이는 마스터를 바라보았다.

"그분은 평생 외눈이 씨를 잊지 못할 겁니다. 고양이를 좋아하는 사람은 우리가 이루 상상할 수 없을 정도로 고양이를 사랑하니까요."

조용하고 부드러운 말투라서였을까, 그 말이 마음을 울렸다. 마스터도 설마하니 인간과 깊은 인연이 있었던 걸까. 문득 그런 생각이 들 만큼 묵직한 울림을 주는 말이었다.

"자네 말이 맞네. 내가 너무 얕봤어. 아마 지금도 날 잊지 않았을 거야. 하지만 기억해 주는 것만으로도 나는 충분해."

외눈이는 기뻐 보였다. 누군가를 그리워하는 마음은, 집고양이가 되어본 적 없는 나와는 인연이 없는 감정이라고 생각했다. 그런데 문득 누군가의 얼굴이 머릿속에 떠올랐다. 나는 피식 웃음이 났다.

아아, 그런 거였구나. 바로 저런 느낌이구나.

할머니를 왜 이토록 오래 잊지 못하는 건가 했더니, 그런 이유 때문이었어. 주인을 그리워하는 집고양이와도 같은 감정이 내 안에 있다는 사실을 이제야 깨달은 것이다.

"그냥 웃고 넘기기엔 몸서리쳐질 만한 이야기였다."

외눈이의 이야기가 끝나자, 가게 안에는 정적이 감돌았다.

모두 말이 없었다.

외눈이는 헤어진 주인을, 나는 떠나보낸 할머니를, 마스터는 내가 알지 못하는 누군가를 떠올렸다. 분명 그렇다고 단언할 수 있다. 애틋하리만치 평온한 분위기였다.

그러나 모처럼 누리는 평온한 시간도 그리 오래 가지 않았다. 밖에서 들려오는 소리에 마스터가 자리에서 일어나 무슨 일인지 살피러 나갔다. 그러자 익숙한 목소리가 날아들었다.

"아직 문 닫기 전이죠? 밖의 불은 왜 꺼놓고 난리래."

"맞아요! 으, 추워라!"

가게 안으로 들어선 건 늘 붙어 다니는 두 녀석이었다. 여기까지 나란히 같이 오다니, 정말 징글징글한 놈들이다. 고양이란 자고로 고독을 즐길 줄 알아야 멋이 나는 법인데. 생각은 그렇지만 젊은 녀석들한테 그런 소릴 해봤자 꼰대 아재가 하는 허튼소리로나 들리겠지. 노묘심老猫心 따위를 내세우는 건 나의 미학에 어긋나는 짓이다.

마스터가 '괜찮을까요?' 하고 눈짓으로 물어왔다. 나와 외눈이는 눈빛을 교환한 뒤 누가 먼저랄 것 없이 고개를 끄덕였다. 어른들만의 조용한 시간도 이쯤이면 충분했다. 외눈이의 이야기는 다 들었으니까.

"마스터가 가게에서 마타타비를 피우다니, 희한하네요."

복면이 반갑다는 듯 마스터에게 묻는다. 이놈은 고양이 주제에 왜 이렇게 아무한테나 살갑게 구는지. 타고난 천성인지도 모르겠다.

"잘린 귀 아저씨는 뭐 피우세요?"

복면이 헤헤거리며 묻는다. 나는 빨갛게 변한 녀석의 코를 물끄러미 바라보며 생각했다.

이 녀석은 정말 길고양이가 맞을까?

외눈이의 이야기를 들은 지 어느덧 일주일 정도가 지났다. 여전히 추운 날이 이어지고 있었다.

눈은 아직 쌓여 있었지만, 한 시간쯤 전부터 햇빛이 기분 좋게 내리쬐고 있어서 그리 힘들지는 않았다. 지면의 냉기가 발바닥 젤리에 고스란히 느껴지긴 했으나 꽁꽁 얼 정도는 아니었다.

나는 볕이 잘 드는 곳을 찾아서 공원으로 향했다. 인간들도 슬슬 바깥 활동을 시작했고 길가에서는 아이들이 공놀이를 하고 있었다. 괜히 눈에 띄면 귀찮아질 것 같아 얼른 그곳을 지나쳤다. 조금 더 가자, 모퉁이에 있는 작은 가게에서 나이 지긋한 할머니가 가게를 보고 있는 게 눈에 들어왔다.

나는 외눈이 일은 완전히 잊은 채 한가롭게 산책을 즐겼다. 새벽녘에 쥐를 해치운 덕분에 배는 든든했다. 이제 볕 잘 드는 자리를 찾아서 낮잠만 자면 되는 거였다.

그러나 무심코 올려다본 벽에 붙은 전단지를 보고 나는 발길을 멈췄다.

"이건……."

외눈이의 사진이었다. 틀림없다. 다만 사진 속 얼굴이 지금보다 한참 어렸다. 심지어 방 안에 있는 모습이었다. 고양이용 침대와 스크래처가 놓여 있고 인간이 만든 것으로 보이는 장난감도 있었다. 예전에 복면이 마타타비값으로 마스터에게 건넸던 것과 닮은 모양이었다. 고양이를 키우는 인간의 집은 어디나 다 비슷했다. 고양이를 위한 용품들이 산처럼 쌓여 있고 호사스럽게 사는 녀석들이 많다.

자세히 보니 전단지는 여기저기 붙어 있었다. 가게 유리창에 두 장, 근처 집의 현관과 담장에도. 전단지를 따라 걸어가니 커뮤니티 센터 게시판까지 점령하고 있었다.

"뭐라고 쓰여 있는 거야……?"

왜 이런 곳에 외눈이의 사진이 붙어 있는 건지 이해할 수 없었다. 인간의 말은 알아듣지만, 글은 읽지 못한다. 수상쩍게 생각하고 있는데, 또 그 두 녀석이 걸어오는 게 보였다. 놈들은 나를 보자마자 재빨리 다가왔다.

"또 보네요, 잘린 귀 아저씨."

"너희들, 맨날 그렇게 붙어 다니냐?"

"장난해? 그냥 우연히 만난 거지. 고양이가 그렇게 붙어 다니는 동물이야?"

건방진 오일은 딱 잘라 아니라고 했지만, 두 녀석이 단짝이라는 건 진작 알고 있다. 애초에 오일 같은 성격은 조금이라도 마음에 안 드는 놈은 근처에 얼씬도 못 하게 했을 테니까. 그런데도 이렇게 자주 붙어 다니고 약속이라도 한 듯 바에 나란히 얼굴을 내민다는 건 서로를 친구로 인정한다는 거나 마찬가지다.

그게 친한 게 아니면 뭐란 말인가.

"방금 공원에서 인간이 맛있는 걸 먹고 있었거든요."

"야! 그 얘기 하지 말라니까."

"엥, 왜요?"

"또 인간한테 알랑거렸다느니 뭐라느니 잔소리할 게 뻔하잖아."

거보라니까. 붙어 다니는 거 맞지.

"그러니까, 한입 얻어먹었다, 그 말이지?"

숨겨봤자 소용없다. 내가 후훗, 웃자 오일은 머쓱한 표정을 지었다. 정비 공장 청년이 갑자기 공장을 그만둔 뒤로 한동안 꽤 고생한 듯한데, 그 고생이 내 생각보다 훨씬 심했던 모양이다.

"그래, 맞아. 그게 뭐 어때서? 요령껏 사는 거지."

"딱히 나쁘다는 건 아니야. 다만, 인간은 변덕이 죽 끓듯 하니까, 조심하라는 거지. 사냥 감각을 잃으면 고생하는 건 너다."

"진짜 맛있었어요. 달걀이랑 마요네즈…… 앗!"

복면이 내가 보고 있던 게 외눈이 사진이라는 걸 눈치챈 모양이었다. 눈이 휘둥그레졌다.

"뭐예요, 이게?"

오일이 전단지 앞으로 바싹 다가갔다.

"헤엣? 외눈이 아저씨, 선거에라도 나가나요?"

복면이 기지개를 켜면서 벽에 앞발을 대고 전단지를 바라본다.

"고양이가 출마 같은 걸 하겠냐?"

"그렇지만 이런 게 벽에 붙으면 갑자기 시끄러워지던데요? 왜, 큰 소리로 떠드는 차도 막 돌아다니고 그러잖아요."

"낮잠 자는 데 방해만 될 뿐이야. 인간들은 대체 왜 저렇게 소란스러운 건지."

고양이들의 평온한 일상을 깨트리는 인간의 활동에 대해서는 나도 같은 생각이다. 귀에 거슬리는 소리를 있는 대로 울려대는 심리를 도무지 이해할 수 없다. 아무리 우리보다 청각이 둔하다고는 하지만 어떻게 저런 소리를 내면서 아무렇지 않게 돌아다닐 수 있는지 모르겠다.

"냥타로 냥스케에게 여러분의 소중한 한 표, 부탁드립니다!"

복면이 외치자 흔치 않게 오일도 덩달아 맞장구를 쳤다.

"'냥민당은 여러분의 삶을 지켜드립니다' 뭐 이런 거냐?"

"냥냥냥, 냥민당입니다! 고양이에 의한, 고양이를 위한 정치를 목표로 열심히 뛰겠습니다!"

"올림픽, 패럴림픽을 앞두고 살처분 제로 실현을!"

"고양이 양육 지원 강화를 약속합니다! 고양이 양육 가정이 살기 좋은 세상을!"

두 마리는 신이 나서 인간 흉내를 내기 시작했다. 큰 소리로 떠들어대는 통에 시끄러워서 견딜 수가 없었다. 역시 애송이들과는 어울리는 게 아니었다.

나는 서둘러 이 녀석들에게서 달아나기로 했다. 바로 전단지를 떼어 입에 물고 걸음을 서둘렀다.

"아재! 외눈이 아재 사진은 어디로 가져가는 거야?"

오일의 목소리가 뒤를 따라왔지만 무시했다. 내가 향하는 곳은 앙꼬 할매 집이었다. 할매는 뼈가 부러져 한동안 입원해 있다가 얼마 전에 퇴원했다. 네코마타가 되기 직전인 앙꼬 할매라면 틀림없이 글을 읽을 수 있을 것이다. 여기에 뭐라고 쓰여 있는지 읽어주기만 하면 외눈이 사진이 왜 사방에 붙어 있는지 알 수 있다.

가게 옆에 있는 집 담장을 넘어 집 안을 살피며 할매를 찾았다. 커튼은 열려 있었지만 시기가 시기인 만큼 역시나 창문은 열려 있지 않았다. 나무 데크에서 낮잠을 자는 건 봄부터 늦가을 사이에나 가능한 일이다.

"앙꼬 할매, 냐야!"

몇 번을 부르자 베란다 창 너머로 할매가 모습을 드러냈다. 할매가 앞발로 새시 부분을 박박 긁기 시작했다. 나도 밖에서 거들었다. 다행히 잠겨 있지는 않았는지 창문이 살짝 움직였다. 나는 머리를 들이밀고 고양이 한 마리가 드나들 수 있을 정도의 틈을 만들었다. 할매가 느릿느릿 밖으로 나왔다. 몸집은 나보다 두세 배 작았지만, 네코마타가 될 정도로 오래 살아서인지 특유의 관록이 묻어났다.

"아유, 밖은 아직 춥네."

"미안해, 할매. 갑자기 불러내서."

앙꼬 할매의 두 번째 꼬리는 요즘 들어 점점 더 또렷해지고 있었다. 앞으로 반년쯤 지나면 실체를 드러낼지도 모른다. 아직 네코마타를 직접 본 적이 없는 나는 할매가 어떤 묘력을 쓸 수 있게 될지 조금은 궁금했다. 그만큼 네코마타는 보기 드문 존재다. 하지만 지금은 그런 걸 궁금해할 때가 아니다.

"무슨 일이냐? 낮잠 자는 걸 방해하는 데는 그만한 이유가 있겠지?"

"아주 중요한 일이야. 이것 좀 봐줘."

나는 전단지를 내밀었다. 그러자 앙꼬 할매도 깜짝 놀라 눈이 동그래졌다.

"이건, 외눈이 아니냐?"

"응, 맞아. 여기 뭐라고 쓰여 있는지 좀 읽어줘."

"어디 보자······." 할매가 얼굴을 가까이 가져가더니 눈으로 글자를 하나하나 좇았다. 고양이의 시력은 인간보다 한참 떨어지기 때문에 천천히 보아야 한다.

"그러니까, 음. 삼 년도 훨씬 전에 이 근처에 버려진 고양이라는데? 아무래도 오랫동안 찾아다닌 모양이야. 한쪽 눈이 없다는구먼."

삼 년도 훨씬 전―. 외눈이가 이곳에 온 것도 딱 그쯤이다. 시기까지 같은 걸 보면 전단지에 있는 사진은 역시 녀석이 맞다고 볼 수 있다.

"장난을 좋아하고 외출냥이로 키웠다는구나. 좋아하는 음식은 삶은 닭가슴살이랑 익힌 꽃멸치고. 이놈, 좋은 거 먹고 살았네, 그려. 나는 노묘용 치료식만 먹는데 말이지."

상상만으로 침이 고이는지 앙꼬 할매는 혀를 내밀어 코끝을 날름 핥았다.

"다른 건 또 뭐라고 쓰여 있어?"

"음…… 보자. 이름은 '모모타'래. 이름을 부르면 꼬박꼬박 대답한다고 쓰여 있어."

녀석의 집고양이 시절 이야기는 들었지만 그런 이름이었다는 것까지는 몰랐다. 이름이 모모타란 말이지. 녀석의 이름치고는 쓸데없이 귀엽지 않은가. 하긴 녀석도 그때는 어렸을 테니까. 그리고 지금처럼 지저분하지도 않았겠지. 지금이랑은 딴판으로 새하얀 털에 핑크 젤리가 돋보이는 집고양이였을 것이다.

모모타. 나는 녀석의 이름을 되새김했다. 모모타.

외눈이는 주인의 사랑을 받으며 부족함 없이 지냈지만, 함께 살던 할멈에게 버려져 길고양이가 되었다. 녀석은 자기만 없으면 가족들이 아무 문제없이 지낼 거라고 했지만 3년 가까이 지났는데도 잊지 않고 찾으러 온 걸 보면 녀석을 찾겠다는 집념이 얼마나 강한지 알 수 있다. 그만큼 외눈이를 아낀다는 뜻이겠지. 게다가 녀석에게 들은 시어머니란 인간은 추궁한다고 버린 장소를 쉽게 털어놓을 인사가 아니었다. 그 말은 여기 오기까지 고생이 이만저만 아니었을 거라는 얘기다.

옛 주인이 자신을 찾고 있다는 사실을 외눈이는 알고 있을까.

"왜 그래, 할매?"

할매가 흐뭇한 얼굴로 전단지를 바라보길래 나도 모르게 물었다. 그러자 위스커 패드⁺를 부풀리며 히죽 웃었다.

"이런 말도 쓰여 있구나. '혹시 구조해서 키우고 계신다면 돌려달라고 하지는 않겠습니다. 모모타가 행복하면 그걸로 충분하니 연락만이라도 부탁드립니다.'"

이 얼마나 애정이 묻어나는 말인가. 나는 나답지 않게 감동하고 있었다. 이렇게나 녀석을 생각하고 있다니, 외눈이는 행복한 놈이다.

"참나, 분에 넘치게 사랑이나 받고 말이야."

⁺ Whisker Pad, 고양이 수염이 나는 부분으로, 일명 '뽕주둥이'라고 함.

"그러니까, 뭐냐. 외눈이가 집고양이였단 얘기냐?"

"응, 맞아."

"훗, 역시 그랬구먼. 집고양이도 좋지. 나도 이렇게 두 번째 꼬리가 나왔잖냐. 이만큼 오래 살 수 있었던 건 다 주인의 애정 덕분이니까."

"뭐, 대충 알 것 같기도 하군."

"자유를 내려놓는 대신 관심과 사랑을 얻는 거지. 그런 고양이도 있는 거란다."

앙꼬 할매는 뒷다리를 들어 올리더니 그루밍을 시작했다. 지긋한 나이에도 털에 윤기가 흐르고 몸도 아주 유연했다. 주인과의 관계도 꽤 돈독해 보였다.

"얘야."

"뭔데?"

젤리를 정성껏 손질하며 할매가 말했다.

"전단지는 두고 가거라. 아마 내 주인도 외눈이를 알고 있을 거야. 주인이 보게 만들어서 외눈이가 이 근처에 있다는 걸 슬쩍 흘려보마."

"그럼, 부탁 좀 할게."

나는 고맙다는 말을 전하고 자리를 떴다.

오늘은 밤이 되면 '마타타비'에 가자. 나는 그렇게 결심했다. 모르고 있다면 알려주자. 하지만 만약 알고도 모르는 척 하고 있는 거라면—.

'기억해 주는 것만으로도 나는 충분해.'

행복해 보이던 녀석의 옆얼굴이 떠오르자 쉽게 해결될 문제는 아니라는 예감이 들었다.

찌릿.
보면 안 된다는 걸 알면서도 나도 모르게 눈이 갔다. 나만 그런 게 아니었다. 오일도, 복면도, 마스터도 마찬가지였다. 모두 외눈이에게 온 신경이 쏠려 있었다.

그 일이 있은 지 5일이 지났다. 전단지는 날이 갈수록 늘었고, 이제 이 근처에서는 모르는 고양이가 없을 정도였다. 놈이 자신을 찾고 있다는 걸 눈치 못 챘을 리가 없다. 그런데도 녀석은 아직 주인에게 가지 않았다.

카운터에는 언제나처럼 마스터가 자리를 지켰고, 나와 외눈이, 오일, 그리고 복면이 나란히 앉아 있었다. 오늘의 마타타비는 '네코니다드'라는 브랜드의 제품이다. 우아한 맛이 특징으로 이걸 피우고 있으면 마치 내가 잡종 길고양이가 아닌, 혈통서 있는 희귀한 품종묘가 된 기분이 든다. 천하의 나조차도 로맨스그레이[+] 흉내를 내고 싶을 정도다.

[+] 머리가 희끗한 매력적인 초로의 신사

한동안 모두가 외눈이의 일거수일투족에 신경을 곤두세웠다. 그러나 누구 하나 말을 꺼내는 고양이가 없었다. 외눈이가 기다림에 지쳤다는 듯 입을 열었다.

"뭐야. 오늘따라 내가 필요 이상으로 주목을 받는 것 같은 느낌이군. 마스터, 무슨 일인가?"

"아, 아닙니다. 별일은……. 잠깐 재고 좀 보고 올까 하고요."

마스터는 천연덕스럽게 가게 안쪽으로 자취를 감췄다. 배신자 같으니라고. 이럴 때는 또 발이 어찌나 빠른지. 마스터를 추궁하는 건 틀렸다는 판단이 서자 이번에는 복면을 타깃으로 삼았다.

"말해봐. 내 얼굴에 뭐라도 묻었어?"

"아, 아뇨. 아무것도 안 묻었는데요. 그렇죠?"

오일은 자기한테 떠넘기지 말라는 듯이 복면을 째렸다. 그러고는 시선을 나에게로 옮기고 마타타비를 입에 물었다.

"별거 아니야."

아재가 물어봐―. 그렇게 말하고 싶은 게 뻔하다. 잘난 척은 혼자 다 해놓고 막상 이럴 땐 겁을 먹고 자빠졌으니. 놈도 아직 한참 어린 꼬맹이라는 소리다.

나는 후우, 숨을 내뱉고 자신을 진정시켰다. 이 안에서 이야기를 꺼낼 수 있는 건 역시 나밖에 없는 건가.

"있잖아, 외눈이."

"뭔데?"

"자네 진짜 이름 말이야. '모모타' 맞아?"

느닷없이 돌직구를 던졌다. 에둘러 말하는 짓 따위는 좋아하지 않는다.

녀석은 동요하지 않았다. 우리가 이미 대부분의 내용을 파악하고 있다는 걸 아는 눈치였다. 하긴, 전단지가 그렇게나 많이 붙어 있었는데. 앙꼬 할매한테 부탁해서 읽어봤을 거라는 것쯤이야 충분히 예상했을 것이다. 그런데도 내가 말을 꺼낼 때까지 입을 다물었던 이유는 단 한 가지. 그 일은 언급하고 싶지 않다는 뜻이다.

"그게 뭐, 어쨌는데?"

"찾고 있는데, 왜 만나러 가지 않는 거냐?"

오지랖이라는 건 알고 있다. 외눈이 녀석이 이야기하고 싶어 하지 않는다면 그냥 내버려두어야 한다. 하지만 이번만큼은 정말 그게 맞는 거냐고, 동물로서의 감이 묻고 있었다.

"이제 와서 집고양이로 돌아갈 수 있을 것 같으냐? 나는 내 맘대로 자유롭게 사는 길고양이 생활이 적성에 맞아. 그뿐이다."

나는 코웃음을 쳤다. 그런 거짓말이 통할 거라고 생각했단 말인가. 나를 너무 만만하게 봤다.

하지만 외눈이도 고집이 만만치 않았다. 내가 말을 꺼내려고 하자 어김없이 이마를 앞발로 탁 눌렀다.

"이 얘기는 이제 끝이다."

꼼짝도 할 수 없었다. 또 당했다. 또 선수를 뺏겼다.

"어째서지?"

"내가 그렇게 말했으니까. 이유 같은 건 필요 없어."

그러니까 더 이상 상관하지 말라는 이야기다. 하지만 그럴수록 오히려 상관하고 싶어지는 것이 고양이란 동물이다. 뭐, 어차피 나는 청개구리니까.

"괜한 고집 피우지 마라."

탁! 녀석의 앞발을 쳐냈다. 재차 이마를 노려 오길래 이번에는 제압당하기 전에 놈의 앞발을 쳐서 떨어뜨렸다. 발톱을 세우지는 않았지만, 잽을 날려 견제했다.

"쓸데없는, 오지랖이라고!"

"네놈이, 고집을 피우면서 그런, 얼굴을 하고 있으니까."

"내 문제야!"

"다들 네놈을, 걱정하고 있……"

분위기가 점점 험악해졌고, 나와 외눈이의 주먹다짐도 갈수록 격렬해졌다. 귀를 뒤로 젖혀 마징가 귀를 한 채 있는 힘껏 냥냥펀치를 날렸다.

"두 분 다 그만하세요."

마스터가 말리려 했지만 우리는 멈추지 않았다.

"말리지 말게. 이놈은 말로 해선 안 돼, 이렇게 해야 알아먹는다고!"

"뭘 알아먹어! 건방지게!"

제5장 떠나는 자

로맨스그레이는 무슨 얼어 죽을 로맨스그레이냐. 부드러운 취기에 젖어 기분 좋게 마타타비를 음미하던 나는 어느새 어린애처럼 이성을 잃고 감정적으로 굴고 있었다. 어차피 잡종 길고양이다. 본능에 불이 붙자 멈출 수가 없었다.

"널 찾아다니고 있잖아! 여잘 울리고도 네놈이 사내냐!"

"상대는 인간이야!"

"그래도 여자는 여자라고!"

"그러니까, 그게 쓸데없는 오지랖이라니까!"

퍽! 묵직한 펀치가 날아들었다. 나도 고속 냥냥펀치로 응수했다.

"적당히 하세욧! 거기 두 분도 멍하니 보고만 있지 말고 말리셔야죠!"

마스터의 목소리에 퍼뜩 정신을 차린 오일과 복면이 제각각 뒤에서 우리를 뜯어말렸다.

주먹다짐은 멈췄지만, 우리 마음은 그렇지 않았다.

하아, 하아, 거친 숨을 몰아쉬며 서로를 노려보았다. 빌어먹을, 피가 살짝 비쳤다.

그때였다. 카우벨이 소리를 내며 손님이 왔음을 알렸다. 문을 열고 단골 한 마리가 들어서는데, 그 뒤로 멀리서 인간 여자의 목소리가 흘러 들어왔다.

「모모타— 모모타—.」

외눈이의 귀가 꿈틀, 움직였다. 바람을 타고 날아 들어온 인간의 목소리에 모두의 시선이 외눈이에게 쏠렸다.

가게 안까지 인간의 목소리가 들리는 일은 좀처럼 없었다. 가게는 인간들이 거의 다니지 않는 길을 따라 걸어와야만 닿을 수 있는 곳에 있었다. CIGAR BAR '마타타비'는 바의 문을 닫아 바깥세상의 소음을 차단하고 마타타비와 음악을 즐기며 고양이들만의 안전하고 쾌적한 시간을 보내는 장소였던 것이다.

그런데 손님이 문을 연 그 찰나와도 같은 순간을 노리기라도 한 것처럼, 여자의 목소리가 바람에 실려 가게 안으로 날아든 것이다. 아마 그리 가까이 있지는 않을 것이다. 바로 옆에 있는 것처럼 가까이 들린 건 바람이 소리를 멋지게 실어 나른 덕분이었다.

외눈이를 반드시 찾겠다는 강한 의지가 그 목소리를 여기까지 데려온 게 아닐까. 이것은 결코 우연이 아니었다.

"왜 가만히 앉아 있어? 찾고 있잖아."

"말했잖아. 신경 쓰지 말라고."

녀석의 꼬리가 좌우로 사정없이 흔들리고 있었다. 조바심을 내고 있다는 증거다. 우리 고양이들은 감정이 꼬리에 그대로 드러난다.

"얼른 문 안 닫냐!"

외눈이가 언성을 높이자, 당황한 단골손님이 황급히 문을 닫았고 인간의 목소리는 더 이상 들리지 않았다. 코를 잔뜩 찡그린 채 마타타비를 피우는 외눈이를 보자 무슨 말을 해도 소용없겠다는 생각이 들어 오늘 밤은 물러서기로 했다.

신경이 쓰여서 아무 맛도 느껴지지 않을 텐데 녀석은 엉덩이에 뿌리라도 내린 듯 자리에서 움직이지 않았다. 모처럼 피우는 마타타비를 헛되이 재로 만들고 있을 뿐이었다. 저런 오방대틀 같은 놈을 봤나.

나는 피우다 만 마타타비를 입으로 가져와 씁쓸한 마음으로 그 맛을 음미했다.

며칠이 지나도 외눈이의 태도는 누그러질 기미가 보이지 않았다.

나는 초조함과 답답함을 감추지 못한 채 어떻게 하면 저놈을 원래 주인한테 데려갈 수 있을까 골몰했다. 녀석이 고집을 부리면 부릴수록 어째서인지 나도 더욱 화딱지가 났다. 어린애 같은 감정인 줄은 알지만 녀석이 어떻게 버려졌는지 알게 된다면 누구라도 나와 같은 마음이 들 것이다.

그날, 나는 평소처럼 양지바른 곳에서 꾸벅꾸벅 졸고 있었다. 한낮의 고양이는 대체로 늘어지게 낮잠을 자는 게 보통이다. 요 며칠은 추위도 다소 누그러져서 햇볕이 따사로웠다.

"어이, 잘린 귀. 낮잠 자는데 방해해서 미안하네만……."

누군가가 말을 걸어오는 바람에 눈을 떴다. 낯이 익은 길고양이가 조금 떨어진 곳에 앉아 있었다.

"무슨 일이야?"

나는 벌떡 일어나서 얼굴을 씻기 시작했다.

"앙꼬 할머니가 자넬 찾고 있어. 할 이야기가 있다니 가보게나."

"그래? 전해줘서 고맙네."

나는 그 녀석과 코 인사를 나누고 앙꼬 할매 집으로 걸음을 서둘렀다. 이렇게 찾는 걸 보면 외눈이 일이 분명하다. 내가 올 걸 알았는지 할매는 나무 데크까지 나와 있었다.

"할매, 무슨 일 있어?"

"그 전단지를 붙이고 다니는 사람이 우리 집에 다녀갔어."

"그래? 인간 여자였어?"

"맞아. 여자라는 거, 알고 있었냐? 외눈이가 이 근처에 있다는 건 아는 눈치더라. 동네 사람들이 닮은 길고양이가 있다고 가르쳐줬대."

"그랬군."

"고양이를 좋아하는 인간은 길고양이 특징도 잘 기억하는 법이니까."

할매 말로는 녀석의 주인은 매일같이 외눈이를 찾으러 온다고 한다. 조금이라도 가능성이 있다면 어디든 달려갈 기세로 찾아다니는 모양이었다.

"정작 외눈이는 뭐라고 하더냐? 말은 했겠지?"

"돌아갈 생각이 없대."

제5장 떠나는 자

"그거참, 쉽지 않겠구나. 자유가 좋아서 그런 것만은 아닐 텐데?"

"그런 것 같아."

과연 앙꼬 할매다. 그 자리에 없었어도 눈앞에서 보기라도 한 듯 놈의 심리를 꿰뚫고 있었다.

"어떻게 해야 그 녀석이 솔직해질까?"

"글쎄다. 사내놈들 속을 난들 알 수가 있나. 다만……"

앙꼬 할매가 천천히 젤리 손질을 하기 시작했다. 오른쪽 앞발을 꼭 쥐듯이 둥글게 말아서 혀로 정성껏 핥았다.

"그 주인이란 여자도 절대 포기하지 않을 거야. 외눈이한테 그렇게 전해줘."

할매의 목소리는 확신에 차 있었다. 그리고 자신 있다는 듯 웃어 보이며 어딘가 모르게 뿌듯한 표정을 지었다.

앙꼬 할매가 한 말이니 틀림없겠지. 그 여자는 외눈이를 포기하지 않을 것이다.

그때, 인간의 목소리가 바람을 타고 들려왔다. 나는 쫑긋거리며 귀를 움직였고 할매 역시 소리 나는 쪽으로 귀를 기울였다.

"저 목소리는……"

"외눈이 주인이야?"

나는 한 번뿐이었지만 앙꼬 할매는 벌써 몇 번이나 들은 모양이었다. 확실하다고 했다.

"잠깐 보고 올게. 그럼."

목소리는 할매 집 뒤편 가게에서 들려왔다. 과자 따위를 주로 파는 가게지만 안에는 차를 마실 수 있는 공간도 마련되어 있어서 동네 주부들이며 노인들이 모여 이야기꽃을 피우기도 한다. 오늘은 그 무리에 젊은 여자 하나가 끼어 있었다. 외눈이의 전 주인이다. 벌써 여러 번 다녀서 그런지 주택가 인간들과 꽤 친해 보였다.

오늘은 날이 따뜻해서일까, 유리로 된 미닫이문이 열려 있었다.

「아직 못 찾았어요? 흔적도 안 보여?」

「네, 밤에도 찾아봤는데…… 죄송해요, 소란을 피워서.」

「괜찮아요. 고양이는 야행성이라니까 오히려 밤이 찾기 쉬울지도 모르지.」

「그 고양이, 가끔 보이던데. 아직 이 주변에 있는 건 틀림없어요. 하세가와 씨가 그저께쯤 마당에서 봤다고 했거든.」

인간들은 호의적이었다. 그녀가 필사적으로 고양이를 찾는 모습에 마음이 움직인 듯했다. 어디 사는 누가 봤다는 둥 어느 부근에 있는 것 같다는 둥 저마다 말을 보탰다. 그 결속력은 굉장했다.

「저기, 포획틀을 놔보면 어때요? 지역 고양이 돌봄 활동을 하는 친구가 있는데, 그걸 쓰거든. 우리 집 마당에 두는 건 괜찮아요. 혹시 알아요? 그쪽이 찾는 고양이가 잡힐지.」

인심 후한 제안에 외눈이 전 주인은 금세 얼굴이 밝아졌다.
「정말요? 정말 그래도 괜찮을까요?」
「그럼요. 여태 애타게 찾아다녔잖아요. 그런 모습을 보면 누구라도 찾아주고 싶은 마음이 들걸요?」
「우리 집도 괜찮아. 마당이 좁긴 해도 말이야.」
「어머, 그러면 우리 집도요.」
경쟁이라도 하듯 서로 돕겠다고 나서는 동네 여자들을 향해 여자는 몇 번이고 머리를 숙였다.
「그런데 그렇게 소중히 아끼는 고양이를 시어머니란 양반은 왜……..」
그중 한 여자가 말을 하다가 표정에서 무언가를 눈치챘는지 얼버무리듯 웃어넘긴다.
「뭐, 이런저런 사정이 있었겠지. 우리도 같이 살았는데, 처음에는 힘들었어.」
「그래도 용케 버린 장소를 알아냈네요. 그것도 몇 년이나 지났는데.」
「버린 걸 후회했던 것 같아요……..」
「나중에 자기 병시중 들어줄지도 모른다고 생각한 거 아닐까?」
「그러게. 나였다면 며느리랑 잘 지냈을 텐데.」
말하지 않아도 대충 어떤 상황인지 알겠다는 듯 모두가 고개를 끄덕였다. 고양이와는 상관없는 이야기다.

「자자, 너무 깊이 캐묻지들 말아요.」

백발의 노인이 사람들을 타일렀다. 이 가게의 주인이자 항상 아이들과 주거니 받거니, 흥정하는 할머니다. 나한테 가끔 마른오징어를 던져주기도 한다.

「여러분, 다들 차 마셔요.」

가게 주인 할머니가 모두에게 찻잔을 건넸다. 한 사람이 일어서서 진열대에 놓인 과자 봉지를 집어 들었다.

「오늘은 제가 낼게요. 소노다 씨, 이 전병 하나 주세요. 다 같이 먹어요.」

「나도 낼게. 요즘 계속 얻어먹기만 했는데.」

살찐 여자가 일어나려던 옆자리 여자를 의자에 앉혔다. 그러자 곧바로 앞에 앉은 여자가 의자에 앉은 채 진열대를 둘러보기 시작했다.

「아유, 그러지 마. 야마오카 씨는 요전에 찹쌀떡 가져왔잖아. 감자칩 먹을래? 내가 살게.」

「그럼, 그 가린토⁺는 내가 살게. 소노다 씨, 얼마죠?」

이에 질세라 뽀글뽀글한 파마머리 여자가 몸을 내밀었다.

「왜들 이럴까. 가린토는 내가 살게.」

마른 여자가 말했다.

✦　花林糖, 기름에 튀겨 겉에 녹인 흑설탕이나 백설탕을 뿌린 일본 전통 과자

「두 사람 다 내려놔. 가린토는 내가 살 거야.」

이번에는 개를 자주 데리고 오는 여자가 말했다.

「못 살겠다, 정말. 내가 산다니까.」

다시 마른 여자.

「괜찮아, 괜찮아. 가와모토 씨도, 세타 씨도 지갑 넣어, 얼른.」

이번엔 또 개 주인.

그러는 사이 과자는 점점 쌓여서 테이블이 풍성해졌다. 이리되면 여자들은 한동안 이곳을 떠나지 않는다. 오독오독, 와작와작, 바사삭바사삭. 먹을 게 바닥날 때까지 우적우적 씹는 소리와 웃음소리가 끊이지 않는다.

「어머, 고양이가 있네?」

한 여자가 나를 발견하자 다른 여자가 과자를 우물거리며 말했다.

「저것 봐. 여긴 길고양이가 많다니까.」

「정말 그렇네요. 귀여워라.」

외눈이 전 주인은 나를 보더니 활짝 웃었다. 어지간히 고양이를 좋아하나 보다. 가게 밖까지 나와 쭈그리고 앉아서 나에게 말을 걸었다.

「야옹아, 안녕! 혹시 우리 모모타 모르니?」

"잘 알지. 외눈이 말하는 거잖아?"

「내가 너무 보고 싶거든. 네 친구 중에 우리 모모타가 없을까?」

"그러니까, 있다니까. 따라와 봐."

꼬셔봤지만 역시나 무슨 말인지 못 알아먹는 눈치다. 다시 가게 안으로 들어가 버렸다.

「그럼, 저는 근처 좀 더 찾아볼게요. 그리고 포획틀 말인데요…….」

「아, 포획틀 빌릴 수 있는지 내가 물어볼게요. 가능하다고 하면 연락할게. 다들 돌아가면서 마당에 설치하면 되니까.」

「고맙습니다, 정말……. 그럼, 다녀올게요.」

「우리도 주변에 더 알아볼게요.」

외눈이 전 주인이 가게에서 나오자 나는 앞장서서 걷기 시작했다.

"그쪽이 아니라고. 이쪽이다."

나와 다른 방향으로 가려는 여자를 급히 불러 세웠다. 그러자 의아하다는 듯 나를 빤히 쳐다보았다. 설마 하는 눈치였으나 다시 한번 재촉하자 몸을 숙여 내 얼굴을 들여다보았다.

「야옹아, 혹시 모모타를 아는 거니?」

"몇 번을 말해. 안다고 했잖아."

도대체 인간은 왜 우리 말을 못 알아듣는 걸까. 답답해 미칠 노릇이다. 하다못해 앙꼬 할매가 완전한 네코마타라도 되었다면 인간과 대화라도 할 수 있었을 텐데, 세상일이란 게 참 뜻대로 안 풀린다.

"이봐, 이쪽이다. 이런 날씨라면 녀석은 아마 공원에 있을 거야."

놀이기구 하나 없는 공원이다. 있는 거라고는 벤치뿐이라 나도 종종 그곳에서 낮잠을 잔다.

「저기, 야옹아. 기다려.」

조급한 마음이 그렇게 만든 건지 나도 모르게 평소처럼 담장을 뛰어넘으려다가 여자의 목소리에 급히 멈췄다. 인간이 굼뜨다는 걸 잊고 있었다. 나는 빠른 길을 포기하고 담장에서 내려와 인간들이 다니는 보도를 걷기 시작했다.

있어야 할 텐데.

간절히 바랐지만, 외눈이는 그곳에 없었다. 혹시라도 마주칠까 봐 이 근처엔 얼씬도 안 하는지도 몰랐다. 그러고 보니 요 며칠 녀석의 얼굴을 보지 못했다.

"보통은 여기 있는데 말이다."

「모모타— 모모타—.」

여자는 몇 번이고 놈의 이름을 불렀다. 공원 안에 살아 움직이는 건 아무것도 없었다. 한숨 소리가 들렸다.

「저기, 야옹아. 모모타를 아는 거지? 나, 모모타가 너무 보고 싶어.」

"알고 있어."

「모모타, 어디 있니…….」

여자가 눈물을 글썽이는 걸 보자 뭐라 말할 수 없는 기분에 사로잡혔다. 바로 가까이 있을지도 모른다고 생각하니까 더 보고 싶겠지.

여자가 우는 건 질색이다. 설령 그게 인간일지라도…….

「볼래? 우리 모모타 사진이야. 귀엽지? 내가 좀 더 신경 썼더라면…….」

여자는 손가락으로 스마트폰을 쓱쓱 만지더니 화면을 나에게 내밀었다. 그리고 다시 자기 쪽으로 돌려 사랑스럽게 바라보았다. 손가락을 계속 움직이는 걸 보니 사진이 여러 장 들어있는 모양이다.

"여기 있다니까. 네가 그렇게 소중히 아끼는 모모타가 여기 있다고."

어떻게 해서든 알려주고 싶었다. 인간이 고양이 말을 이해하지 못한다는 게 이렇게 답답하게 느껴진 건 처음이었다. 아주 잠깐이라도 괜찮다. 한순간만이라도 기적이 일어나서 서로 말이 통했으면 좋겠다.

하지만 여자는 내가 생각했던 것보다 훨씬 강한 집념을 보였다. 눈물을 훔친 여자는 굳은 의지가 담긴 눈으로 나를 바라보았다.

「야옹아. 모모타한테 전해줄래? 절대로 포기하지 않을 거라고. 내가 데리러 갈 테니까 꼭 기다려 달라고 말이야.」

내가 인간의 말을 알아듣고 이곳으로 안내했다고 진심으

로 믿는 건 아닐 것이다. 하지만 말도 통하지 않는 길고양이에게 그런 말을 하는 걸 보면 그 마음이 얼마나 간절한 건지 알 수 있었다.

나는 가슴이 아려왔다. 이렇게까지 사랑받고 있으면서도 돌아가지 않겠다니, 저런 고집불통 같으니……

"걱정하지 마. 반드시 데려다줄게."

나는 그녀를 향해 다짐했다. 그리고 나 자신에게 맹세했다. 꼭 둘을 다시 만나게 해주겠다고.

녀석과 다시 이야기할 수 있게 된 건 그 후로 닷새쯤 지나서였다.

요즘 들어 '마타타비'에도 얼굴을 비치지 않던 녀석이 오늘은 바에 들어서자마자 카운터 자리에 앉아 있는 게 보였다. 며칠 만에 다시 본 녀석의 멋진 새우등은 마치 나한테 말 걸지 말라고 말하는 것 같았다. 아니, 나뿐만이 아니었다. 여기 있는 모두에게였다. 오일과 복면도 있었지만, 누구도 말을 건 낌새는 보이지 않았다. 내가 오자마자 구세주라도 본 듯한 얼굴을 하는 걸 보니 확실하다. 마스터도 어쩔 줄 몰라 쩔쩔매고 있었다.

나는 옆에 앉자마자 주문도 하지 않은 채 말했다.

"네 전 주인이랑 이야기했다."

"……!"

아주 잠깐이었지만 외눈이의 눈에 동요가 일었다. 설마 그렇게까지 할 거라고는 생각 못 했던 모양이다. 외눈이는 나를 잠깐 쏘아보더니 복잡한 표정으로 앞을 응시했다. 참나, 무슨 말이라도 좀 해봐라.

"너, 대체 언제까지 고집 피울 건데?"

"쓸데없는 짓을……."

"울고 있었어. 네가 보고 싶다면서."

"내 알 바 아니야."

"절대 포기하지 않겠대. 너한테 꼭 전해달라고 하더라."

"인간이 그런 말을 할 리가 없어. 놈들은 우리가 인간의 말을 알아듣는다는 걸 모르니까."

"내가 네놈 때문에 시시한 거짓말이라도 한다는 거냐?"

답은 없었다. 나는 말을 계속했다.

"못 믿겠다면 어쩔 수 없지만 사실이야. 데리러 갈 테니까 꼭 기다려달래. 그렇게까지 하는데, 왜 안 돌아가겠다는 거야?"

녀석의 마타타비는 거의 재로 변해 있었다. 오늘은 문을 열자마자 온 듯했다. 나와 이런 이야기를 하고 싶지 않아서 요 며칠 동안 피우고 싶은 걸 참았던 걸까. 결심이 확고하다는 건 알겠지만 일이 그렇게 엿장수 마음대로 될 리가 없다.

"밖으로 나와라."

나는 턱짓으로 외눈이를 불러냈다. 이 녀석과 제대로 붙어

보는 게 얼마 만일까.

"잠깐만요, 잘린 귀 씨."

"가게 안만 아니면 되잖아. 외눈이, 밖으로 나오라고 했다."

진심이었다. 외눈이도 그걸 아는지 어쩔 수 없다는 듯 일어섰다. 오일과 복면이 서로 마주보며 밖까지 따라 나오더니, 마스터까지 가게 일을 내팽개치고 나왔다.

나는 외눈이와 마주 섰다.

"주인한테 돌아가."

"정말 끈질기구나, 잘린 귀."

"뭘 그렇게 폼을 잡는 거냐? 지난 삼 년 동안 더러운 길고양이가 돼서?"

"말했잖아. 나는 자유분방한 생활이 좋다고. 이제 와서 다시 집고양이로 돌아갈 수 있을 것 같냐?"

"거짓말이잖아."

"네가 내 속을 들여다보기라도 했어?"

"훤히 다 보이거든."

놈이 한 발 내디뎠다. 동공이 커지고 둥글게 말린 등에 털이 곤두섰다. 몸집이 두 배는 커 보였다. 나도 몸을 옆으로 틀며 자세를 잡았다. 꼬리가 부풀었다. 주위에 팽팽한 긴장감이 돌았다.

"쓸데없는 오지랖이라고 했지!"

놈의 커다란 앞발이 눈앞으로 날아들었다. 강력한 냥냥펀치에 나도 송곳니를 드러냈다.

"돌아가라고 말했다!"

놈의 등을 덮쳤으나 몸을 뒤집는 바람에 오히려 내 몸이 내동댕이쳐졌다. 점프해 다시 한번 공격에 나섰으나 역시 실패로 끝났다. 놈이 내 머리를 붙잡았다. 이번엔 뒷발 팡팡. 거침없는 발길질이 쉴 새 없이 이어졌다.

"절대 안 돌아가!"

"건방 떨지 마!"

오른쪽으로 몸을 비틀었다. 또다시 대치. 그리고 점프. 발톱을 세웠다. 나도 주저하지 않는다.

칠흑 같은 어둠 속에서 흥분한 두 짐승의 숨소리가 뒤엉켰다. 우리가 맹렬하게 싸우는 걸 아무도 말리지 못하고 보고만 있었다.

"그만 좀 솔직하게 굴어. 주인을 잊은 게 아니잖아!"

하아, 하아, 거친 숨을 내쉬며 다시 서로를 노려보았다. 둘다 제대로 싸우면 크게 다친다는 것쯤은 알고 있다.

"오냐, 그래. 아직도 그리워 죽겠다."

"그러니까, 왜……"

녀석은 내 질문에 답하려다가 갑자기 얼굴이 지면에 닿을 정도로 납작 엎드려 케헥케헥, 기침을 쏟아냈다. 순간, 가슴이 철렁했다. 예전에 그렇게 기침을 토하다 죽어간 고양이를 알기 때문이다.

송곳니였다. 아니, 송곳니뿐만이 아니다. 수많은 길고양이가 그렇게 목숨을 잃어갔다.

"외눈이 너……."

외눈이는 멍하게 있는 나를 올려다보며 힘없이 코웃음을 웃었다.

"요즘 몸 상태가 좋지 않아. 슬슬 갈 때가 됐는지도 모르지."

수컷 길고양이는 고양이 백혈병이나 고양이 에이즈 같은 바이러스에 감염될 확률이 높다. 살아가면서 피할 수 없는 영역 다툼이나 암컷을 두고 벌이는 싸움에서 병을 일으키는 바이러스에 감염되기 때문이다. 외눈이도 아마 그중 하나에 감염되었을 것이다. 나도 마찬가지다. 한 번 발병하면 순식간에 목숨을 앗아가는 무서운 병이다.

"돌아가도 오래 못 버틸 거다."

아무 말도 할 수 없었다. 나는 얼마나 멍청한 놈인가. 녀석이 어떤 고양이인지 뻔히 알면서. 놈은 주인이 저렇게 애타게 찾는다는 걸 알면서도 아무렇지 않게 외면할 그런 냉정한 수컷이 아니다.

"이제 알겠냐."

어째서란 말인가. 이제야 겨우 다시 만날 수 있게 되었는데, 어째서.

나는 분해서 미쳐버릴 것 같았다. 하지만 그렇다고 해서 이대로 '아, 그렇습니까?' 하고 순순히 받아들일 생각도 없다.

"그래서 뭐? 얼마 안 남은 묘생이니까 그럴수록 더 주인의 보살핌을 받는 게 낫잖아."

"그래서 네놈은 안 되는 거야. 상대방 마음을 좀 생각해 보라고!"

외눈이의 외침이 밤공기를 갈랐다.

"또다시 그 녀석을 울리게 될 거야. 내가 죽으면 틀림없이 슬퍼할 거라고. 겨우 찾았다고 기뻐하게 해놓고 금세 고양이 별로 돌아가 버리면 너무 잔인하잖아? 그럴 바에야 찾지 못한 채로 사는 게 나아."

나는 웃음이 났다.

이 녀석이 인간한테 이토록 깊은 애정을 품고 있었다니, 놀라울 따름이다. 집고양이였다는 소문은 있었지만, 놈이 풍기는 토종 길고양이 같은 위엄에 좀처럼 믿기 어려웠다.

그게 뭐, 어쨌다는 건가. 삼 년이나 지난 지금도 녀석은 주인을 그리워하고 있다.

"멍청한 놈, 잘난 척 좀 그만해. 괜한 오기 부리기는."

"오기라고?"

"어, 그래. 네놈은 네 자신을 몰라."

"네놈이 뭘 안다고 떠들어?"

"잘 알지. 나한테는 내 마지막을 지켜봐 줄 인간이 없거든."

지금 무슨 말을 하는 거냐고 어이없어하면서도 나는 내 감정을 솔직하게 털어놓고 있었다.

이제야 깨달았다. 나조차도 몰랐던 내 마음. 그건 인간에 대한, 할머니를 향한 애정이었다. 길고양이 주제에, 이런 마음이 내 안에 있었다는 게 놀라웠다.

"나는 할머니한테 지켜봐달라고도 하지 못했어. 오히려 내가 할머니의 마지막을 지켰지."

"인간에게 죽는 모습을 보이고 싶다는 거냐? 하, 기가 막히는군."

확실히 외눈이 말이 맞다. 우리 고양이들은 약한 모습을 감추고 싶어 한다. 그래서 죽을 때가 되면 사람들 눈에 띄지 않는 곳을 찾는다. 하지만 꼭 다 그런 것만은 아니다.

"나는, 할머니한테라면 그래도 괜찮다고 생각했어."

"……!"

솔직한 마음을 털어놓자 외눈이는 몹시 놀란 눈치였다.

"마지막까지 곁을 지키겠다는 인간이 있다면 그러라고 해. 마음을 나눈 인간이 있다면 마지막 순간까지 사랑받으라고. 나는…… 그렇게 하고 싶어도, 그럴 수가 없다……. 이 세상에 할머니는 없으니까."

꽤 오래전 일인데도, 내 안에는 아직 할머니의 존재가 남아 있었다. 지쿠와가 얼마나 맛있는지, 방석이 얼마나 포근한지 가르쳐준 사람이었다. 안타깝게도 고타쓰 안에 같이 들어가는 일은 하지 못했지만 그래도 마지막은 함께 있었다.

나를 위해서가 아니라 인간을 위해서 골골송을 부른 건

그때 딱 한 번뿐이었다.

이제야 깨닫다니…….

어째서 이 녀석을 주인과 다시 만나게 해주고 싶었는지도 이제야 알 것 같았다. 내가 하지 못했던 일을 녀석은 할 수 있기를 바라는 마음이었던 거다.

"마음 아파할 거야."

"괜찮을 거야. 본인이 보고 싶다고 하잖아. 마지막에 슬퍼하게 되더라도 만나고 싶다고. 그래도 상관없으니까 한 번 더 너를 쓰다듬고 싶다잖아."

"그래요! 잘린 귀 아저씨 말이 맞아요!"

복면이 생각다 못해 목소리에 힘을 실어 말했다.

"나도 그 말에 동감이야."

"집으로 돌아가세요, 외눈이 씨."

모두 입을 모아 돌아갈 것을 권유하자, 외눈이는 딱히 반박하려고 하지 않았다. 체념한 듯 혼잣말을 중얼거렸다.

"네놈들 오지랖은 하여간……."

줄곧 거부하기만 했던 외눈이의 말투에서 어느새 그런 감정이 완전히 사라지고 없었다. 이렇게 부드러운 남자였나 싶을 만큼 녀석의 눈은 마치 모든 걸 내려놓은 듯한 빛을 띠고 있었다.

"알았다. 돌아갈게. 난 이미 폭삭 나이를 먹었지만, 그래도 녀석은 나한테 엄마나 마찬가지니까."

우리는 코 인사를 나누며 화해했다.

"훌륭한 냥냥펀치였다, 잘린 귀."

"너야말로 대단한 뒷발 팡팡이었어. 들어가서 좋은 마타타비라도 한 대 피울까?"

"바로 준비하겠습니다. 이쪽으로 오시죠."

마스터가 가게 문을 열고 모두를 안으로 안내했다. 우리는 줄지어 들어가 카운터 자리에 앉았다. 이렇게 어깨를 나란히 하는 것도 이제 오늘이 마지막이다. 그렇게 생각하니 조금은 서운한 마음이 들었지만 그건 비밀로 해두자.

"저, 오늘은 최고 좋은 걸로 사치 좀 부려야겠어요!"

"멍청아! 그냥 그때그때 입맛 당기는 걸로 피우면 되는 거야."

"그러니까, 그게 바로 최고급 마타타비라고요!"

여전한 두 애송이의 모습에 외눈이는 웃음을 터뜨렸고, 나와 외눈이는 마스터에게 주문을 넣었다. 오늘 고른 건 쿠바산 '코이냐'다. 역시 오늘 같은 날은 이것만 한 게 없다.

마스터는 캐비닛에서 신중히 고른 한 대를 꺼내왔다.

"제가 마지막으로 드리는 마타타비입니다."

카운터 위에 마타타비가 놓였다. 외눈이는 가볍게 웃으며 발바닥으로 마타타비 표면을 어루만졌다. 그리고 헤드를 커팅해 흡입구를 만든 뒤 풋 부분을 시가 성냥으로 천천히 굽듯이 불붙였다. 어슴푸레한 가게 안에서 마타타비 불씨가 붉게 타올랐다.

마치 아직 다 타버린 건 아니라고 호소하는 외눈이의 생명의 불꽃처럼…….

 불이 붙은 걸 확인한 외눈이는 마타타비를 입에 물고 들이마신 연기를 천천히 굴리며 이별을 아쉬워하듯 말했다.

 "좋은 물건이다."

 다음 날, 나는 외눈이 무리와 함께 앙꼬 할매 집 뒤편에 있는 가게로 향했다.

 여럿이 몰려다니면 눈에 띄기 쉬우므로 나와 녀석들은 조금 거리를 두고 걸었다. 멀리서 서로의 모습을 확인하고 각각 담장 위와 나무 그늘에 자리를 잡고 기다렸다.

 오일과 복면, 마스터는 저마다 그루밍을 하거나 졸기 시작했다. 참새 지저귀는 소리에 귀가 움찔거렸지만, 사냥은 하지 않았다.

 날씨는 기똥차게 좋았다.

 "아직도 망설이는 거냐?"

 "솔직히 말하자면, 그래 맞아. 내가 죽는 걸 보면 틀림없이 펑펑 울 거야. 그 녀석을 울리면서까지 죽는 모습을 보이고 싶지가 않아."

 끝까지 자신보다 옛 주인, 아니 주인의 마음을 생각하다니, 얼마나 애정이 깊은 녀석인가. 오래 알고 지냈는데도 이제야 이 녀석의 진짜 모습을 본 것 같은 기분이다. 나는 조금

제5장 떠나는 자

부러운 마음이 들어서 가볍게 미소를 지었다.
"가서 마음껏 응석 부려."
그때, 낯익은 얼굴의 여자가 가게 쪽으로 걸어가는 것이 보였다. 외눈이의 주인이었다. 녀석을 힐끗 보니 긴장한 탓인지 눈동자가 실처럼 가늘어져서 여자를 뚫어져라 바라보고 있었다.
"얼굴 보는 건 버려지고 나서 처음인가?"
"응."
코를 씰룩거리는 건 냄새를 맡으려는 행동이다. 귀는 레이더처럼 가게 쪽을 향해 쫑긋 세워져 있었다. 대체 얼마나 오기를 부리며 참아온 건지, 기가 막혔다.
"엄마……."
녀석의 입에서 뜻밖의 말이 흘러나왔다. 여자가 포획틀을 손에 들고 가게 안으로 들어가려는 순간, 외눈이가 한 발짝 발을 내디뎠다. 그녀가 어떤 기척을 느꼈는지, 무언가에 이끌리듯 고개를 돌려 외눈이를 보았다.
「모모타……?」
희미하게 목소리가 들려왔다. 눈앞에 두고도 믿기지 않아서 머릿속이 새하얄 것이다. 하지만 곧바로 포획틀을 도롯가에 내려놓고 조심스레 이쪽으로 오기 시작했다.
「……이리 와, 모모타. 모모타 맞지? 부탁이야…… 이쪽으로 와줘.」

큰 소리로 부르지 않는 건 고양이를 잘 알기 때문이다. 놀라지 않게, 자극을 주지 않으려고 천천히 반응을 살폈다.

때때로 집 안에서만 생활하는 고양이가 집 밖으로 탈출해 주인이 애타게 찾아다니는 걸 보게 되는데, 고양이는 좀처럼 잡히지 않는다. 낯선 바깥세상에 잔뜩 긴장한 집고양이가 주인의 다급한 목소리에 놀라서 도망쳐 버리기 때문이다. 삼 년 만인데도 자기 감정을 억제하면서 절대로 놓치지 않겠다는 듯 세심한 주의를 기울이는 태도에서 그 간절한 마음이 고스란히 느껴졌다.

외눈이를 향한 넘치는 애정. 다시 자신의 두 팔에 사랑하는 고양이를 안고 싶다는 절절한 마음이다.

「모모타? 모모타 맞지? 나야, 엄마야.」

외눈이는 곧바로 반응하지 않았다. 애태우려는 게 아니었다. 사랑하는 주인에게 오랜만에 이름이 불린 게 벅차서 어쩔 줄 몰라 하는 얼굴이었다. 삼 년이라는 시간은 외눈이에게 그만큼이나 긴 세월이었다.

「봐봐, 모모타. 엄마야. 모모타. 이리 와—」

조금씩, 아주 조금씩, 여자는 조심스럽게 다가왔다. 도망가지 말아달라고 마음속으로 몇 번이고 되뇌면서.

"엄마—!"

그 순간, 외눈이가 꼬리를 번쩍 세웠다. 엉덩이 안쪽이 훤히 드러났다. 그러더니 마침내 토토토토, 소리를 내며 잔달

음질을 치기 시작했다.

「모모타?」

"엄마아!"

「모모타니? 정말 우리 모모타 맞는 거지?」

외눈이는 주인의 발치까지 달려가 그녀가 내민 손에 코를 비벼댔다. 목덜미를 쓰다듬자 이번에는 발라당 누워서 배를 드러내 보였다. 여자 눈에서 하염없이 눈물이 흘러내렸다. 그 사이에도 두 손은 쉬지 않고 외눈이의 배를 어루만졌다.

「모모타, 모모타!」

"엄마!"

우리가 지켜보는 데도 아랑곳하지 않고 외눈이는 오른쪽, 왼쪽, 몸을 뒤집어가며 어리광을 부렸다. 저런 모습은 지금껏 본 적도, 상상할 수도 없었다. 길고양이 자존심 따위는 개나 줘버린 모양이다.

하지만 자존심을 버리는 것도 자존심이다. 저렇게 누가 보든 말든 상관없이 다가가 애교를 부리는 건, 자신에게 아낌없는 사랑을 준 주인에게 온 힘을 다해 보답하려는 마음이다. 외눈이는 자신이 받은 사랑을 있는 힘껏 되돌려주고 있었다. 누가 뭐라 하든 이제는 신경 쓰지 않았다.

사랑을 돌려줄 상대가 있다는 건 좋은 일이다.

외눈이가 도망치지 않자, 주인은 녀석의 몸을 안아서 품에 꼭 끌어안았다.

「모모타, 정말 여기 있었구나. 모모타, 미안해. 그동안…… 그렇게 오래 널 못 찾아서 미안해.」

"엄마, 보고 싶었어."

「앞으로는, 쭉 함께 있자.」

"응, 끝까지 함께. 죽을 때까지 함께 하는 거야. 그때까지 엄마 옆에 있을게."

「맛있는 거…… 같이 많이 먹자?」

털이 구지레한데도 신경 쓰지 않고 여자는 얼굴을 비비며 울고 있었다. 그러는 중에도 손은 계속 외눈이의 몸을 쓰다듬었다.

둘의 재회 순간을 지켜보고 있던 건 우리만이 아니었다. 인간들도 숨죽여 보고 있었다. 가게 안에서 사람들이 나왔다.

「어머나, 드디어 찾은 거예요?」

「어머, 잘됐다! 찾았구나.」

모습을 드러낸 건 두 사람이었는데, 외눈이가 놀라서 달아날까 봐 가까이 가지 않고 거리를 둔 채 지켜보고 있었다. 그런 걸 보면 인간이란 동물도 영 쓸모없진 않은 것 같다.

주인 품에 안겨서 다정한 손길을 받는 외눈이를 보니 살짝 부러워졌다. 묘생의 숱한 고비를 넘기면서 몸은 상처투성이가 되고, 그러기를 몇 번이고 반복하는 동안 눈빛은 험악해지고 이제는 완전히 아재 고양이가 되어버렸지만, 그럼에도 변함없이 사랑해 주는 주인이 있다. 그런 인간을 만난 외눈이는 분명 행복한 녀석이다.

"이제 돌아갈까?"

나는 나직이 웅얼거리고 발길을 돌려 걷기 시작했다.

녀석은 그리 오래 살지는 못한다. 그래도 분명 마지막까지 마음껏 응석 부리며 주인 곁에서 남은 묘생을 힘껏 살아낼 것이다. 그리고 눈을 감는 마지막 그 순간까지 아낌없이 사랑받겠지.

"외눈이 아저씨, 애교 장난 아니던데요?"

복면이 달려오며 신이 난 듯 말했다. 이어서 오일과 마스터도 뒤따라왔다. 뒤에서 재회를 기뻐하는 목소리가 여전히 들려왔지만 나는 돌아보지 않았다.

잘 가게, 친구.

녀석에게 작별을 고하고 다시 길을 걷는다.

"아재가 저렇게 집고양이처럼 인간한테 어리광을 부리다니 말이야. 알 수 없는 노릇이라니까."

오일은 감동했는지 눈물까지 글썽거렸다. 폼 잡기 좋아하는 놈이 내 앞에서 그런 얼굴을 보이는 걸 보면 상당히 자극을 받은 모양이었다.

"외눈이 씨, 참 괜찮은 손님이었는데 말이죠."

마스터는 아쉬운 기색을 감추지 않았다. 그것이 단지 매상을 올려주는 손님이라서가 아니라는 것쯤은 모두 알고 있었다.

"녀석이 행복하다면 그걸로 된 거야."

우리는 인기척 없는 공원으로 향했다. 외눈이도 종종 오던 곳이다.

나는 벤치 위로 올라갔다. 조금 쌀쌀했지만 이내 햇빛이 비치기 시작했다. 조금만 있으면 태양이 털을 따뜻하게 데워줄 것이다. 오일은 화단 그늘에, 복면은 그 옆 화단에, 그리고 마스터는 다른 벤치 아래에. 저마다 자기 방식대로 그루밍을 하기 시작했다. 나도 젤리 손질에 들어갔다. 발가락 사이, 발톱 뿌리까지 정성껏 핥아가며 깨끗하게. 길고양이라 해도 단정한 몸가짐은 중요하다.

나는 하늘을 올려다보며 코를 쿵쿵거렸다. 하늘 높이 종다리가 지저귀고 있었다. 나는 그 모습을 바라보며 미소 지었다.

고놈들, 잡아먹으면 참 맛나겠다.

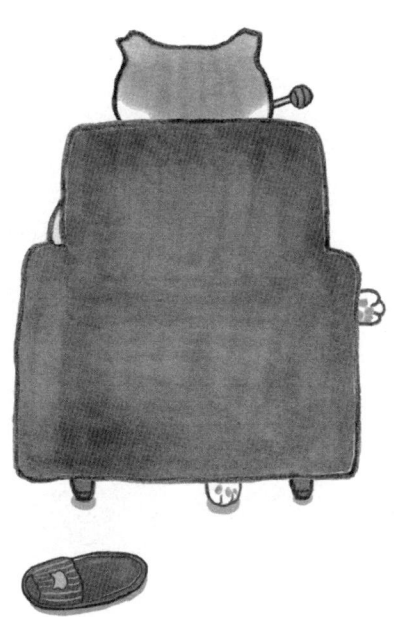

고양이 파견 클럽 1

초판인쇄 2025년 11월 10일
초판발행 2025년 11월 20일

지은이
나카하라 카즈야

옮긴이
김도연

편집
최미진, 김가원

디자인
권진희

표지그림
별냥이제작소

마케팅
조성근, 주상미

온라인 마케팅
권진희, 주상미

펴낸이
엄태상

펴낸곳
(주)시사북스

등록번호
제2022-000159호

등록일자
2022년 11월 30일

주소
서울시 종로구 자하문로 300
시사빌딩

전화
1588-1582

이메일
emptypage01@sisadream.com

ⓒ나카하라 카즈야

ISBN 979-11-93873-19-9 04830
　　　　979-11-93873-21-2 (세트)

- 빈페이지는 (주)시사북스의 단행본 브랜드입니다.
- 이 책은 ㈜시사북스와 저작권자의 계약에 의해 출판된 것이므로 무단 전재 및 유포, 공유, 복제를 금합니다.
- 이 책 내용의 전부 또는 일부를 이용하려면 반드시 저작권자와 ㈜시사북스의 서면동의를 받아야 합니다.
- 잘못 만들어진 책은 판매처에서 교환해 드립니다.
- 빈페이지는 소중한 원고를 기다립니다.